KB261682

정해리 장편소설

리무

3

아비뉴아, 선택받은 자

북하우스

| 차 례 |

1장 야나가의 주인

스바얌바라의 자리에서 물러나온 공주의 행렬은 엄중한 경호를 받으며 왕성으로 돌아가고 있었다. 언제 어느 때 스바얌바라의 결과에 승복치 못하는 자가 나타날지 모르기 때문에 결코 경계를 늦추지 않았다.

맏형 잔드라의 엄격한 명에 따라 여섯 형제들은 신중히 공주를 앞뒤 양옆에서 보호했다.

실제로 이날 형제들의 일행이 왕성에 막 도착했을 때 스바얌바라의 결과에 불만을 표하는 사람을 만나게 되었다. 웬 사람 하나가 왕성 문 앞에 서서 일행을 향해 이렇게 소리를 질렀다.

"오늘 스바얌바라에서 신랑이 결정되지 않은 것을 이해할 수 없습니다!"

마호다니가 서둘러 철퇴를 움켜쥐고 항의하는 자가 누구인지 확인하러 갔다. 나머지 형제들도 긴장하여 다가갔다가 곧 마호다니의 웃음 소리를 듣고 어리둥절했다. 잠시 후 모두 그 사람이 누구인줄 알자 웃어버리고 말았다. 어느 나라의 왕자가 무력으로 항의하려드는 것이 아닌가 긴장했건만 항의하는 자는 겨우 여덟 살 난 어린 소년이었던 것이다.

소년은 공주의 일행들이 모두 자신을 보고 웃자 살짝 얼굴을 붉혔다. 뭐라 입을 열 듯싶더니 주춤하며 길을 비켰다. 리무도 베일을 벗고 낯선 소년을 살펴보다가 궁금해하며 물었다.

"저 소년은 누구지요?"

쌍둥이 중 아반티가 대답했다.

"그는 아티마라고 이노아 왕실 사람으로 이노프와 왕의 증손자가 되는 소년이란다."

"아, 이노아 왕실의 사람이군요."

리무가 부드러운 눈길을 보내자 아티마는 용기를 내어 리무가 탄 코끼리 앞으로 뛰어나오며 소리쳤다.

"공주님께 드리고 싶은 말이 있습니다."

그러나 워낙 수줍음이 많은 소년인지라 말은 일단 꺼내긴 했지만 당황해서 한 마디도 못하고 땅만 쳐다보고 있었다. 리무가 이를 보더니 코끼리에서 내렸다. 형제들은 이게 무슨 구경거리인가 싶어 모여들었다. 리무가 다정하게 웃으며 물었다.

"저에게 하고 싶은 말이 무엇인지요?"

소년은 잠시 입만 벙긋거리다가 입을 열었다.

"저는 하마누와 스와미의 아들 아티마로 이노아 인입니다. 저는 아즈나 폐하의 사절로 탄타마사에 왔지요. 리무 공주님, 오늘 아즈나 폐하를 만나보셨겠지요. 아즈나 폐하는 비슈누의 가호를 받고 있는 최강의 왕으로 누구도 감히 그에게 대적할 수 없습니다. 공주님께서 그와 결혼하신다면 모두가 부러워할 자리에 오르시는 것입니다. 그런데 왜 오늘 그의 목에 화관을 거시지 않았습니까?"

리무는 이에 가만히 웃다가 입을 열었다.

"당신은 그를 위해 여기 왔군요."

아티마는 열심히 대답했다.

"네, 저는 아즈나 폐하를 존경합니다. 처음 폐하를 대하는 사람들은 그를 냉정하다 두려워하나 그것은 그분을 잘 모르기 때문입니다. 사실 폐하는 매우 다정하고 상냥해요. 정말 저에게도 잘해주셨답니다."

아티마는 말하다 보니 저도 모르게 힘이 솟는 것을 느끼며 제법 유창하게 말을 잇기 시작했다.

"아마 그분에 대해 나쁜 소문을 들으셨을지도 모르지요. 모든 형제들을 죽이고 왕의 자리에 오른 냉혹한 인간이라는. 그러나 원로들 모두가 선택한 진정한 왕은 그분뿐이십니다. 나쁜 것은 그의 형제들이지요. 그들은 왕의 자리를 노리고 폐하를 해치려 했습니다. 그들은 옛날부터 그런 식으로 그들의 앞길을 막는 피붙이들을 죽였습니다. 그들은 당시 세자였던 저의 아버지를 해쳤습니다. 그 때문에 저는 한 번도 아버지를 뵌 적이 없습니다."

아티마는 잠시 눈물 어린 눈을 깜박거리다 눈을 문지르며 말을 이었다.

"공주님은 제가 왜 이런 말씀을 드리는지 그 이유를 모르시겠지요? 저는 중요한 임무를 맡고 사절로 탄타마사에 왔습니다. 이노아를 떠나기 전 아즈나 폐하께서는 저를 따로 불러 사신으로서 해야 할 일들을 가르쳐주셨지요. 그때 저는 폐하께서 우울하신 것을 알고 그 이유를 조심스럽게 여쭈었습니다.

'폐하께서는 마슈데하의 전투를 승리로 이끄셨습니다. 그런데 무엇 때문에 그렇게 우울해하시나요?'

그러자 폐하께서 말씀하셨습니다.

'나에겐 태어날 때부터 이유를 알 수 없는 우울과 슬픔이 있다. 그뿐이니 네가 신경쓸 필요없다.'

그리고 폐하께서는 친히 제 손을 잡고 조심하라 말씀해주셨습니다. 저는 그만 눈물이 날 것 같은 걸 참고 말했지요.

'폐하의 슬픔을 덜어드리고 싶습니다. 제가 할 수 있는 일이라면 무엇이든 말씀해주세요.'

그러자 폐하께서는 미소지으며 말씀하셨습니다.

'그렇다면 탄타마사에 가서 나를 대신해서 인사해다오. 그곳은 리무 공주의 고향이지. 리무 강을 건널 때 그 물을 가져다 그 땅에 뿌려다오. 그녀를 이 세상에 맞이해주어 고맙다고 전해주렴. 언제고 내가 직접 가서 인사할 수 있을 때까지 네가 나를 대신해주었으면 싶구나.'

공주님께 그때의 폐하의 미소를 보여드리고 싶습니다. 그렇다면 공주님께서도 제가 이러는 이유를 이해해주시겠지요."

아즈나의 말을 전하는 아티마의 어투며 말씨가 아즈나 본인과 너무도 똑같아 리무는 잠시 넋을 잃고 과거의 기억 속을 표류했다. 환한 봄빛 아래에 카르타의 이야기를 들으며 그와 처음 만났던 때가 떠오르자 가슴이 메여왔다. 자신도 어렸고 그도 어렸다. 리무는 당시 그가 자신에게 보여주었던 서툰 호의를 떠올렸다. 리무 강에서 폭풍이 치던 날 자신이 그 은도끼를 영원히 잃어버렸음을 생각했다.

'아즈나, 당신은 그처럼 나를 생각해주었습니까?'

소년은 상대의 눈에서 짙은 슬픔이 베어나오는 것에 당황했다. 그러나 리무는 마음을 진정시키고 입을 열었다.

"당신은 신의 은총을 받으셨군요."

소년은 고개를 끄덕였다.

"네, 그렇다고 하더군요. 저는 유복자로 태어났습니다. 제가 막 태어났을 때, 저의 목숨을 노린 사람들 때문에 어머니께서 지혜와 학문의 여신 사라스와티의 신전에 저를 맡기셨습니다. 그 덕에 사라스와티 님의 은총을 입고 저는 다른 사람의 말을 그대로 기억하는 재주를 가지게 되었습니다."

리무는 소년의 손을 잡고 부드럽게 입을 열었다.

"사라스와티 님께서 그대에게 정말로 소중한 은총을 내려주셨군요. 그대 덕분에 나는 마치 그를 직접 만나 이야기를 들은 듯 기뻤습니다. 신의 은총을 받은 당신에게 부탁이 하나 있습니다. 부디 그에게 가서 나의 말을 전해주시지 않겠습니까?"

아티마가 어리둥절하는 사이 리무는 아티마의 귀에 입술을 가까이 하고 몇 마디의 말을 속삭였다.

여섯 형제들은 리무와 아티마를 둘러싸고 침묵한 채 그들의 대화가 끝나기를 기다렸다. 그들은 각자 나름대로의 생각에 잠겨 있었다.

'리무가 아즈나 왕과 만난 일이 있었구나. 분명 몇 년 전 무예시합이 열렸을 때 사라마유의 수도에서 만났겠지. 아즈나 왕이 전부터 리무에게 신경을 쓰더니 그런 연유였군.'

누구도 나서서 입을 열지는 않았으나 그들은 리무가 소년에게 무슨 말을 하는지 궁금해했다.

리무의 속삭임은 소년을 크게 놀라게 만들었다. 그는 총명한 눈을 동그랗게 뜬 채 리무를 바라보며 연거푸 물었다.

"공주님, 지금 하신 말씀이 진심이신가요? 정말이시지요?"

리무는 고개를 끄덕였다.

"네, 부디 그에게 전해주세요. 부탁드립니다."

리무는 인사하고 일어서서 다시 코끼리에 올라탔다. 아티마가 길을 비켜서자 여섯 형제들이 누이를 데리고 왕성 안으로 사라졌다.

아디토야는 다른 형제들보다 조금 늦게 출발했다. 그는 몇 번이고 아티마에게 입을 열려하다가 결국 그만두고 형제들의 뒤를 따랐다.

홀로 남은 어린 소년은 그들 일행이 사라지는 모습을 멍하니 지켜보다가 문득 정신을 차렸다.

'이럴 때가 아니야. 폐하를 어서 뵈야겠구나.'

그는 곧 자신의 거처로 가 말을 준비한 후 아즈나를 찾아나섰다.

그때 스바얌바라의 후보자들은 탄타마사 왕실에서 마련한 연회에 참석하고 있었다. 낮의 스바얌바라가 긴장에 가득 찬 자리였듯 이 자리 또한 마찬가지여서 연회장이라 생각되지 않을 만큼 분위기가 매우 가라앉아 있었다. 아즈나 역시 그 자리에 참석해 있었고 오늘 열린 스바얌바라와 내일 일어날 일을 생각하고 있었다.

그때 시녀가 들어와 아티마가 자신을 찾아왔다는 알렸다. 아즈나는 곧 카르타와 함께 아티마를 만나보기 위해 연회장에서 빠져나왔다. 연회장 밖 정원에서 아티마가 기다리고 있었다. 서둘러 왕을 찾아온 터라 그 작은 얼굴이 붉게 상기되어 있었다. 어린 소년은 경외의 얼굴로 왕에게 먼저 절하고 후에 카르타에게도 절을 하였다. 아즈나는 소년에게 물었다.

"무슨 일이냐, 아티마? 얼마나 급한 일이길래 이곳까지 나를 찾아왔느냐?"

아즈나의 목소리는 엄했지만 얼굴빛은 부드러웠다. 어릴 적부터 가족이 혈육이 아니라 원수인 것처럼 살았지만 이 어린 소년만은 예외적인 존재였다. 이 소년의 존재 때문에 그는 자신이 한 번도 되어보지 못한 입장, 즉 형이라는 기분을 느껴볼 수 있었던 것이다. 지난 전쟁중에는 어쩔 수 없이 탄타마사로 보내야 했지만 이번에 이노아의 땅이 된 도시 마하사라마로 돌아갈 때 아티마를 데리고 갈 생각이었다.

"폐하, 몇 달 전 제게 말씀하신 것을 기억하시는지요. 저는 폐하의 말씀대로 리무 강물을 떠서 탄타마사의 땅에 뿌리고 불의 신 아그니에게도 공물을 올리고 감사의 기도를 올려, 이 땅의 모든 존재에게 인사를 했습니다. 그 기도의 효력이 이제 나타나는가 봐요."

아즈나는 처음에는 소년이 무슨 이야기를 하는지 잘 몰랐다. 전투를 치르며 보낸 지난 몇 달간의 기억이 너무나 강렬한 나머지, 이전 기억들을 알게 모르게 좀먹어가고 있었던 것이다. 몇 달 전 이노아의 왕성에서 나누었던 이야기들은 그의 기억 속에서 희미하게 사라져가고 있었다. 카르타가 입을 열었다.

"아즈나, 아티마는 지금 자신이 탄타마사로 떠나기 전 너와 만났을 때의 이야기를 하는 것이다. 아름다운 초승의 밤이었지. 그날 밤 아티마에게 너는 직접 몇 가지 부탁을 하지 않았느냐."

카르타가 몇 마디 말로 아즈나의 기억이 되살려주었다. 그는 고개를 끄덕이고 아티마에게 말했다.

"고맙구나, 나의 부탁을 들어주어서."

아티마는 가볍게 고개를 숙이고 대답했다.

"아닙니다. 오늘 저는 왕성으로 돌아가는 공주의 일행을 만났습니다. 그때 리무 공주님이 폐하께 전해드리라 한 말이 있습니다."

아즈나는 놀랐다.

"그녀를 만났다고? 그녀가 직접 너에게 말했느냐?"

"네, 폐하께 공주의 말을 전할 수 있어 너무도 기쁩니다.

'아즈나 폐하, 당신께 친히 드릴 말씀이 있습니다. 오늘 밤 달이 하늘 꼭대기에 걸릴 때 스바얌바라가 열렸던 자리에서 폐하를 기다리겠습니다.'

리무 공주님이 저에게 이리 말했습니다."

아티마의 말은 아즈나를 당황하게 만들었다. 그는 잠시 아무 말도 못하고 침묵을 지키다 한참만에야 겨우 입을 열었다.

"공주의 말을 전해주어서 고맙다. 돌아가 쉬거라."

아티마는 인사하고 돌아간 후 카르타가 미소지으며 입을 열었다.

"그녀와 만나 이야기를 나눌 수 있겠구나. 왜 기뻐하지 않는 거냐, 아즈나? 나는 네가 기뻐하리라 생각했는데."

아즈나는 땅만 내려다본 채 대답이 없었다.

'그녀는 내게 무슨 말을 하려 하는 걸까?'

아즈나는 이윽고 머리를 흔들며 대꾸했다.

"리무 공주가 나만을 부르지는 않았을 게 분명해. 그 녀석도 함께 불렀을 거야."

확신하듯 중얼거린 후 아즈나는 돌연 고개를 들었다. 그는 원망하듯 카르타에게 말했다.

"형은 언제까지 모르는 척할 거지? 나에게 이야기해줄 수는 없는 건가?"

카르타가 물었다.

"무슨 소리 하는 거냐?"

"나와 그녀와 그에 대해 형은 알고 있어. 모르는 척하지 마. 형은 언제나 그랬듯 모든 것을 알고 있어."

카르타는 잠시 묵묵히 동생을 응시했다.

"……너야말로 무언가가 기억나는 모양이구나. 얘기해봐라, 아즈나. 어떤 기억이 떠올라서 너의 마음을 괴롭히는 거냐? 너를 불안하게 만드는 게 무엇이냐?"

그러나 아즈나는 대답하지 않았다. 불어오는 바람을 맞으며 그는 더이상 말이 없었다. 한참만에 그는 마치 바람을 잡는 양 빈손을 들어 허공을 움켜쥐며 입을 열었다.

"아니, 지금은 이대로 좋아! 오늘 그녀를 만나면 모든 것이 확실해진다. 그 후엔 언제나 형에게 물어보고 싶었던 모든 것들을 물어볼 수 있겠지. 어째서 형은 태어날 때부터 비슈누의 아스트라를 알고 있었고, 그것을 나에게 가르쳐주었는지."

이날 아즈나는 한밤중이 되기를 기다려 브라흐마 사원 앞의 광장으로 향했다. 카르타가 숲까지 그와 동행했다. 꼽추는 숲에 도착하자 멈춰 서며 입을 열었다.

"나는 이곳에서 기다리는 게 좋겠구나."

아즈나가 고개를 끄덕이고 숲속으로 들어서는데 카르타가 등 뒤에서 부드럽게 말을 건넸다.

"반드시 돌아와야 한다."

아즈나는 잠시 걸음을 멈춰 서서 뒤를 돌아보았다. 형의 말은 그에게 이상한 기분을 자아냈다. 옛날 이유시크 왕의 앞에 나섰을 때도 형은 같은 말을 했다.

'반드시 돌아와야 한다.'

그것은 살아 돌아오라는 당부였다. 어째서 지금 그는 그런 말을 다시 하는 걸까?

아즈나는 카르타의 눈을 바라보았으나 언제나 자신을 지켜주고 보살펴주고 사랑해주던 형 카르타일 뿐이었다. 그는 고개를 돌리고 발걸음을 옮겼다. 그리곤 숲 너머로 보이는 브라흐마의 신전을 향해 바람을 받으며 달렸다. 아즈나는 처음에는 형을, 다음에는 자신을, 그리고 이 시간 이 장소로 부른 사람을 생각했다.

'그들은 나의 운명을 결정짓는 존재들이다.'

그는 마음속으로 확신했다.

숲속은 어두웠고 거대한 밤이 그 안에 끝없이 뻗어 있었다. 창조의 신 브라흐마가 세상을 만들기 전의 혼돈처럼, 불가사의한 무언가가 밤의 어둠에 무겁게 존재하고 있었다. 그것이 아즈나의 마음을 무겁게 했다. 그는 달빛의 선명함 때문에 오히려 더욱 짙은 어둠을 응시하며 기억하고 싶지 않은 기억을 떠올렸다.

어린 시절 어둠 속에서 목숨을 위협 당했고, 처음으로 사람을 죽인 것도 어둠 속에서였다.

'사실 나는 태어났을 때부터 어둠이 싫었다.'

아즈나는 풀벌레의 울음 소리만 정적을 깨뜨리는 어둠 속을 마구 달렸다. 어렴풋하게 안개가 깔리는 것을 느끼며 그는 이제 리무만을 생각할 뿐이었다. 처음 만났던 때와 어둠 속에 숨어 있다가 그녀를 다시 만났던 순간을 되새겼다. 차츰 발걸음이 느려지다, 어느 순간 아즈나는 발걸음을 멈췄다.

'그녀는 나를 만나 무엇을 이야기하려는 것일까?'

그는 리무가 그리웠다. 햇살 속에서 붉은 사리를 입고 자신에게 화관을 주었던 그 모습이 그립고 어둠 속에서 자신에게 손을 뻗어주었던 그 순간도 그리웠다. 그러나 그녀에게 향하는 지금 아즈나는 이유를 알 수 없는 망설임을 느꼈다.

그대로 어둠을 한 번 돌아보았다. 풀벌레 소리 사이사이로 우울하고 음침한 소리가 함께 들려왔다. 설명할 수 없는 불길한 예감이 들었다.

누군가가 저 어둠 안에서 울고 있다.

바람이 불어 얼굴을 차게 만들자 아즈나는 다시 발걸음을 옮겼다. 그는 곧 숲을 빠져나와 브라흐마의 신전 앞 광장에 도착했다.

스바얌바라의 장소는 더없이 조용했다. 한낮에 뿌려놓은 꽃들이 완벽한 정적과 어우러진 채 침묵하며 시들어가고 있었다. 아직은 짙은 자스민의 향기가 낮의 자취를 되새기게 했다. 그곳에 리무가 있었고 그녀의 뒤로 브라흐마의 신전이 은회색 달빛 아래 타오르듯 솟아올랐다.

신이 만든 거대한 빛과 어둠, 그 사이에 리무가 고독하게 서 있었다.

아즈나는 멈춰 서서 리무를 바라보았다. 그리움이 천천히 퍼져나가며 낮에 그녀를 본 순간 느꼈던 감정이 다시 표면 위로 떠올랐다.

그것은 생에서 가장 행복했던 순간의 기억이었다. 눈앞에 푸른 마슈데하 산이 봄의 신 바산타의 햇살 아래 펼쳐져 있다. 바람에 신선한 풀내음이 실려오고 새들은 노래한다. 신이 이 세상에 자신의 삶을, 행복을 준비해놓았음을 알게 된 순간이었다. 마슈데하 산에 봄이 되돌아옴을 약속한 소녀의 목소리가 귀에 울려 퍼진다.

아즈나는 저도 모르게 입을 열어 그녀를 불렀다.

"리무!"

그 목소리에는 더없는 애정이 배어 있었다. 아즈나는 다른 모든 생각을 잊고 그저 이러한 자신의 마음과 감정을 상대에게 전달하려 했다. 마음은 조급했지만 몸은 머뭇거렸다. 그때 리무가 고개를 돌리며 아즈나에게 미소지었다. 달빛 아래 그녀의 하얗고 창백하며 부드러운 미소 또한 쓸쓸한 느낌을 주었다.

"와주었군요, 아즈나."

두 사람은 오랫동안 서로를 마주보았다. 그들이 단둘이 만나는 것은 왕자들의 무예시합이 있던 몇 년 전 사라마유의 왕성에서의 만남 이후 처음이었다. 그러나 아즈나는 리무가 줄곧 만나왔던 사람처럼 다정하게만 느껴졌다. 그는 천천히 입을 열었다.

"나는…… 리무 강을 건널 때 당신이 그곳에서 나를 기다린다는 느낌을 받았습니다."

그는 그 느낌이 얼마나 자신을 행복하게 만들었는지는 말하지 않았다. 그러나 리무는 말하지 않아도 아즈나의 마음을 알았다. 그녀는 다정하게 대답했지만 그 목소리에는 어딘가 아련한 여운이 있었다.

"아마도 그러했을 겁니다. 저는 언제나 그곳에서 당신을 기다렸지요. 오랫동안 기다렸습니다. 결국 당신은…… 제게로 되돌아왔습니다."

아즈나는 리무의 수수께끼 같은 말을 들었다. 그 말에 의해 그는 리무가 예전의 그녀가 아님을 알았다. 그녀는 변했다. 그러나 지금의 그녀는 누구이고, 예전의 그녀는 누구란 말인가? 마음 밑바닥 속에 숨겨져 있는 기억의 파편, 그녀는 그 하나하나에 숨어 있는데.

'나와 너 사이에는 분명 옛이야기가 있다. 나는 모르고 지금의 너는 알고 있는 것이 있다. 리무, 너는 그 이야기를 하기 위해 나를 부른 것이겠지.'

확신이 들었을 때 아즈나는 자신 외의 인기척을 느꼈다. 어둠 속에서 한 사람이 천천히 걸어나왔다. 구름 사이에서 달이 솟아나오듯 그의 존재감이 점점 뚜렷해졌다.

마침내 달빛에 아비뉴아의 모습이 드러났다. 그는 먼저 리무를 발견했고 곧 이어 아즈나를 보았다.

세 사람은 서로를 응시한 채 서 있었다. 누구도 먼저 입을 열지 않은 채 긴 침묵이 흘렀다. 마침내 아비뉴아가 입을 열었다.

"탄타마사에 무사히 도착해서 다행입니다, 리무. 나는 줄곧 당신을 걱정했습니다."

그러고 나서 그는 아즈나에게 고개를 돌렸다. 역시 미리 짐작하고 있던 일이었는지 그다지 놀란 기색이 없었다.

"당신이 올 것이라 생각했습니다, 이노아의 왕이여."

아비뉴아에게 있어 아즈나는 언제고 반드시 죽여야 하는 상대였다. 그러나 정작 아즈나와 마주한 지금 아비뉴아의 마음은 이상하리만치 담담했다. 그저 끝없는 확신만이 들 뿐이었다.

'나는 여태 그를 증오한다고 믿고 있었다. 아니, 그리 믿으려 했다. 그러나 나는 그를 증오하는 것이 아니구나. 그래, 그저 그와 나는 공존할 수 없는 운명일 뿐이다.'

그는 리무를 바라보았다. 그녀 역시 그와 아즈나가 공존할 수 없는 상대임을 알 것이다. 분명 그녀가 이런 자리를 마련한 것에는 이유가 있다. 그는 그 이유 또한 알고 있었다.

'이것은 내가 그녀와, 그리고 그와 더불어 이번 생에서 한 번은 겪어야 하는 일이겠지.'

아비뉴아는 입을 다물고 리무가 입을 열기를 기다렸다.

리무는 눈앞의 두 사람을 바라보며 머리가 둘인 새의 최후를, 한쪽 날개가 부러진 독수리 하바를 생각했다. 그녀는 또한 황혼의 그림자처럼 어두운 눈동자와 깊은 밤처럼 검은 머리카락을 지녔던 예전의 제왕을 생각했다. 그는 가슴에 단검을 박고, 그렇게 자신에게서 떠났다. 그러나 그렇게 만든 것은 바로 리무 자신이었다.

'그렇다 해도 이 운명은 너무 잔인합니다.'

리무는 아비뉴아, 아즈나 둘 모두에게 다정하게 미소지었다. 두 사람을 모두 사랑하기 때문에 그녀의 마음은 몹시 아렸다.

"사라마유의 왕이시여, 이노아의 왕이시여…… 두 분께서 한자리에 함께 있을 수 없음을 압니다. 그럼에도 제 뜻대로 이곳에 와주신 것에 감사드립니다."

아즈나는 리무의 시선에 한없이 무겁게 내려앉는 기분을 참지 못하고 물었다.

"그대는 무엇을 하려는 겁니까?"

아비뉴아 또한 나직한 목소리로 물었다.

"이곳에 부른 이유가 무엇입니까?"

리무가 대답했다.

"제가 두 분을 부른 이유는 이야기를 하나 들려드리기 위함입니다. 부디 제 이야기를 들어주시겠습니까? 리무의 제왕이라 불린 인간의 왕 쉬카르데와 루드라의 어린 딸 리시프얀 사이에 있었던 이야기입니다."

두 사람이 침묵으로 동의하는 가운데 리무는 긴 이야기를 시작했다. 그것은 예전에 리무 강을 건널 때 자라가 그녀에게 들려주었던 이야기였고 그 이전에 그녀 자신의 기억이기도 했다.

"태초에 브라흐마께서 성스러운 강 리무를 이 세상에 만드셨습니다. 그것은 깊은 땅에 뿌리박은 나무 뿌리처럼 대륙을 꿰뚫은 여섯 물줄기였습니다. 이 성스러운 강이 세상과 함께 생겨났을 때 유지의 비슈누께서 강의 신에게 그의 속성을 주시며 명하셨습니다.

'만물을 유지하라.'

강의 신은 유지의 뜻을 좇아 유유히 리무를 다스리며 인간 세상을 번영시키게 되었습니다. 그때부터 세상은 유지되기 시작했습니다.

그러나 강의 신이 받은 것은 비슈누의 의지만이 아니었습니다. 파괴의 시바께서 또한 강의 신에게 그의 속성을 주시며 명하셨습니다.

'파괴하고 멸하라.'

그리하여 리무 강의 신은 강의 신인 동시에 징벌의 신인 폭풍의 루드라가 되었습니다.

루드라는 평소에는 인간들을 돌보나 그들이 신에 대한 공경의 마음을 잃어버릴 때 죽음의 춤을 추는 폭풍의 신이 됩니다. 강의 신은 보살피고 인내하고 감싸안으나 폭풍의 루드라는 분노로 배를 뒤집고 마을의 인간들을 쓸어버리며 수많은 생명들을 죽입니다. 이렇게 해서 유지와 파괴가 공존하게 되었습니다. 그것이 세상의 법칙이지요.

그러나 언제부터였을까요? 천신 루드라에게 고민이 생겼습니다. 모든 존재들이 가지고 있는 처음의 감정, 그것이 사라지지 않고 언제나 처음 그대로의 모습으로 그를 괴롭히는 것이었습니다. 처음의 감정이라는 것은 본디 시간이 지나면 마모되어 없어져야 합니다. 그런데 어째서 그의 그 감정은 사라지지 않는 것인지…… 징벌의 신이 되어 생명을 쓸어버릴 때 루드라는 언제나 마모되지 않은 슬픔으로 고통받아야 했습니다.

결국 천신은 그가 가진 처음의 감정을 버리기로 결심했습니다. 그는 그의 심장에서 처음의 감정을 이루는 부분을 떼어버렸고 그 이후로는 더이상 지독한 슬픔과 아픔을 느끼지 않게 되었습니다. 그는 눈 덮인 히말라야 산 깊숙이 자신의 심장 조각을 버리며 그것이 곧 죽을 것이라 생각하였습니다.

그러나 그 조각은 살아남았습니다. 창조신 브라흐마의 눈에 띄어 신의 은총을 받은 것이지요. 그것은 루드라의 어린 딸, 영원한 어린 소녀로 머물러서 처음 그대로의 감정을 지니는 리시프얀이 되었습니다. 루드라의 어린 딸은 그때부터 아버지가 만드는 슬픔의 뒤를 따르는 존재가 되었습니다. 그녀는 오랫동안 그렇게 살았습니다. 인간의 왕 쉬카르데를 만나기 전까지는요."

리무는 잠시 말을 끊고 밤 공기를 깊이 들이마셨다.

"제가 바로 그 루드라의 어린 딸입니다."

아즈나와 아비뉴아는 입을 다문 채였다. 리무는 계속해서 이야기를 이었다.

"아주 예전에 이 세상에 제왕 쉬카르데가 있었습니다. 그는 땅 위의 어느 누구도 그의 적수가 되지 못하고, 하늘의 천신들조차 그 힘에 위협을 느낄 정도로 강한 인간의 왕이었습니다. 그는 너무도 강했고 그것이 그의 잘못이 되었습니다. 인드라를 위시하여 모든 천신들이 그의 강함을 시험하여 그에게 아수라의 왕을 죽이라 명하였습니다. 그들은 인간은 결코 아수라의 왕을 죽일 수 없다고 믿은 것이지요. 그러나 쉬카르데는 아수라의 왕에게조차 승리했습니다. 인간이 인간으로서 가지는 한계를 그의 강함이 뛰어넘은 것입니다. 그 순간부터 모든 천신들이 쉬카르데의 죽음을 원했습니다. 그리고 쉬카르데를 죽일 수 있는 방법을 찾아내기에 이르렀습니다.

쉬카르데는 루드라의 어린 딸을 사랑하였습니다. 그녀가 언제나 처음 그대로의 마음을 지녔기에 사랑하였고 나중에는 같은 이유로 그녀를 떠났습니다. 그녀는 영원히 자랄 수 없고 그렇기에 결코 자신의 것이 될 수 없음을 알았기 때문이지요. 그러나 떠난 후에도 그는 여전히 그녀를 사랑하였습니다.

천신들은 쉬카르데의 그 마음을 이용하기로 결심하고 루드라의 어린 딸을 찾아 인간의 왕을 죽이라 명하였습니다. 그리고 리시프얀은 천신들의 뜻을 좇았습니다. 그녀가 그를 죽였습니다."

리무는 잠시 말을 멈추고 나직이 중얼거렸다.

"슬프고 어리석게도 그를 죽였습니다."

아즈나와 아비뉴아는 각기 조용히 선 채 리무의 이야기에 귀를 기울이고 있었다. 달빛이 세 사람을 비추었고 사방에 희미한 안개가 내려앉아 마치 어두운 강물 속에 잠긴 듯한 느낌을 주었다. 이야기를 하는 리무, 이야기를 듣는 아즈나와 아비뉴아, 그들 모두의 마음이 무겁게 가라앉았다.

아비뉴아는 생각했다.

'우리 모두는 거대한 카르마 안에서 살아간다. 끝없이 이어지는 운명 안에서 살아간다. 이제 나는 그녀의 이야기를 더이상 듣지 않아도 알 수 있다. 그녀가 루드라의 어린 딸이었다면 나는 쉬카르데였으리라.'

그는 고개를 돌려 아즈나는 바라보았다.

'그러나 그렇다면 그가 왜 이곳에 있는가?'

아비뉴아는 문득 리무의 입에서 흘러나올 이야기가 두려워졌다. 그녀는 지금 무엇인가를 결정지으려 하고 있다. 그 결정이 그는 두려웠다.

리무의 이야기는 계속되었다.

"그 후 유지의 비슈누께서 모든 사실을 아셨습니다. 비슈누께서 노하시니 모든 천신들이 크나큰 두려움에 떨었습니다. 비슈누께서 천신들에게 그들이 한 일을 수습하라 명하시니 이에 천신들은 파괴의 신 시바를 찾아 쉬카르데의 영혼을 부탁하였습니다. 시바께서 천신들의 부탁을 들어주시어 쉬카르데의 영혼은 대천신 시바의 아들로 태어나게 되었습니다. 시바의 부인 사티의 뜻으로 아들의 이름은

'선택받은 자'라는 의미의 아비뉴아가 되었습니다. 그는 후에 인계에 내려옵니다."

리무의 시선이 잠시 아비뉴아에게 머물렀고 아비뉴아는 흠칫 놀라고 말았다. 리무는 그에게 고개를 끄덕였다.

"그가 바로 아비뉴아, 당신입니다."

아비뉴아는 입을 열려 하다가 그만두었다. 갑자기 확연히 기억나는 것이 있었다. 그것은 옛날 아즈나에게 부상을 입고 삶과 죽음의 경계를 헤맬 때 꾸었던 꿈이었다.

'그래, 나는 요람 안의 어린 아기였지.'

그 꿈과 동시에 기억나는 것은 애정이었다. 그것은 어머니 소마사 왕비의 품속과도 비슷하고 아버지 이유시크 왕의 손길과도 같은 것.

아비뉴아는 생각했다.

'언제나 나는 나에게 강처럼 깊은 애정을 주는 사람들과 함께였다. 애정 안에서 자랐다는 확신이 있어.'

그러자 갑자기 자신 안에 있던 두려움이 사라졌다. 아비뉴아는 다시 리무를 향해 고개를 들었다.

리무는 아비뉴아를 바라보다가 조용히 이야기를 이었다.

"그러나 쉬카르데의 영혼은 온전히 신이 된 것은 아니었습니다. 천신들이 쉬카르데에 대한 두려움을 잊은 것은 아니었지요. 신조차 꿇어 엎드리게 하는 강함을 어떻게 잊을 수 있었겠습니까. 그들은 쉬카르데의 힘을 손상시키기로 결심하고 결국 그의 영혼을 둘로 찢어놓았습니다."

리무는 고개를 들어 하늘을 보았다. 하늘의 달을 보고 불어오는 바람을 느꼈다. 딛고 있는 땅을 느끼며 슬픔을 알려주는 아마르의 울음 소리를 들었다. 지금 이 순간 모든 천신들이 그녀의 이야기에 귀를 기울이고 있다.

"인간의 영혼을 찢은 순간 모든 천신들은 깨달았을까요? 그들은 쉬카르데의 강한 힘을 두려워하였지요. 그러나 사실 그들은 한 인간의 힘 앞에 굴복한 것이 아닙니다. 살아 있는 모든 존재, 설령 천신이라 할지라도 피해갈 수 없는, 바로 질투라는 추하고도 추한 감정 그 앞에 굴복한 것입니다."

그녀는 마음속으로 중얼거렸다.

'그렇지요 않나요, 천신들이시여?'

달이 구름 사이로 숨어 짙은 어둠이 내려앉고 불던 바람도 멈췄다. 세상에는 아무런 소리도 존재하지 않았다. 리무는 예전에 그러했던 것처럼 애원하듯 팔을 들어올렸다.

'저는 처음부터 미움과 분노를 위한 존재가 아니었습니다. 그러나 지금은 그 감정이 무엇인지 알았습니다. 어째서 이리 될 수밖에 없는 걸까요?'

달빛이 다시 사방을 비추었을 때 리무는 고개를 떨구며 팔을 내렸다. 그대로 그녀는 이야기를 이었다.

"쉬카르데의 영혼을 둘로 찢은 천신들은 시바께 반쪽의 영혼만을 건네고 나머지 반쪽의 영혼은 깊고 어두운 돌 아래 감추어두었습니다. 비슈누께서 찾아내시어 환생시키기 전까지 그 영혼은 끝없는 어둠 속에서 잠들어 있었습니다. 아즈나, 그것이 바로 당신입니다."

아즈나는 문득 벌레처럼 몸을 기어오르는 싸늘한 한기를 느꼈다. 그 느낌을 부정하려 애썼으나 그것은 쉽사리 사라지지 않았다. 이어지는 리무의 이야기는 그에게 고통을 주었다.

"루드라의 어린 딸은 리무라는 이름으로 다시 태어났지요. 이 생은 쉬카르데의 찢긴 영혼을 본래대로 되돌려놓기 위해 창조신 브라흐마 님께서 제게 주신 것입니다."

리무는 분명히 말했다.

"아비뉴아, 아즈나, 두 분은 결코 함께 이 세상에 존재할 수 없습니다. 두 개의 머리를 가진 새와 마찬가지로 한쪽이 살기 위해서는 다른 한쪽이 죽어야만 합니다. 저는 지금 그 선택을 하려 합니다."

아즈나는 창백한 얼굴을 들어 리무를 바라보았다.

"당신은 지금 누구를 선택하려 하는 것입니까?"

리무는 아즈나를 응시했다. 구름이 또다시 달을 가려 사방이 어두워진 가운데 긴 침묵이 흘렀다. 이 순간 리무는 슬프도록 부드러우며 단호했다. 그녀는 나직이 대답했다.

"아즈나, 당신의 영혼은 얼마나 오랜 세월 동안 어둠 속에서 기나긴 잠을 강요당했을까요. 그런데도 당신은 다시 태어나 저에게 웃음을 가르쳐주었습니다. 참을 수 없을 정도로 즐거운 웃음과 기쁨을 처음으로 알게 해줬습니다. 당신은 제게 있어 너무나도 소중합니다. 소중하고…… 소중해서 무어라 표현할 수 없을 정도로요."

리무는 잠시 말을 멈추고 쓸쓸히 미소지었다.

"그리고 아비뉴아 또한 제게 소중합니다. 그는 제게 무거운 슬픔과 분노를 가르쳐주었습니다. 그도 당신도 잃어버렸던 감정을 저에게 돌려주었습니다. 저는 당신을 사랑하듯 아비뉴아도 사랑합니다. 저는 결코 제 의지로 당신과 아비뉴아 중 어느 한쪽을 선택할 수 없습니다."

리무는 다시 한번 중얼거렸다.

"제 의지로는요. 그러나 선택은 이미 이루어졌습니다. 제 의지가 아닌 제가 살아온 생, 그 자체에 의해서 말입니다."

리무는 아즈나를 바라보았다. 그녀는 말로 하지 않았지만 그 눈길

속에 수천 수만 마디의 말을 담고 있었다. 말할 수 없는 애틋함이 그 시선에 넘쳐흘렀다.

갑작스럽게 아즈나는 이상한 소리를 들었다. 귀가 멍멍해질 정도로 세차게 울려 퍼지는 소리였다. 그것은 어린아이가 울면서 지르는 비명과도 같았다. 그 소리에 마음이 부서지고 한순간에 온몸이 싸늘하게 얼어붙었다. 아즈나는 갑작스레 무언가 깨닫고 한 발자국 물러섰다. 그녀의 뜻이 무엇인지, 그녀가 자신에게 무엇을 바라는지 알았던 것이다.

온몸이 부들부들 떨려왔고 신음이 나오려는 것을 눌러 참았다. 숨조차 쉴 수 없을 정도의 충격으로 고통스러웠다. 간신히 입을 열었을 때 자신의 목소리인지조차 의심스러운 쉰소리가 흘러나왔다.

"그가 선택되었군요. 그렇습니까?"

리무가 고개를 끄덕이자 아즈나는 다시 한 걸음 뒤로 물러섰다.

도망치자, 사라지자, 이 자리에서 피하자. 이곳에 있어서는 안 된다. 그녀는 이해할 수 없는 말을 한다. 보는 것만으로도 견딜 수 없는 표정을 짓는다.

그러나 아즈나는 결코 자신이 도망칠 수 없다는 사실을 알고 있었다. 그는 자신의 입에서 흘러나올 말이 두려워졌다. 무슨 말이 나올까? 대상 없는 미칠 듯한 분노가 솟아오르고 있는 지금 이 순간에……

누구도 입을 열지 않고 있었다. 그 고요 안에서 아즈나는 어지러움을 느꼈다. 영원히 지속될 것 같은 정적 속에 들리는 것은 자기 자신의 거친 숨소리뿐, 그 소리만이 점점 더 빨라진다.

그가 선택되었다, 나는 선택되지 못했고. 그것은 곧 죽음을 뜻한다. 둘로 나뉘어진 영혼, 선택된 하나와 선택받지 못한 하나.

아즈나는 고개를 들어 하늘을 보았다. 이 어둠과 빛, 딛고 있는 땅과 불고 있는 바람, 모두가 신이 만들어놓은 것이며 그들 자신이다. 그들 또한 나에게 죽으라고 말하는가? 그렇다면 그런 것들 따위는 전부 사라져버려라. 존재했다는 흔적조차 남지 않도록 산산조각으로 부서져버려라.

'내가 선택되지 않은 세상 따위 사라져버리는 것이 낫다!'

소리가 되지 않은 비명은 날이 선 칼날이 되어 마음을 베어갔다. 생겨난 증오와 저주를 맹세로 만들어내기 위해 혀가 움직이기 시작했다.

어차피 선택받지 못했다면, 희망이 말살되었다면 그 편이 좋다. 이 세상 따위 사라져버리는 편이 낫다. 부서져라! 죽어버려라! 그 무엇도 존재하지 않도록!

그러나 입 밖으로 나온 말은 저주가 아니었다. 끔찍한 파멸의 선언도 아니었다. 아즈나는 천천히 걸어나갔다. 그는 손을 뻗어 자신처럼 슬프고 고통스러울 존재를 강하게 끌어안았다.

순간 왈칵 눈물이 솟구쳤다. 아즈나는 어린아이처럼 울었다. 모든 고통과 슬픔을 눈물로밖에 표현할 수 없던 그 시절처럼 울었다.

부정하고 싶지만 부정할 수 없다. 이것은 그녀의 선택이다. 그녀에게 아직 생이 남은 이상 이 세상을 부술 수는 없다. 더이상 그녀를 슬프게 할 수는 없다.

그러나 어째서 나에게는 이런 결말밖에 없는가? 왜 이런 운명밖에는 주어지지 않는가? 행복해지고 싶다. 행복해지기 위해 신이 나에게 준 생이라 생각했다. 그녀가 선택해준다면 그리 살아갈 수 있는데…… 행복하게 살아갈 수 있을 텐데…… 그녀 또한 이런 고통을 겪지 않아도 될 텐데…… 지금 내가 느끼고 있는 이 지독한 감정을…….

아즈나는 간신히 입을 열었다.

"얘기해봐요, 리무. 어째서 내가 아닙니까?"

"미안해요, 아즈나."

리무는 대답했다. 결국 참지 못한 눈물이 흘러내렸다. 리무는 눈앞에서 쉬카르데의 죽음을 지켜본 그때처럼 울었다.

"옛날, 아주 먼 옛날의 그때처럼 나는 지금도 당신에게 죽어달라고 말합니다. 죽어주세요, 나를 위해 죽어주세요."

리무의 말은 비수처럼 아즈나의 가슴에 박혔다. 그는 상대를 끌어안은 팔에 힘을 주며 다시금 되물었다.

"대답해봐요, 어째서 내가 아닙니까? 왜 나를 선택하지 않지요? 나는 당신과 행복해지고 싶은데…… 당신을 행복하게 해줄 수 있는데……."

지금에야 아즈나는 알 수 있었다. 태어날 때부터 자신이 가지고 있던 그 돌발적인 우울과 고통의 이유를 이제는 너무나 잘 알았다. 자신은 기억하고 있었던 것이다, 스스로 자신의 가슴에 검을 찌른 순간을! 그녀가 자신에게 죽어달라고 말했던 순간의 그 두려움과 고통을 어렴풋이 기억하고 있는 것이다.

리무는 아즈나의 품에 머리를 기댄 채 무서운 슬픔을 눌러 참으며 한 마디씩 천천히 입을 열었다.

"사라마유에서 탄타마사로 돌아갈 때의 일입니다. 리무 강 한복판에서 스바라 왕국의 왕자 칼가에게 납치된 일이 있었습니다. 칼가 왕자는 저에게 아비뉴아를 죽이라 회유하려 했습니다. 그의 말을 듣는 순간 엄청난 고통과 분노를 느꼈습니다. 그 감정은 옛날 제 소중한 고양이 쉬카르데가 제 눈앞에서 화살에 맞았을 때 처음으로 배우게 되었던 것이지요. 그것이 제게 전생의 기억을 다시금 되살려주었습니다. 먼 옛날 모든 천신들이 저에게 쉬카르데를 죽이라 강요하던 그 당시의 기억까지 모든 기억을요.

그때 저는 제 존재 자체를 부정하는 일을 저지르고 말았습니다. 이런 세상 같은 건 부서져버리라고, 모든 생명들도 죽어버리라고, 그렇게 바랐습니다.

아즈나, 저는 아버지 루드라의 심장에서 떨어져나온 처음의 감정이었습니다. 생명을 얻은 그 순간부터 죽어가는 생명에 대해 슬퍼하고 위로하며 살아가는 존재가 되었습니다. 그런 제가 세상의 죽음과 멸망을 바란다면 더이상 저 자신으로 있을 수 없게 됩니다. 멸망과 파괴를 부르는 루드라의 심장 조각으로 다시 되돌아가, 결국 제 존재는 사라지게 됩니다."

리무는 아즈나의 품안에서 아비뉴아에게 시선을 던졌다.

"그러나 제가 그리 되지 않은 것은 아비뉴아 때문이었습니다."

아비뉴아는 미동 없이 선 채 그녀를, 동시에 아즈나를 바라보았다. 그는 이 순간 무엇을 어찌해야 좋을지 몰랐다. 마음은 더없이 혼란스러웠다. 모든 일이 자신의 의지 밖에서 돌아가고 있었다.

그러나 자신이 무어라 말할 수 있는 것일까? 선택받은 자, 아비뉴아라는 이름을 가진 자신이…….

리무는 속삭이듯 아비뉴아에게 말을 던졌다.

"아비뉴아, 당신이 예전에 해주었던 말이 그 순간 떠올랐습니다. 당신은 나에게 마음이 가는 대로 자유롭게 살라 말해주었지요. 다만 누군가를 죽일 때는 자신에게 말하라고, 그 순간이 온다면 설령 그 대상이 당신 자신일지라도 당신이 나를 대신해 자신을 죽여줄 것이라 약속하였습니다.

그때 알았습니다. 나의 생은 이미 아비뉴아, 당신을 선택해버린 것을요. 나는 예전에 하얀 고양이 쉬카르데의 이마에 입을 맞추며 그가 나를 지켜준다면 나도 그를 지키겠다고 맹세한 일이 있었습니다. 한 번 입 밖에 낸 맹세는 이미 흘러간 강물처럼 결코 되돌릴 수 없는 것입니다. 당신은 저를 지켜주었습니다. 그러니 저 또한 아비뉴아, 당신을 지켜야 하는 것입니다."

리무는 한 발자국 물러서서 아즈나의 품에서 벗어났다. 그녀는 눈물을 닦고 아즈나의 눈을 똑바로 응시했다.

"아즈나, 선택은 제가 하얀 고양이를 품에 안고 쉬카르데라 이름 붙여준 그 순간에 이루어졌던 것입니다. 저는 내일 아비뉴아에게 쉬카르데의 활이었던 야나가를 건네고 앞으로 그와 함께 살아가려 합니다. 그리고 저는 지금 그를 위해 아즈나, 당신의 오른팔을 요구합니다. 내일 스바얌바라에서 아비뉴아만이 야나가를 쓸 수 있도록 당신의 오른팔을 잘라 저에게 주세요."

신은 어미 새의 오른쪽 날개를 부러뜨림으로써 답을 가르쳤다. 어미새는 그를 따르지 못해 두 머리 모두를 죽였다. 리무는 속으로 다짐하고 또 다짐했다.

'나는 결코 그리하지 않을 것입니다.'

아즈나는 리무를 바라보았다. 처음 보았을 때의 그녀 모습이 눈앞에 아른거렸다. 당시 붉은 사리를 입은 그녀는 정말로 어렸다. 나도 그녀도 모두가 어렸다.

'그때의 너라면 지금처럼 나에게 말할 수 있을까?'

그래, 자라지 않는 편이 좋았다.

"지금 당신은 나에게 죽어달라고 말하고 있군요."

아즈나는 손을 뻗어 리무의 머리카락을 천천히 쓰다듬었다. 눈물은 이미 말라 있었다.

"당신도, 나도 우리 모두가 자라지 않는 편이 좋았을 것입니다."

아즈나는 몇 번이고 가만히 상대의 머리카락을 쓰다듬었다. 손가락 사이로 가느다란 머리카락이 흩어졌을 때 그는 뒤로 한 걸음 물러났다. 허리에 찬 검을 뽑아 왼손에 들었다. 허공을 움켜쥐고 있는 오른팔에 힘이 들어갔다가 다음 순간 스스로 풀렸다. 아즈나는 주저하지 않고 자신의 팔을 세차게 내리쳤다. 순간 단칼에 잘려나간 오른팔이 비릿한 피내음과 동시에 툭 소리를 내며 땅에 떨어졌다.

공기 중에 가득했던 달콤한 자스민의 향이 순식간에 축축한 피비린내로 바뀌었다. 회색 달빛 아래 흩뿌려진 검은 피가 빛났다. 바닥에 널려 있는 꽃 사이에 축축한 붉은 피가 빛났다. 피내음은 서서히 땅에 스며들어갔다.

지독한 고통에 한순간 아무것도 보이지 않았다. 그러나 이 고통조차 지금 자신의 마음을 채우고 있는 절망에 비할 수는 없을 것이다. 아즈나는 한때 자신의 것이었던 손을 내려다보았다. 피투성이인 그것은 얼마 전까지만 해도 자신의 몸의 일부였지만, 이젠 전혀 자신의 일부가 아닌 듯이 낯설게만 보였다. 수천의 목숨을 앗아갔던 무서운 그것, 달빛 아래 싸늘하게 보이는 이것이 정말로 나의 것이었을까?

'이것으로 나는 끝인가? 나의 파멸일까?'

아즈나는 잠시 주위를 둘러보았다. 세상의 모든 것이 다르게 보였다. 검은 바람이 슬프게 불어온다. 어두운 안개가 세상을 집어삼켰다.

'나의 삶은 여기서 끊어지는가?'

어지러웠다. 생명의 진수가 빠져나가며 무릎의 힘이 조금씩 풀렸다. 아즈나는 비틀거리며 무릎을 꿇었다.

'이대로 나는 죽는 것인가? 이대로 살았다는 흔적도 남지 않고 죽어야 하는가?'

그의 마음속에서 설명할 수 없는 어떤 감정이 떠올랐다. 그녀를 위해 팔을 포기하고, 이 세상을 부수고 싶다는 분노조차 포기하고 선택한 죽음이었다. 그러나, 그러나 아직은 살아 있다.

'나는 결코 이대로 끝을 내지는 않을 거다. 목숨이 붙어 있는 한 절대로!'

아즈나는 있는 힘을 다해 일어서며 왼손으로 피가 흐르는 상처를 움켜쥐었다. 그는 뒤돌아보지 않고 그 자리를 떠났다.

아즈나의 모습이 어둠 속으로 그림자가 빨려들어가듯 사라졌다. 그때까지 아비뉴아는 충격으로 한 마디도 하지 못한 채 서 있었다. 돌로 메워진 우물마냥 그의 가슴은 충격과 혼돈으로 가득 차 있었다. 그는 땅에 떨어진 아즈나의 오른팔을 응시했다. 저것이 정말 아버지 이유시크의 머리를 자른 그 팔이 맞는 것일까?

'만약 내가 선택받지 못했다면?'

돌연 그러한 질문이 머릿속에 떠올랐다. 그렇다, 지금 이 자리에서 팔을 잘라야 하는 것이 자신일 수도 있었다. 아즈나, 그는 바로 나 자신의 영혼이기도 하니까.

순간 거센 슬픔이 서서히 윤곽을 드러내기 시작했다. 아비뉴아는 이를 악물었다. 아즈나의 고통과 슬픔, 그 감정이 그대로 그의 마음에 떠올랐다. 아비뉴아는 거칠어진 호흡을 진정하며 눈을 감았다. 그가 이지러진 마음을 억누르고 눈을 떴을 때 리무는 몸을 숙여 땅에 떨어진 팔을 주워 올리고 있었다. 그녀의 옷은 이미 손에서 나온 피로 얼룩이 여기저기 묻어 있었다.

문득 아비뉴아는 생각했다.

'그녀를 이리 두어서는 안 돼.'

그는 떠나고 자신은 남았다. 어찌 되었든 그녀를 홀로 두어서는 안 된다. 그녀의 손이 피로 물들어 있게 놓아두어서는 안 된다. 아비뉴아는 다가가 리무의 손을 잡아 품에 끌어안았다. 리무는 피투성이의 팔을 껴안은 채 그에게 안겼다. 그녀의 젖은 얼굴을 바라보았을 때 너무도 선명한 확신이 아비뉴아의 마음에 각인되었다.

자신은 선택받았다.

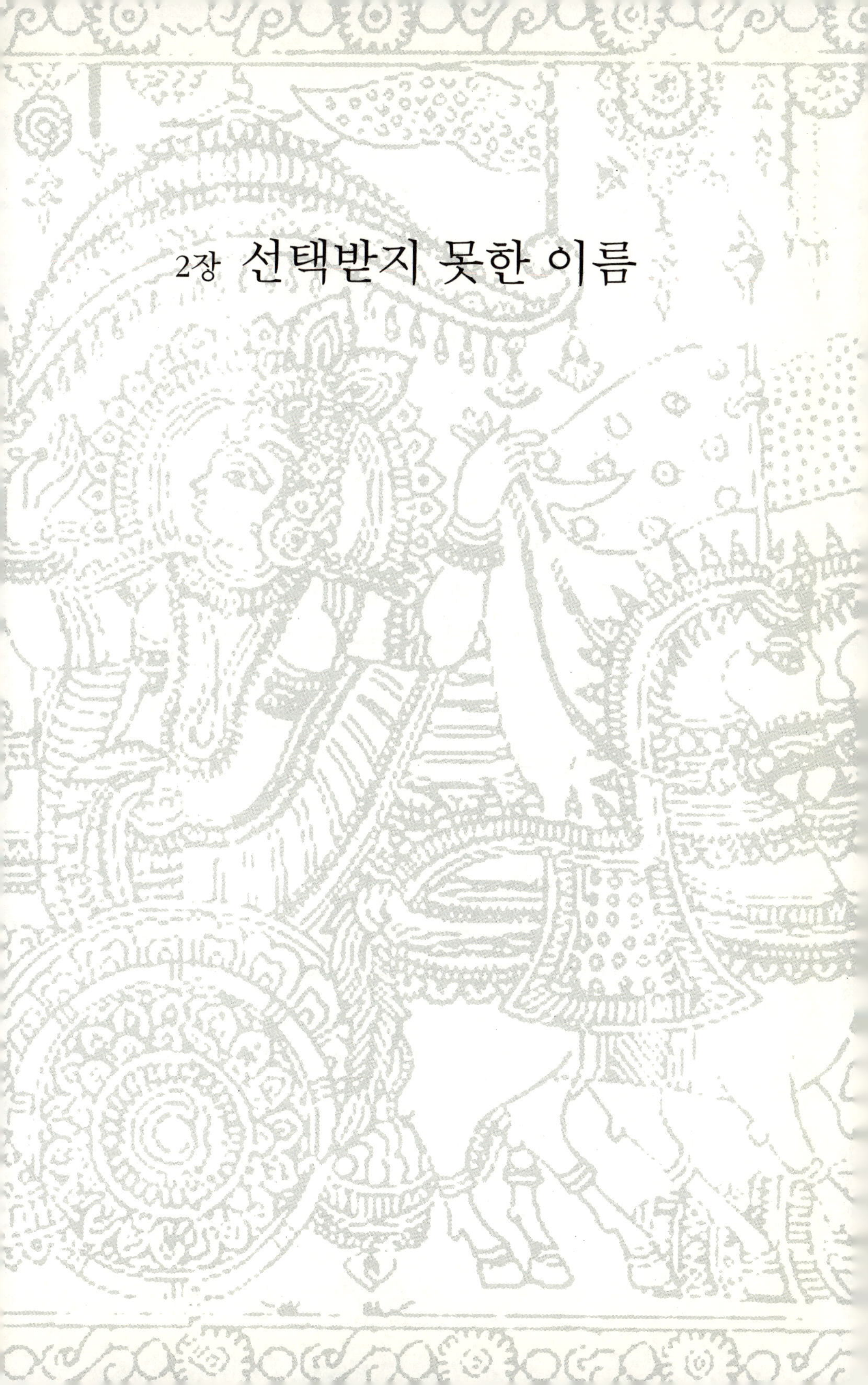

2장 선택받지 못한 이름

아즈나는 몸과 마음이 피투성이가 되어 있었다. 그가 고통과 슬픔에 가득 찬 채 숲에서 빠져나왔을 때 형 카르타가 맞았다. 이미 카르타는 아즈나의 잘려진 팔과 찢어진 마음을 알고 있었다. 그는 자신의 옷을 찢어 아즈나의 상처를 싸주었다. 꼽추의 손이 아즈나의 상처에 닿자마자 상처의 피가 멎었다. 그러나 아즈나의 마음에서 흐르는 피는 멎지 않았다.

동생은 젖은 얼굴을 들어 형을 응시했고 형 또한 오랫동안 소중히 보호해온 동생을 바라보았다.

이 순간 카르타조차 아즈나에게는 낯선 타인으로 보였다. 그는 떨리는 목소리로 물었다.

"형은…… 모든 것을 알고 있었지?"

카르타는 긍정도 부정도 하지 않았고 아즈나는 스스로 대답했다.

"알고 있었겠지. 형은 유지의 비슈누, 그 자신이니까. 우유의 바다에 잠긴 나라야나, 연꽃의 눈을 가진 신 중의 신. 그래, 나는 처음부터 알고 있었어. 형이 나에게 비슈누의 아스트라를 가르쳐준 그 순간부터! 형은 결코 어떤 신의 제단 앞에서도 무릎 꿇지 않는, 형 자신이 그 위대한 비슈누니까!"

아즈나는 찢어질 듯한 목소리로 외쳤다.

"대답해줘! 처음부터 이 결과를 알고 있었으면서 어째서 내게 이 런 생을 주었지? 차라리 어둠 속에서 잠자고 있던 그대로 소멸시키 는 편이 좋았을 텐데. 어차피 죽어야 한다면 나는 왜 이 세상에 태어 난 것이지?"

참을 수 없는 슬픔과 분노로 온몸이 떨렸다.

"어째서야?"

카르타, 위대한 유지의 신 비슈누의 화신은 아즈나를 바라보며 침 묵했다. 그가 입을 열었을 때 그는 절대적으로 정의로운 세계의 유 지자, 비슈누 그 자신이 되어 있었다. 그의 음성은 하늘과 땅을 흔드 는 위엄을 가지고 세상에 울려 퍼졌다.

"그것이 신의 정의이다. 모든 영혼들에게 동일한 기회를 부여하는 것이야말로 유지의 신인 나의 본질이지. 세상의 모든 시작과 끝을 알고 있는 내가 지닌 역할이다. 아즈나, 나는 결코 결과를 바꾸지는 않는다. 그저 일어나야 할 모든 일이 일어날 수 있도록 이끌 뿐.

처음부터 결과는 정해져 있었다. 제왕 쉬카르데의 영혼은 아수라 의 왕을 죽인 순간부터 더이상 인간이 아닌 신의 영역으로 들어와 있었다. 한걸음 나아간 영혼의 성숙이 이루어진 것이다. 모든 것은 순리대로 진행되어 그는 시바와 사티의 선택받은 아들 아비뉴아가 되었다. 이번 생에서 아즈나, 너의 죽음을 밟고 인간의 왕 쉬카르데 는 완전한 영혼을 되찾아 아비뉴아라는 위대한 신이 될 것이다.

그렇기에 나는 네가 선택의 순간이 오기까지 몇 번이고 네 곁에서 너의 생명을 구했다. 네가 왕이 되어 네 스스로를 지킬 수 있게 되었 을 때 그것으로 카르타라는 이름을 가진 나의 역할은 이미 끝났다. 유지의 신으로서 나는 너에게 생의 기회를 부여했다."

아즈나는 참지 못하고 외쳤다.

"닥쳐!"

그의 목소리가 숲속 가득 울려 퍼졌다. 나뭇가지가 흔들리며 새들이 이곳저곳에서 한꺼번에 날아올랐다. 동쪽 하늘의 옅은 빛을 받으며 빛나고 있던 은백색 안개가 흩어졌다. 아즈나는 끓어오르는 분노를 느끼며 다시 한번 외쳤다.

"닥쳐! 그것이 쉬카르데이건 무엇이건 내가 죽어야 한다는 사실은 바뀌지 않아! 내가 원하지 않는 죽음을 맞이해야 한다는 사실은 변하지 않아!"

카르타는 조용히 대꾸했다.

"아즈나, 세상에 태어난 모든 자는 한 번은 죽는다."

아즈나는 손으로 얼굴을 감싸고 참을 수 없는 격한 슬픔에 떨었다. 잠시 후 그는 덜덜 떨리는 손을 간신히 얼굴에서 떼었다.

"그래, 모두가 세상에 태어난 이상 한 번은 죽지. 그러나 영혼은 죽지 않고 카르마의 굴레 속에서 만났던 사람과 다시 만나며 수없이 생을 되풀이해. 그렇다면…… 그렇다면 나는 무엇이지? 나의 이 영혼이 죽음과 동시에 그 녀석의 것이 된다면, 나는 뭐라고 생각하는 것이 좋은 거지? 본래의 자리로 돌아가는 것이라고 생각하며 체념해야 할까? 나는 소멸하는 거라고! 이 세상에 살아 있었다는 사실조차 없어져! 두 번 다시 나 자신으로 태어나지 못하고 사라져가는 거야! 이 사실을 내가 어떻게 받아들여야 좋다는 거지?"

아즈나는 자신의 볼에서 쉴새없이 눈물이 흘러내리는 것을 느끼며 미친 듯 외쳤다.

"신의 정의? 닥쳐! 나는 신을 믿었어. 내게 주어진 생은 신이 나를 위해 준비해놓은 길이라 생각했어. 그러나 아니었어. 처음부터 나는 이미 정해진 운명 속에서 놀아났던 거야. 신의 정의가 무엇이기에!

그것이 무엇이기에 이런 고통과 슬픔을 알지 못하고 죽을 수 있는 선택의 권리조차 없는 거지!"

아즈나는 말을 마치고 끝없이 오열했다. 카르타는 동생의 슬픔과 고통을 지켜보았다. 아즈나를 바라보는 꼽추의 눈빛이 더없이 애잔해졌다.

"그래, 아즈나. 그것은 나 자신조차 거스를 수 없는 신의 정의, 그것이 내 존재의 근원이다."

그는 다가가 동생의 어깨를 안아주었다. 그는 마치 손을 풀면 상대가 사라지기라도 할 듯 그 손에 힘을 주었다.

"미안하다, 아즈나. 미안하다……."

그는 몇 번이나 되풀이해 중얼거렸다. 꼽추의 흉한 얼굴 역시 뜨거운 눈물로 흠뻑 젖어들었다.

"그러나 아즈나…… 너는 결코 그냥 사라지는 것이 아니다. 나는 너를 기억할 것이다. 설령 그것이 내가 이 환생을 끝마친 후 곧 잊어버릴 기억이 될지라도, 나는 너를 기억할 거야. 위대한 비슈누는 환생을 마친 후 999마리의 코브라 위에서 잠을 자며 전생의 모든 기억과 감정을 씻는다. 나 또한 그리 너를 잊겠지. 그러나 나는, 카르타라는 이름을 가진 나는 결코 너를 잊지 않을 것이다. 내가 사랑했던 동생 아즈나의 이름을.

아즈나, 그녀 또한 결코 너를 잊지 않을 것이다. 그녀가 리시프얀으로 돌아간다 해도, 리무란 이름을 가진 소녀만은 일생 너를 기억하고 마음 깊숙이 너를 묻을 것이다. 너는 결코 소멸하지 않아. 내가, 그녀가 너를 기억한다는 그 사실만은 세상 그 어딘가에 반드시 남는 거야."

카르타에게서 떨어진 눈물이 아즈나의 머리를 적셨다. 아즈나는 고개를 들어 형을 바라보았다. 처음으로 겪는 형의 눈물이 그의 떨리는 마음을 조금이나마 진정시켰다. 그는 카르타의 말을 되새겼다.

'형은 나를 잊지 않는다. 그녀 또한 나를 잊지 않는다.'

아즈나는 침묵했다. 입을 연 순간 쏟아져나올 감정을 스스로 감당할 수 없을 것 같았다. 그는 그저 몸을 채운 감정이 시간과 함께 조금이나마 무디어지기를 기다렸다.

'내가 왜 이렇게 어린 나이에 왕이 되었는지 알 것 같아. 운명은 한순간이라도 더 빨리 그녀에게 선택의 순간을 선사하고 싶었던 것이다. 죽기 위해 태어난 존재인 나를 일순이라도 더 빨리 죽여야 했던 것이다.'

분노가 어느 정도 가라앉은 마음에 끝없는 슬픔만이 무겁게 자리잡았다. 아즈나는 희미하게 밝아져가는 하늘을 올려다보았다.

오른팔을 잃었다. 그리고 영원히 그녀를 잃었다.

'그러나 이대로 죽어야만 할까. 모든 것이 나를 버렸다 해도 나 자신마저 나를 버리고 생을 포기해야 할까?'

그렇게 하고 싶지는 않다. 그러나 이제 무엇이 생의 목적이 될 수 있을까? 삶의 이유가 될 수 있을까?

그리하여 선택받지 못한 자, 이노아의 왕 아즈나는 입을 열었다. 한 번 입 밖에 내놓으면 결코 되돌릴 수 없는 맹세의 말이 그의 입술에서 흘러나왔다.

"나는 결코 잊혀지지 않겠어. 이 세상 그 누구도 나의 이름을 잊도록 놔두지 않아. 나의 이름은 잊을 수 없는 이름 '아즈나'로 결코 이 세상에서 사라지지 않을 거야. 내가 일으킨 전쟁, 내가 죽인 사람, 내가 흐르게 하는 피의 강과 더불어! 설령 리무 강이 말라버리는 한이 있더라도 나의 이 맹세가 이루어지기 전까지는 마르지 않는다."

그의 맹세가 세상에 울려 퍼졌다.

카르타는 동생의 맹세를 지켜보았다. 아즈나의 맹세가 끝났을 때 동생에 대한 애정이 다른 모든 마음에 앞섰다. 그는 자신이 들고 있던 무기를 아즈나의 손에 쥐어주었다.

"이것은 비슈누의 무기인 원반, 차크라이다. 이 무기를 들 때 너는 세상에서 최고로 강한 힘을 얻게 될 것이다. 본디 나의 것이나 나는 네게 이것을 빌려주마. 이것은 너에게 잃어버린 오른팔 이상의 역할을 할 것이다. 너는 이것으로 인해 그와 동등해질 것이다."

동생을 바라보는 카르타의 눈에 한순간 남은 눈물이 빛났다.

"결코 너의 운명을 바꿀 수는 없다 해도."

태양신의 전차가 동쪽 하늘에 높이 떠올랐을 때 전날과 마찬가지로 스바얌바라의 자리에 수많은 사람들이 모여들었다. 몇몇 왕과 왕자들은 어제 이미 고국으로 돌아가기도 했으나 대다수의 사람들은 남아 스바얌바라의 결과를 지켜보려 했다. 사라마유와 이노아 어느 한쪽을 각각을 편들고 있는 왕국들은 물론, 중립을 지키고 있는 왕국들도 오늘 스바얌바라의 결과에 관심이 많았다. 결과 여부에 따라 현재 휴전중인 두 나라의 힘의 균형이 깨질 수도 있는 것이다.

정오가 되었을 때 사라마유의 왕 아비뉴아가 도착해 모두의 시선을 한몸에 받았다. 그는 굳은 얼굴로 식장에 들어선 후 좀처럼 입을 열지 않았다. 사람들은 또 한 명 남은 후보자인 이노아의 왕을 기다렸으나 그는 좀처럼 오지 않았다.

결국 왕녀가 먼저 도착했다. 꽃의 향기와 신성한 음률 속에서 잔

드라의 손을 잡은 리무가 등장하자 브라흐마나들은 축복의 도형을
그리고 성화를 붙였다. 리무는 어제와 마찬가지로 눈부신 신부복을
입고 화려한 화관을 손에 들고 있었다.

오늘 저 왕녀의 손에서 화관을 받아 남편으로 선택될 자는 과연
누구일까에 대한 궁금증으로 이 자리에 모인 사람들이 대다수였다.

다나가 단 아래에 제왕의 활 야나가를 놓았다. 이제 후보자들이
이 활을 쏠 일만이 남았다.

계속해서 시간이 흘렀으나 이노아의 왕 아즈나는 여전히 도착하
지 않았다. 결국 그를 부르기 위해 사람이 출발했다. 사람들은 차츰
아즈나 왕의 행동에 대해 웅성거리기 시작했다.

"스바얌바라에 늦는 일은 있을 수 없습니다."

"더구나 후보자가 단둘인 이런 상황에서는 말입니다. 왕녀를 일부
러 모욕하려는 것이 아니라면."

이곳저곳에서 추측이 남발했다. 어떤 사람들은 줄곧 입을 열지 않
고 있는 아비뉴아 왕을 의심스레 보았다.

'그가 아즈나 왕에게 어떤 암수를 가한 것은 아닌가?'

사람들의 웅성거림은 시간이 흐름에 따라 점점 커져 결국 이곳저
곳에서 말다툼이 일어나기 시작했다. 여섯 형제들을 비롯하여 몇몇
이들이 소란을 가라앉히려 나섰으나 식장은 쉽게 조용해지지 않았
다.

이노아의 편을 들고 있는 수바트라 왕국의 다르한 왕자가 아비뉴
아 왕에게 다가감으로 긴장은 정점에 이르렀다.

"쉽게 얻을 수 있는 과일만큼 좋은 것이 어디 있겠습니까."

그의 이죽거림에 사람들은 긴장했다. 아디토야가 만일의 사태를
대비해 다가갔으나 아비뉴아 왕은 대꾸조차 하지 않았다. 그는 다르

한을 거들떠보지도 않았다. 다만 북쪽 방향으로 꽂혀 있는 여러 나라 왕실의 기 중 이노아 왕실의 기에만 시선을 던졌다. 바람이 불 때마다 기 속의 황금 사자는 뛰어오르듯 움직이고 있었다.

아비뉴아는 똑같은 기가 지금 마하사라마에 펄럭이고 있을 것을 생각했다.

'기억해라, 아비뉴아. 어떤 상황이 되건 이제 네가 할 일은 하나라는 것을. 저 기를 마하사라마의 수도에서 없애야 한다. 아버지의 죽음을 잊어서는 안 된다. 피의 대가를 받아내야 한다. 설사 그것이 이미 공정을 잃은 승부가 될지라도. 나와 그는 다시 싸워야 한다.'

아비뉴아가 끝내 침묵하자 다르한도 어쩌지 못했다. 그는 아디토야의 설득으로 물러갔다. 모두들 계속해서 이노아의 왕을 기다렸으나 아즈나 왕을 부르기 위해 간 사람조차 좀처럼 돌아오지 않았다. 마침내 왕세자 잔드라가 나서서 선언했다.

"스바얌바라는 오직 참석한 자에게만 그 권리를 주는 것입니다. 이유 없는 불참은 그 권리를 인정받을 수 없습니다. 만일 오늘 해가 지기 전까지 이노아의 왕 아즈나가 나타나지 않는다면 탄타마사 왕실은 더는 그의 권리를 인정하지 않겠습니다."

누구도 반박하지 못하는 가운데 시간은 계속 흘렀다.

태양이 땅에 깔리기 시작하고 대부분 아즈나 왕이 나타나는 걸 체념한 바로 그때, 누군가 갑자기 석양을 등에 업고 식장에 나타났다. 긴 그림자를 드리우며 등장한 이는 이노아의 브라흐마나 샤마였다. 그는 이루 말할 수 없이 침통한 얼굴을 하고 있었다. 여러 왕과 왕자들의 앞에 섰을 때 그는 쓰디쓴 자신의 표정을 지우고 그대로 리무의 앞으로 나아갔다.

"리무 공주님, 당신께 아즈나 폐하의 불참을 알릴 수밖에 없는 저를 부디 용서하여주십시오."

그의 말에 기다림에 지친 사람들은 흥분해서 떠들기 시작했다.

"그것이 무슨 소리인가! 탄타마사, 아니 왕녀에 대한 모욕이지 않은가! 아즈나 왕은 어디에 있는가?"

"이는 분명 사라마유 측의 흉계이다! 아즈나 왕이 까닭 없이 불참할 이유가 무엇이란 말이냐!"

잔드라가 서둘러 사람들을 진정시키려 나섰다. 이곳에 무기를 가진 자는 많지 않으나 흥분하다 보면 무슨 일이 일어날지 모르는 일이었다.

"모두들 진정하십시오! 이제부터 그 이유를 듣도록 하겠습니다."

좌중이 다소 조용해지자 잔드라는 샤마에게 다가가 엄하게 물었다.

"그대의 왕이 불참하는 이유는 대체 무엇인가? 다르마에 인정받을 수 있는 정당한 이유가 있는 것인가?"

대답하는 샤마의 얼굴이 침통하게 일그러졌다.

"이유를 말씀드리지요. 폐하께서는 오른팔을 잃어버려 더이상 활을 쏠 수 없는 몸이 되셨습니다. 야나가를 당겨 사라마유의 왕과 승패를 겨루실 수 없습니다."

이 말이 모두에게 가져다준 충격은 어마어마했다. 모두들 한순간 충격으로 조용하다가 마른 짚더미에 불이 붙은 양 일제히 떠들어대기 시작했다. 신성한 스바얌바라의 분위기는 완전히 와해되고 말았다. 누가 감히 아즈나 왕의 팔을 잘랐단 말인가! 식장은 수백 가지가 넘는 추측과 사라마유에 대한 비방으로 말의 홍수를 이루었다.

누구인지 모르나 참지 못하고 무기를 빼어 들었다. 그를 시작으로 무기를 가진 왕과 왕자들 모두가 일제히 무기를 빼어 들었다. 잔드라의 얼굴은 그만 창백하게 질리고 말았다. 아직 누구도 직접 상대를 베지는 않았으나 피 한 방울이라도 땅에 떨어지게 되면 그걸로 스바얌바라는 끝이었다. 신의 축복이 깨지는 것이다.

여섯 형제들 모두의 안색이 변했으나 누구도 당장 손쓸 방법을 찾지 못했다. 사바르니는 일의 진행을 지켜보며 누구든 먼저 무기를 쓴다면 곧장 궁수부대와 병사를 불러오리라 생각했다. 병사들은 멀리 떨어지지 않은 곳에서 대기하고 있었다.

'그러나 일단 무력분쟁이 일어난다면 그를 무력으로 막는 것 또한 현명치는 못하다. 더구나 각 나라의 귀빈들을 대상으로 더더욱 그럴 수 없다.'

이마에서 한 줄기 식은땀이 흘러내렸다.

그때 아비뉴아가 갑작스럽게 단 앞으로 뛰어나오며 잔드라에게 고개를 숙여 인사하고 선언했다.

"저의 권리대로 야나가를 쏘겠습니다."

그는 단 아래의 야나가를 들더니 곧장 단 위로 뛰어올라갔다. 그가 단숨에 활의 시위를 걸고 사람들을 향해 당기니 좌중이 순식간에 조용해졌다. 아비뉴아는 냉랭하게 외쳤다.

"나에게는 오늘 이 활의 시위를 당겨 화살을 쏠 수 있는 권한이 있다! 그것이 오늘 내가 치러야 할 시험! 대답해라, 누가 나의 과녁이 되겠느냐? 누가 나의 아스트라를 받겠느냐!"

모든 왕과 왕자들이 아비뉴아의 기세에 압도되었다. 감히 누구도 아비뉴아의 분노를 사려하지 않았다. 흥분했던 분위기가 갑작스레 가라앉으며 모두들 하나 둘씩 자신들의 무기를 집어넣기 시작했다. 식장이 완전히 조용해진 후에도 아비뉴아는 활의 시위를 늦추지 않았다. 그는 여섯 형제들을 향해 물었다.

"어찌되는 것입니까. 아즈나 왕의 불참으로 승리는 자동적으로 나의 것이 되는 것입니까? 아니면 어제 말씀하신 대로 이 활을 쏜 후에야 내가 승리하게 되는 것입니까?"

사바르니가 이에 퍼뜩 정신을 차리고 가장 먼저 나섰다. 그는 단 앞에 서서 큰 소리로 외쳤다.

"아비뉴아 왕이 활을 쏘아야만 승리가 그의 것이 된다고 생각하시는 분은 앞으로 나와주십시오!"

낮은 웅성거림이 일었다. 아비뉴아가 활을 쥐고 있는 한 당연히 누구도 앞으로 나오려 하지 않았다. 사바르니의 말은 아비뉴아의 승리를 사람들 앞에서 확신시키고 후에 누구도 불만을 갖지 않도록 쐐기를 박는 것에 지나지 않았다. 그는 충분한 시간을 두고 기다린 후 다시 외쳤다.

"그렇다면 탄타마사 왕실은 오늘 해가 완전히 진 후에 자동적으로 아비뉴아 왕이 스바얌바라에 선택되어 공주를 아내로 맞는 것을 인정하겠습니다!"

이에 아비뉴아는 활을 내려놓고 석양이 내려앉은 서쪽 하늘을 바라보았다.

온 세상이 석양빛에 물들어가고 있었다. 브라흐마의 신전을 둘러싼 숲은 붉은 강처럼 보였다. 바람이 불 때마다 나뭇가지에 걸린 종들이 은은한 소리를 내며 흔들렸다. 아비뉴아는 자신의 왼쪽에 서 있는 리무를 바라보았다. 저물어가는 석양처럼 그녀도 지고 있는 작은 태양처럼 보였다. 그녀를 바라보는 그의 마음은 고통스러웠다. 석양도 사라져가는 하늘 아래 선택받은 자는 참담한 기분으로 입을 열었다.

"당신은 그를 잊을 수 있습니까?"

굳이 대답을 들으려 한 말이 아니었고 리무 또한 그것을 알기에 대답하지 않았다.

이때 리무는 아즈나만을 생각했다. 그것은 오늘 해가 저버린 후부터는 생각하지 말아야 할 이름이었기에 더더욱 그의 생각을 간절하게 했다.

'그러나 잊을 수 없겠지.'

영원히 잊을 수 없으리라. 신전이 달빛에 타오르듯 솟아 있던 그 밤과 흩뿌려진 비릿한 피 냄새를…….

얼마 후 석양은 완전히 져버렸다. 리무는 몸을 돌려 들고 있던 화관을 아비뉴아의 목에 걸었다. 둘의 눈이 순간 마주쳤지만 리무는 아비뉴아의 타는 듯한 시선을 피해버렸다. 그들이 단에서 내려왔을 때 샤마가 아비뉴아에게 다가왔다. 의심하듯 아비뉴아를 바라보는 그의 눈이 차갑게 빛났다. 그는 냉담하게 입을 열었다.

"아즈나 폐하로부터의 전언입니다. 마하사라마와 사라마 사이에는 리무의 세번째 물줄기 사바르니가 흐르니 반년 후 리무 강변에서 만나자고 하십니다."

그리고 샤마는 모든 사람들을 향해 외쳤다.

"이제부터 리무의 모든 나라들은 이노아, 혹은 사라마유 두 나라를 선택해야 할 것입니다. 아즈나 폐하께서는 세상의 모든 나라들을 이노아의 아군과 적, 이 둘로 나눌 것이라 말씀하셨습니다. 이노아를 지지하실 나라는 어떠한 방법으로든 의사를 표명하십시오. 그것이 단 한 명의 장수, 단 한 필의 말이 될지라도 말입니다. 그렇지 않은 나라들은 이 전쟁에서 이노아가 승리한 이후 다가올 파멸을 기다리는 편이 좋을 것입니다."

샤마는 말을 마치고 머리를 숙이고 사라졌다. 아비뉴아를 비롯하여 모든 왕과 왕자들이 그 소리를 들었다. 다들 얼굴이 창백해졌다.

'아즈나 왕은 리무의 모든 나라들을 이분하려 하는가.'

아비뉴아 또한 굳은 얼굴로 생각했다.

'그는 결코 끝까지 포기하지 않는 것이다. 좋다, 아즈나. 설령 그것이 나였다 해도 같은 행동을 할 것이다. 그것이 너답고 그것이 나다운 행동이다.'

그때 그의 옆에 있던 리무가 입을 열었다.

"아비뉴아, 나를 용서하세요."

아비뉴아는 그녀를 돌아보았다. 리무는 해가 지고 있는 서쪽을 바라보고 있었다.

"얼마나 많은 피가 흐른다 해도 나는 선택받지 못한 그가, 적어도 그의 소원만은 이룰 수 있기를 기원합니다."

아비뉴아는 리무의 눈길과 목소리를 들으며 가슴이 서늘해지는 것을 느꼈다. 그는 가볍게 떨리는 주먹을 쥐었다. 지금 리무의 한마디가 그를 얼마나 괴롭게 했는지 아비뉴아 자신조차 그 깊이를 몰랐다.

이날 이 자리에서 사라마유의 왕 아비뉴아와 탄타마사의 왕녀 리무의 혼인식이 치러졌다. 중앙에 놓여진 성화가 어둠 속에서 붉게 타오르는 가운데 브라흐마나들이 준비한 예식을 시작했다. 결혼을 축복하는 여러 화려한 꽃이 뿌려지고 새로운 향이 피워졌다.

잔드라가 아비뉴아에게 물을 뿌린 후 리무의 손을 그에게 건넸다. 아비뉴아는 웃지 않는 신부를 바라보며 가지고 온 보석 목걸이를 그녀의 목에 걸었다. 계속해서 그는 꽃과 과일을 신부에게 건네주고 리무는 그것을 받아 조심스럽게 품에 안았다. 아비뉴아는 그 모습을 보며 그녀가 아즈나의 잘린 손을 소중히 품에 안던 광경을 떠올렸다.

성화의 불빛에 리무의 손은 붉게 물들어 있었다. 아비뉴아는 어젯 밤 그러했듯 그 손을 잡았다. 둘은 함께 성스러운 향유를 손에 바르고 공물을 성화 속에 던졌다. 둘러싼 사람들이 축복의 노래를 불러주며 춤을 추었다. 축복 속에서 둘은 성화 주위를 일곱 번 돌았다.

예식은 밤이 깊어져서야 끝이 났다. 이렇게 해서 리무는 아비뉴아의 아내가 되었다.

아즈나는 그의 형 카르타와 함께 브라흐마의 신전에 있었다. 꼭대기에 서서 그는 스바얌바라의 마지막을 지켜보고 있었다. 그는 더이상 카르타를 향해 원망의 말을 던지지도 않았고 분노에 떨며 세상을 증오하는 말을 꺼내지도 않았다. 그는 다만 멀리서 타오르는 성화의 불빛만을 지켜보았다.

아즈나의 침묵만큼이나 카르타의 침묵 또한 깊었다. 그는 아즈나 뒤에 한 발자국 떨어져 서서 미동조차 하지 않았다. 아즈나가 돌연 입을 열 때까지 그 침묵은 약속처럼 이어졌다.

"이야기를 들려줘."

이에 카르타는 동생을 찬찬히 바라보며 물었다.

"무슨 이야기를 말이냐?"

아즈나의 목소리에는 참담한 무언가가 있었다.

"형이 기억하는 이야기, 쉬카르데의 영혼이 찢길 때의 이야기를 들려줘. 나는 알고 싶어. 위대한 비슈누가 어떻게 나의 운명을 결정했는지, 천신들이 쉬카르데의 영혼을 어떻게 찢었는지, 왜 파멸의 신 시바가 쉬카르데의 영혼을 받아들이게 되었는지, 그 모든 이야기를 나에게 들려줘."

이에 카르타는 난간 앞으로 한 발자국 걸어나왔다. 그는 그대로 그가 태어날 때부터 기억하고 있는 이야기를 시작했다.

"인간의 아들 쉬카르데는 옛 파우라바 왕조의 왕이었다. 인간은 인간으로서의 한계가 있는 법인데 그는 그 한계를 뛰어넘는 힘을 갖고 있었다. 땅 위의 어느 누구도 그의 적수가 되지 못함은 물론이고 천신들조차 그를 당해내지 못했다. 그의 초인적인 힘은 모두를 떨게 만들었지. 그러나 쉬카르데는 고독한 인간이었다. 타인을 대하는 그의 행동에서는 애정, 배려, 온유함을 찾을 수 없었지. 그렇기에 더더욱 천신들은 그의 소멸을 원했고 마침내 그 방법을 찾아냈다.

누구에게도 손을 내민 적 없던 쉬카르데였으나 그런 그에게도 단한 사람, 자신의 마음을 열어준 상대가 있었다. 그녀는 루드라의 어린 딸, 리시프얀이었다. 천신들은 리시프얀을 찾아가 쉬카르데를 소멸시켜줄 것을 부탁도 아닌 요구로 밀어붙였다. 루드라의 어린 딸은 처음엔 단호히 거절했다. 그러나 모든 천신들이 그녀에게 강요했고 급기야 그녀의 아버지 루드라마저 그녀에게 쉬카르데를 죽일 것을 강요하였다. 어린 소녀는 울면서 답하였지.

'여러 천신들이시여, 누가 잘못하고 있는 것입니까? 세상의 전부이신 여러분께서 언제나 옳으실 테니 제가 잘못하고 있는 것입니까? 혼자인 저는 올바름의 기준을 잃어버렸습니다. 시간을 주세요. 저는 시간이 필요합니다. 이제부터 비슈누님께 가서 여쭈어보겠습니다.'

리시프얀은 열흘 동안 천상을 흐르는 강 갠지즈에 머물며 유지의 비슈누에게 해답을 기원하였다. 그러나 하루가 지나고 이틀이 지나고 마침내 열흘이 흘러갔으나 비슈누는 그녀에게 대답을 주지 않았다.

왜라고 생각하느냐? 그 또한 천신들의 책략이었으니 천 개의 눈을 가진 위대한 비슈누는 그때 우유의 바다 위에 떠 있는 999마리의 뱌

리 튼 코브라 위에서 여덟번째의 환생을 막 끝마치고 잠들어 있었다. 잠들어 있는 그의 옆에는 그의 반신 락슈미가 지키고 있었다. 그녀만이 리시프얀의 기도를 들었고 그녀를 동정했다. 그러나 잠들어 있는 비슈누의 잠은 그 누구도 깨울 수 없었지.

열흘간 비슈누님의 회답을 기원하던 리시프얀은 마지막 날의 석양이 지자 스스로 자리에서 일어나며 말했다.

'이제야 제가 잘못했음을 알겠습니다.'

그로부터 나흘이 지나고 마침내 유지의 신이 눈을 떴다. 그는 천 개의 눈을 가진 위대한 신, 모든 본질을 꿰뚫는 중앙의 눈이 가장 먼저 떠졌다. 그의 깨어남을 안 천지가 숨을 죽였다. 다음으로 비슈누는 천계를 살피는 33개의 눈을 떴다. 그의 시선이 위를 향하자 신들의 왕 인드라를 비롯한 여러 천신들이 유지의 신을 향해 합장하였다. 다음으로 다른 33개의 눈이 떠졌다. 그 시선이 아래를 향하자 지하세계에서 아수라들이 위대한 신에게 예를 표했다.

마침내 비슈누의 나머지 33개의 눈이 떠진 순간, 그의 시선이 정면을 향했으나 인계에는 비슈누에게 예를 표하는 자가 없었다. 쉬카르데가 죽었던 것이다. 쉬카르데가 죽은 이후 인계에는 라자수야를 지내 신을 공경할 최고의 왕이 없었다. 지상은 쉬카르데의 죽음 이후 권력의 다툼과 분쟁으로 혼란해질 대로 혼란한 상태였지.

비슈누는 즉시 모든 천신들을 불러모았다. 두려움에 떨며 모여든 천신들은 까닭을 묻는 유지의 신의 준엄한 어조 앞에 몸을 떨었다. 그때 부와 미의 여신 락슈미가 입을 열어 쉬카르데의 죽음을 알리고 루드라의 어린 딸 리시프얀의 이야기를 비슈누에게 전했다.

이에 비슈누는 분노하여 말했다.

'내가 잠든 사이에 죄 없는 인간을 죽였단 말인가. 인간이 절대 미치지 못할 엄청난 능력을 가진 너희가 한 인간의 능력이 너무 뛰어나다는 이유만으로 죽였단 말인가. 슬픔을 안고 살도록 운명지어진 어린아이를 이용해 인간의 왕을 죽였단 말인가.'

그때 공포에 떠는 천신들과 분노한 비슈누 사이에 침묵의 여신 이크락이 나섰다. 이크락은 침묵이 다르마가 될 수 없는 상황에서야 입을 여는 존재, 그녀는 천신들을 대변하여 천신들이 쉬카르데에게 가졌던 두려움을 설명하였다.

'쉬카르데는 아수라의 왕을 죽였습니다. 그것이 저희가 쉬카르데의 신에 버금가는 강함을 두려워할 수밖에 없었던 이유입니다.'

그녀는 신들 역시 완벽한 존재는 아닌 이상 두려움에 떠는 그 마음을 헤아려달라 간청하였다. 아울러 이제 막 인간 크리슈나로서의 환생을 마친 비슈누의 상황을 은근히 환기시키며 혹시나 비슈누가 인간에게 편애의 감정이 남은 것은 아닌지 물었다. 이크락의 말이 비슈누의 마음을 가라앉혔다. 유지의 신은 입을 열었다.

'비록 내가 방금 인간으로서의 환생을 마쳤다고는 하나, 이미 우유의 바다 위에서 백 일의 잠을 통해 그때의 기억을 지웠으니 나에게 인간을 편애하는 감정은 있을 수 없다. 다만 죄 없는 자의 슬픔엔 참을 수 없으니 너희들은 어떻게든 저질러진 일을 좋은 결말로 이끌도록 해라.'

그리하여 천신들은 비슈누의 분노를 두려워하며 리시프얀과 쉬카르데의 일을 의논하기 시작했다. 그들은 우선 리시프얀을 만나야겠다고 생각하고 바람의 신 바유의 아들 중 가장 발이 빠른 자를 시켜 리시프얀을 불러오도록 했다. 그러나 바유의 아들은 한참 뒤에 홀로 돌아와 말했다.

'여러 천신들이여, 저는 리시프얀이 있다고 하는 히말라야의 산봉 우리를 샅샅이 찾았습니다. 그러나 그 어디에서도 어린 소녀의 모습을 찾을 수 없었습니다. 여러분께서 찾으시는 게 루드라의 어린 딸이라면 이 세상의 그 어디에서도 찾을 수 없다고 저는 단언합니다.

결국 리시프얀을 찾는 데 실패한 저는 리무 강의 주위를 맴돌다 한 처녀와 만났습니다. 그녀가 제가 알고 있는 어린 리시프얀과 너무도 닮았기에 발걸음을 멈추고 바라보다가 한참 만에야 깨달았습니다. 그녀가 바로 리시프얀이었습니다. 제 눈을 의심하며 그녀를 뚫어지게 바라보았습니다. 리시프얀이 자라게 되다니 이런 일이 있을 수 있는 걸까요. 리시프얀이 영원히 어린아이의 모습을 할 운명을 타고났음을 여러분 모두 아실 겁니다. 그런데 그런 그녀가 자라 버렸습니다.'

이에 여러 천신들은 크게 놀랐다. 그들은 바유의 아들에게 자세한 이야기를 재촉했고 바유의 아들은 땀을 식히기도 전에 리시프얀과의 만남을 이야기하기 시작했다.

'천신들이여, 저 역시 쉬카르데를 두려워했고 여러분과 함께 어린 리시프얀에게 쉬카르데를 죽이도록 강요했던 자입니다. 리시프얀을 대하자 저는 제 자신이 부끄러워 짐짓 리시프얀을 알아보지 못한 양 말을 걸었습니다.

'아가씨, 저는 리시프얀이라는 어린 소녀를 찾고 있습니다. 혹시 선하고 슬픈 눈을 가진 어린 소녀를 보지 못하셨습니까?'

이에 강변에 앉아 있던 리시프얀이 저를 돌아보았습니다. 그 눈이 얼마나 맑고 선하던지, 그 맑은 눈에 비추인 제 자신이 너무나 추악해 보여 얼마나 부끄러웠는지 모릅니다. 저는 리시프얀의 눈을 피해 버렸습니다. 그런 저를 바라보며 리시프얀은 조용히 입을 열었습니다.

'바유의 아들이시여, 그대가 찾고 있는 어린 소녀는 더이상 이 세상에 없답니다. 처음의 감정을 잃어버리고 자라버린 그녀에게 남아 있는 것은 껍질뿐입니다.

어린 리시프얀은 그를 찾아갔습니다. 쉬카르데라는 이름의 인계 최고의 왕을 찾아가 자신을 위해 죽어달라고 말했습니다. 그러자 쉬카르데는 일말의 망설임도 없이 죽음을 택했습니다. 죽어달라는 단한 마디의 말에 자신의 가슴에 칼을 찔렀습니다. 어째서 그랬을까요? 어째서 이유조차 묻지 않았을까요?'

리시프얀은 잠시 침묵을 지키다가 말을 이었습니다.

'……자라버린 후에야 깨달았습니다. 쉬카르데는 살아야 했습니다. 다른 그 누구를 위해서가 아니라 바로 저 자신을 위해서 쉬카르데는 살아야 했습니다. 그 사실을 그가 죽은 후에야 깨달았습니다. 그래서 남은 저는 후회합니다. 끝없는 후회 속에서 앞으로의 생을 살아가겠지요.'

그녀는 더이상 울지도 않았습니다. 저는 그 이상 그 자리에 있을 수가 없어 도망쳐나왔습니다. 천신들이여, 리시프얀을 부르지 마십시오. 우리가 지금 그녀를 불러 할 수 있는 일은 아무것도 없습니다.'

바유의 아들이 꺼낸 이야기에 많은 천신들이 고개를 숙였다. 그들 대부분이 죄책감을 느꼈다."

카르타는 말을 멈추며 미소지었다.

"죄책감이라는 것은 편리한 감정이지. 천신들 모두가 처음부터 어린 소녀를 이용하는 것에 죄책감을 느꼈다. 그럼에도 쉬카르데를 죽여야 한다는 생각은 조금도 달라지지 않았다. 그렇지 않느냐?

천신들은 모두가 새롭게 죄책감을 다시 한번 떠올렸다. 그러나 그 마음 한켠의 질투는 어쩔 수 없었지. 머릿속으로는 비슈누의 노여움을 떠올리며 그들의 잘못을 돌이킬 방법을 의논하기 시작했다. 오랜 시간의 의논 끝에 드디어 의견은 하나로 좁혀졌다. 죽은 쉬카르데의 영혼을 천계에 환생시키기로 결정한 것이다. 그러나 그 어떤 천신도 쉬카르데의 영혼을 감당해낼 수는 없었다. 그리하여 그들은 입을 모아 말했다.

'이 일을 해결해주실 수 있는 분은 파멸의 시바, 그분뿐입니다.'

세상에는 세 명의 절대신이 있으니 그것은 창조의 브라흐마, 유지의 비슈누, 파괴의 시바인 것은 너도 잘 알 것이다. 그 중 시바는 가장 성질이 급하고 화를 잘 내는 신이다. 때문에 평소 천신들은 파괴의 신 시바를 대하기를 두려워하였다. 반면 시바는 자신에게 기도하고 부탁하는 자의 소원을 들어주길 좋아하는 신이기도 했다.

드디어 천신들은 시바의 거처를 찾았다. 갑자기 천신들이 우르르 몰려오자 이상하게 생각한 시바가 물었다.

'그대들은 나에게 무슨 볼일인가?'

이에 모두들 엎드려 시바의 자비를 빌었다.

'오, 시바여…… 존귀하신 우리의 주인이시여, 저희의 목숨을 구해주시옵소서.'

천신들의 간곡한 어투에 기분이 좋아진 시바는 이야기를 들어볼 것을 승낙했다. 이에 신들의 왕인 인드라가 나섰다.

'한 인간의 영혼을 맡아주십사 간청 드리는 바입니다. 그 인간의 혼이 당신의 아들로 태어날 수 있도록 허락하여주십시오. 그 인간은 생전에 너무도 강하여 저희로서는 그 영혼을 감히 감당할 수 없습니다. 가능하신 것은 오직 위대한 파멸 자체이신 당신뿐입니다.'

시바는 원래 자신만이 할 수 있는 일을 부탁받는 것을 좋아했다.

그의 선선한 승낙에 천신들은 안심했다. 우선 한 가지 일은 해결된
셈이었다.

　그러나 기억해라. 천신들은 쉬카르데에 대한 두려움을 잊은 것이
아니었다. 두려워서 죽인 자의 환생이 어찌 두렵지 않겠느냐. 그리
하여 쉬카르데가 다시 태어났을 때 쉬카르데를 제어할 수 있는 한
가지 조치가 더 취해졌다. 천신들은 창조와 유지와 파멸의 눈을 피
해 쉬카르데의 영혼을 둘로 찢었다. 그들은 그 중 하나를 시바신에
게 바치고 다른 하나는 돌 아래의 어둠 속에 감춰버렸다. 그리하여
어둠 속에 숨겨진 영혼은 깊은 잠에 빠졌던 것이다. 비슈누가 그 영
혼을 발견할 때까지……."

　카르타는 말을 멈췄다. 아즈나를 보는 그의 눈이 달빛 아래 푸르
게 빛났다.

　"그리하여 나는 이 세상에 왔다. 공정을 위하여, 신의 정의를 위하
여. 일어나야 하는 모든 일들이 일어나게 하기 위하여. 그렇게 이 세
상에 너를 태어나게 한 것이다."

　카르타는 입을 다물었다. 아즈나는 차가운 돌 벽 위에 묻고 있던
얼굴을 들었다. 혼례식은 끝나고 성화는 꺼졌다. 그 불빛이 사그라
졌을 때 그의 타는 듯한 마음도 함께 사그라졌다. 그는 다시 어둠에
얼굴을 묻고 날이 밝을 때까지 두 번 다시 얼굴을 들지 않았다.

　스바얌바라가 끝난 다음날 아비뉴아는 탄타마사 왕실의 일원으로
왕성에 들어가게 되었다. 그가 리무의 손을 잡고 왕궁에 들어섰을
때 왕실 식구들이 나와 새로운 일원이 된 그를 맞이했다. 아비뉴아

는 아두르타자스 왕과 수와얌프라바 왕비를 비롯해 왕제 바수, 왕제
비 야요드얀에게 차례로 인사를 올렸다. 그는 여섯 형제들에게도 차
례대로 인사했다.

형제들은 그의 인사를 정중히 받았으나 어제의 적이 오늘 가족이
되자 미묘한 기분이 드는 것은 어쩔 수 없었다. 잔드라는 자신이 아
비뉴아에게 항복하던 순간을 떠올렸고 마호다니는 친구 리누가 그
에게 오른쪽 눈을 잃었음을 생각했다. 사바르니는 사만 군사를 잃게
만든 장본인의 얼굴을 바라보며 침묵했다. 다나는 가슴에 그의 검을
맞고 전차에서 떨어져 목숨이 위태로웠던 일을, 아반티는 자신의 쌍
둥이를 잃을 뻔한 무서운 기억을 떠올렸다. 아디토야는 과거 사라마
유의 이유시크 왕에게 복수하겠다고 한 자신들의 맹세를 떠올렸다.

막내가 뜻밖에도 예전의 그 맹세를 입 밖에 내어 잔드라를 비롯한
다른 형제들을 놀라게 만들었다.

"사라마유의 왕 아비뉴아여, 우리는 옛날 리무 공주를 왕 중의 왕
이유시크에게 빼앗겼을 때 맹세했습니다. 반드시 그녀를 돌려받고
이유시크 왕에게 그가 저지른 일의 대가를 치르게 하겠다고요. 우리
의 맹세대로 탄타마사의 활에는 여섯 화살이 겨누어졌고 우리는 이
노아와 동맹을 맺어 사라마유를 공격했습니다."

아비뉴아는 굳은 얼굴로 답했다.

"그 전쟁에서 제 아버지가 돌아가셨습니다."

아디토야는 고개를 끄덕였다.

"그렇습니다. 지금 이 순간 나는 우리 형제의 맹세가 모두 끝났음
을 느낍니다. 우리는 리무 공주를 돌려받았고 이유시크 왕은 행위의
대가를 받았습니다. 이제 나는 아무런 감정의 앙금 없이 당신을 가
족으로 맞이하는 바입니다."

아비뉴아는 아디토야를 응시했다. 아버지 이유시크의 이름이 그의 마음을 슬프게 하고 그의 입에서 냉담한 말이 흘러나오게 만들었다.

"나 또한 맹세했지요. 나의 아버지를 죽인 자에게 반드시 죽음으로 그 대가를 치르게 하겠다고!"

아비뉴아의 말은 여섯 형제들은 물론 그 자리에 모인 모든 사람들의 마음을 싸늘하게 만들었다.

그때 수와얌프라바 왕비가 아비뉴아에게 다가가 물었다.

"나의 딸을 행복하게 해주시겠노라 맹세하실 수 있으십니까?"

왕비의 애정 어린 목소리가 자리에 가득 차 있던 긴장을 누그러뜨렸다. 아비뉴아 또한 마음이 풀려 기꺼이 대답했다.

"최대한 노력하겠노라 맹세하겠습니다."

왕비가 다정하게 아비뉴아를 안았다. 아두르타자스 왕 또한 아비뉴아를 안아준 후 입을 열었다.

"그대는 앞으로 나의 딸을 위해 자신의 생명을 소중히 해야 하네."

사실 아두르타자스 왕은 마음속으로 매우 걱정하고 있었다. 조만간 사라마유와 이노아 사이에는 다시 대전쟁이 일어난다. 소중한 딸을 그곳에 보낼 생각을 하니 마음이 여간 불안한 것이 아니었다. 생각 같아서는 리무를 전쟁이 끝날 때까지 이곳에 두게 하고 싶었다. 그러나 아내는 남편의 곁에 있어야 하는 것이다.

'이제부터는 사라마유의 승리를 기원하는 길 이외에 방법이 없구나.'

아두르타자스 왕은 사랑하는 딸을 건너다본 후 입을 열었다.

"아비뉴아 왕이여, 앞으로 일어날 전쟁에 대비해 그대가 우리에게 바라는 일은 없는가?"

　아두르타자스 왕은 군사며, 무기, 식량 그 어느 것이든 힘닿는 데까지 사라마유를 지원하리라 생각했으나 아비뉴아에게서는 의외의 대답이 나왔다.

　"말씀은 감사합니다. 사라마유는 전쟁을 치를 만한 군사들과 물자는 충분히 갖추고 있습니다. 다만 뛰어난 용사가 부족합니다. 지난 전쟁에서 너무 많은 장수들이 이노아의 왕 아즈나의 손에 죽었지요."

　그는 여섯 형제들을 돌아보고 덧붙였다.

　"또한 리무의 여섯 물줄기 이름을 가진 형제분들에게 말입니다."

　극히 미묘한 시선이 서로 얽힌 후 아비뉴아는 말을 이었다.

　"그렇기에 저는 이곳에 계신 여섯 형제분들의 도움을 구하고 싶습니다. 앞으로의 전쟁에서 사라마유의 편에 서서 싸워주실 수 있으십니까?"

　형제들은 고민하는 얼굴이 되었다. 그들이 반드시 사라마유의 편에 서서 싸워야 한다는 법은 없다. 아비뉴아의 부탁을 들어주느냐 마느냐는 전적으로 그들 자신의 뜻이다. 그때 아반티가 아무런 망설임 없이 앞으로 한 걸음 걸어나오며 입을 열었다.

　"내가 당신을 위해 전쟁에서 싸우겠습니다."

　다른 형제들은 모두 아반티의 서슴없는 태도에 놀랐다. 아비뉴아만이 그 이유를 알았다. 그는 쓴웃음을 지으며 인사했다.

　"감사합니다."

　아반티는 아비뉴아가 다나를 살려주었던 그 순간 자신이 그에게 큰 빚을 지게 되었다고 생각하고 있었다. 그러니 이제 그를 위해 싸우는 것은 지은 빚을 갚기 위한 당연한 행동이다. 다나는 당시 기절해 있었기에 아반티와 아비뉴아 사이에 있었던 일을 몰랐다. 그는 영문을 몰라 이상히 생각하면서도 아반티가 나서자 자신 또한 나섰다.

"아반티가 간다면 저도 가겠습니다."

쌍둥이 두 사람이 나선 후, 아디토야가 신중한 얼굴로 리무를 바라본 다음 천천히 앞으로 걸어나왔다.

"아까 말씀드렸듯이 우리는 이제 가족입니다. 가족의 일을 나 몰라라 할 수는 없지요."

일이 이렇게 되자 결국 마호다니와 사바르니 또한 나섰다. 그들은 동생들만을 전쟁터에 보낼 수 없었다. 그러자 나서지 않은 것은 잔드라 혼자가 되었다. 그는 다른 형제들을 돌아보고 아비뉴아에게 고개를 숙였다.

"제 형제들이 당신을 도울 터이니 제가 돕는 것과 진배없는 일이 되겠지요. 저는 왕세자로서 탄타마사에 있어야 합니다. 직접 나서지 못하는 것을 용서하십시오."

아비뉴아는 마주 고개를 숙임으로 답례했다. 이렇게 해서 탄타마사의 여섯 형제 중 다섯이 사라마유의 편에 서서 싸우게 되었다.

아비뉴아와 리무의 결혼식은 이후 열흘간 계속되었다. 결혼식이 끝나자 스바얌바라에 모였던 왕과 왕자들은 제각기 고국으로 돌아갔다.

아비뉴아 또한 사라마유로 돌아가게 되었다. 아두르타자스 왕은 아비뉴아에게 탄타마사의 최고 장인들이 만든 여러 대의 전차와 활, 화살 등 여러 훌륭한 선물들을 주었다. 아비뉴아는 감사의 뜻을 표하고 후에 답례하러 올 것을 약속했다.

리무 강을 건너는 아비뉴아 왕의 옆에는 새로운 아내 리무와 다섯 명의 탄타마사 형제들이 있었다. 한 달 후 그들은 현 수도 사라마에 무사히 도착하여 소마사 왕비의 극진한 환영을 받았다.

그때부터 그들은 전쟁 준비를 서두르기 시작했다. 사라마유와 이노아, 두 나라 사이에 휴전이 깨어질 날이 하루하루 다가오고 있었다.

3장 깨어진 휴전

리무 강의 세번째 줄기 사바르니는 이노아가 마하사라마를 점령하기 전까지 사라마유의 중심을 가르며 흐르던 강이었다. 그보다 몇십 년 전에는 대국 다마코와 사라마유를 가르던 국경이었다. 당시 북에 위치해 있던 왕국 이노아는 대국 다마코를 쓰러뜨리고 사바르니의 물줄기까지 널리 영토를 넓혔다. 그러나 얼마 못 가 사라마유의 라바 왕이 일으킨 전쟁에 패해 마슈데하 산으로부터 사바르니 강에 이르는 넓은 영토를 사라마유에 내주게 되고야 만 것이다.

사라마유의 수도는 본래 사바르니 강의 남쪽에 있는 사라마였다. 사라마는 험한 지형에 위치하여 넓은 영토를 다스리기에는 적합하지 않았다. 따라서 라바 왕은 교통에 알맞은 땅을 정해 도시를 짓고 위대한 사라마, 즉 마하사라마라고 이름 붙였다. 라바 왕의 뒤를 이은 이유시크 왕은 새로운 수도에서 라자수야를 치러 번영시켰다.

그때부터 마하사라마는 신의 도시라 불리며 대륙 교통의 중심지가 되었다. 사라마유의 모든 번영은 이 신의 도시에서 이루어졌다. 한 번이라도 마하사라마에서 열리는 비슈누의 축제를 본 타국 사람들은 그 아름다움을 잊지 못하고 마하사라마의 풍요로움을 널리 알렸다.

그런 마하사라마를 이노아에 빼앗긴 지금 사라마유로서는 하루라도 빨리 수도를 탈환하지 않으면 안 되었다. 현재 사라마유와 이노아 사이에는 휴전이 성립되어 있으나 그것은 어느 한쪽의 도발로 곧 깨어져버릴 유리 조각에 불과했다. 사라마유의 왕 아비뉴아는 탄타마사의 왕녀 리무를 아내로 맞이한 후 임시 수도인 사라마로 돌아와 전쟁 준비를 시작하였다.

현재 사라마유에는 기병 이만오천에 보병 육만 정도의 군사가 있었다. 모으려고 마음만 먹는다면 남쪽에 위치해 있는 나라들로부터 좀더 병사들을 모을 수 있겠지만 아비뉴아 왕은 그렇게 하려 하지 않았다. 주위의 조력을 구하려면 얼마만큼의 시간이 더 걸릴지 모르고 이대로 휴전을 오래 끄는 것은 좋지 않다고 판단한 것이다. 사라마의 땅은 마하사라마만큼 풍요롭지 않아 십만 대군을 유지하는 것만으로도 큰일이었다.

여기에는 이노아 또한 사라마유가 보유한 군사 이상을 모으지는 못하리란 계산도 깔려 있었다. 아무리 이노아가 모든 나라들을 적과 아군으로 이분하는 방법을 쓴다 해도 적극적으로 이노아를 협력할 나라들은 이미 예측할 수 있었다.

한편, 하바라의 왕자 데바누가 일만오천의 군사들을 끌고 사라마유에 왔다. 하바라가 사라마유를 돕기로 한 것은 데바누가 적극적으로 그의 아버지 비슈바 왕을 설득했기 때문이었다.

"어차피 이노아가 모든 나라들을 이분했다면 지난 전쟁에서 사라마유를 도운 우리가 아즈나 왕의 노여움을 피할 수는 없는 노릇입니다. 그럴 바에야 사라마유의 승리를 확고히 만드는 편이 하바라를 위하는 길입니다."

그의 설득에 결국 비슈바 왕은 사라마유에 다시 군사를 보내기로 결심했다.

아비뉴아는 데바누의 도움에 크게 감사하며 그를 따뜻하게 환영했다. 데바누는 처음에 탄타마사의 형제들과 다소 껄끄러운 사이였다. 특히 마호다니와 사이가 나빴다. 그러나 다른 형제들은 별로 그에게 나쁜 감정을 가지지 않았다. 얼마간 시간이 지나자 데바누는 그들 형제들과 몇 마디 이야기를 나눌 만큼 사이가 회복되었다.

탄타마사에서 열린 스바얌바라가 끝난 지 석 달 후 아비뉴아 왕은 휴전을 끝내기로 결심하고 수도 내의 모든 크샤트리아들을 불러모았다. 여러 신하들과 각 나라의 왕과 왕자들이 모인 자리에서 그는 입을 열었다.

"우리의 목적은 마하사라마의 탈환이다. 사바르니 강을 건너 북으로 향할 것이다. 모두의 의견을 이야기하라."

이날 십만 군사의 조직부터 논의되기 시작했다. 군사가 여섯 군단으로 나뉘어지고 각 군단장들이 정해졌다. 신중한 논의가 거듭된 끝에 라아크리, 카산, 비히마, 치트라 네 명의 사라마유 장수들이 군단장으로 뽑혔다. 데바누 또한 군단장이 되어 종전대로 하바라의 군사들을 이끌기로 했다.

탄타마사의 둘째 왕자 마호다니가 마지막으로 군단장으로 추천되었다. 마호다니는 몰랐으나 그를 추천한 것은 사라마유 장수 하누마였다. 하누마는 이전의 전투에서 마호다니가 이끄는 군단에 단단히 혼이 난 터라 마호다니의 지휘력과 통솔력을 누구보다도 잘 알고 있었다. 하누마 얼굴에 난 길다란 상처는 바로 마호다니가 만든 것이었다.

군단장이 모두 뽑히고 나자 아비뉴아 왕은 외조부인 쟈안을 돌아보았다. 만일 마호다니가 없었다면 쟈안이 군단장이 되었으리라. 왕은 그에게 명했다.

"쟈안, 그대에게는 이곳 사라마를 지키는 임무를 맡기겠소."

쟈안은 고개를 숙이며 왕의 뜻에 복종했다.

바로 그날 밤, 쟈안은 개인적으로 왕을 알현했다. 주위를 모두 물리쳐줄 것을 청하는 그의 말에 아비뉴아는 혹시 후방을 지키는 임무를 준 것이 외조부의 마음을 상하게 한 것이 아닌가 생각했다.

'외할아버지를 섭섭하게 해서는 안 되겠지만 연세가 연세이시니만큼 후방에 계셨으면 좋겠는데.'

둘이 남게 되자 왕은 부드럽게 입을 열었다.

"외조부님, 무슨 일이십니까? 혹 제가 이곳을 남아계실 것을 부탁드려 마음 상하셨습니까?"

쟈안은 부정했다.

"그럴 리 있겠습니까. 사라마에는 폐하의 어머님이 계십니다. 제가 무슨 일이 있어도 폐하께서 돌아오실 때까지 그분을 무사히 모시겠나이다. 제가 이곳에 온 것은 사바르니의 물줄기를 손쉽게 건널 수 있는 방법이 생각났기 때문입니다. 폐하께서 태어나시기 전의 일입니다만 저는 사바르니 강 주위의 치안을 맡아본 일이 있답니다. 그 주위의 지형에는 밝다고 자부하지요. 그러나 제가 생각한 방법을 적에게 들키기라도 하면 되레 좋지 않은 결과를 낳을까 염려될 뿐입니다. 폐하께서 깊이 생각하시어 선택하십시오."

쟈안이 자세한 의견을 내놓자 아비뉴아는 한동안 생각에 잠겼다가 물었다.

"그것이 어느 정도 실행 가능성이 있다고 생각하십니까?"

"사바르니 물줄기 주위에는 짙은 안개가 내려앉는 날이 많습니다. 상황을 보아가며 결정할 일이라 생각합니다."

쟈안의 얼굴에 갑자기 그림자가 드리워졌다.

"이노아가 마하사라마를 점령한 지 몇 달이 지났습니다. 신의 도시를 만든 것은 우리 사라마유, 우리가 강을 건널 때 이노아는 자신들이 사라마유의 땅은 점령하였으나 그 땅에 대해서는 아무것도 알지 못한다는 사실을 알게 될 것입니다. 폐하께서는 결코 빼앗겨선 안 되는 그 도시를 다시금 사라마유 백성들에게 돌려주십시오."

아비뉴아는 고개를 끄덕이고 다시 물었다.

"강을 건너는 총 책임은 누구에게 맡기는 것이 좋겠습니까?"

쟈안이 생각 끝에 대답했다.

"카산이 어떻겠습니까?"

아비뉴아는 웃었다. 카산은 쟈안과 거의 비슷한 나이로 나이 어린 장수들에게 엄한 것으로 유명한 장수였다. 쟈안과 카산, 두 사람 모두 노장 중의 노장이었다. 이번에 쟈안이 왕성 수비의 임무를 맡아 후방에 남았지만 카산 자신은 군단장이 되어 진군에 참여하게 되어 자긍심이 대단하였다.

머리가 하얗게 센 이 늙은 장수는 회의가 끝나자마자 쟈안에게 쫓아가 자랑삼아 이야기를 늘어놓았다.

"브라흐마나처럼 기도만 드리니 그렇게 몸이 허약할 수밖에 없지요. 나처럼 늙어서도 몸을 갈고 닦으세요. 그러면 후방에 남아 있을 필요가 없지 않습니까. 요즘 나이 어린 장수들은 하나같이 팔다리가 가늘고 허약해서 늙어빠진 우리의 힘으로도 충분히 상대할 수 있는데…… 쯧쯧. 안되셨습니다 그려."

아비뉴아는 낮에 지나가다가 우연히 그의 이야기를 듣고 몰래 웃었던 것이다. 쟈안 역시 그 일을 떠올리며 대답했다.

"그러십시오. 강을 건너는 책임은 그에게 맡기는 것이 좋겠습니다."

그는 정색을 하고 말을 이었다.

"외조부님께서 내놓으신 의견을 적게 알면 알수록 좋으니 당분간은 비밀로 하겠습니다. 우선 카산을 부르지요. 세 사람만 알고 있는 편이 좋겠습니다."

회의는 그 후 일 주일간 계속되었다. 아비뉴아 왕은 몹시 바빴으나 하루에 한 번은 꼭 아내를 찾아 시간을 보냈다. 그는 아내에게는 전쟁에 관한 이야기는 일절 꺼내지 않았다. 그는 언제나 그녀가 새로운 생활에 잘 적응하고 있는지, 사라마가 익숙해졌는지 등을 물으며 시간을 보낼 뿐이었다.

어느 날 그가 아내를 찾아 내궁에 들어왔을 때 리무는 아반티와 함께 있었다. 아비뉴아는 그를 보자 반가워했다.

"그렇지 않아도 따로 드리고 싶은 말이 있었습니다. 이렇게 뵙게 되어 잘됐군요."

아반티는 내심 난처해했다. 비록 상대에게 빚이 있기에 이 전쟁에 참여하기는 했으나 무릎 꿇고 애걸했던 상대의 얼굴을 보기란 그다지 기분좋은 일이 아니다. 아비뉴아는 아반티의 태도를 눈치채고 쓴 웃음을 지었다.

"아닙니다. 공연한 말씀을 드릴 뻔했군요."

이에 아반티는 상대가 자신의 쌍둥이를 살려주었던 일을 생각하며 입을 열었다.

"말씀하십시오. 제가 할 수 있는 일이라면 무엇이든 하지요. 저는 당신께 빚이 있지 않습니까."

이쯤에서 리무는 조용히 물러나갔다. 아비뉴아는 아반티와 둘이 되자 미소지으며 입을 열었다.

"그렇다면 제 목숨을 부탁드려도 좋겠습니까?"

아반티가 무슨 말인지 몰라 머뭇거리는 사이 아비뉴아는 부탁했다.

"제 전차사가 되어주십시오."

아반티는 아비뉴아에게 전차사가 있었음을 기억하고 있었다. 그에 대해 묻자 아비뉴아는 쓸쓸히 웃으며 대답했다.

"제 전차사 마하마는 아즈나 왕의 손에 죽었습니다. 그가 아니었다면 지금 제가 살아 있지 못할 겁니다. 그는 제가 아는 가장 뛰어난 전차사였습니다. 몇 번이고 그를 대신할 자를 구하려 했으나 쉽지 않더군요. 결국 이렇게 당신께 부탁드리는 것입니다."

"알겠습니다. 뜻대로 하지요."

아반티가 흔쾌히 대답하자 아비뉴아는 감사의 뜻을 표했다.

시간이 흘러 회의의 마지막날이 되자 아비뉴아는 사절을 정하고자 했다.

"이제부터 이노아에 휴전이 깨졌음을 알리는 사절을 보내야 한다. 누가 이 임무에 적당하다고 생각하는가? 스스로 나설 자는 없는가?"

선뜻 나서는 사람이 없음은 당연했다. 예로부터 휴전을 깨는 사절은 죽이는 것이 관습처럼 되어 있다. 이 자리에 있는 크샤트리아들 대부분이 죽음을 두려워하지는 않았다. 그렇다 해도 죽음을 달가워하지 않는 것은 당연한 것이다. 왕은 신하들의 마음을 짐작했기에 강요는 하지 않았다. 사절 건은 일단 보류되었다.

그러나 그날 밤 뜻밖의 인물이 사절이 되기를 희망하며 나섰다. 그는 바로 스얌바라의 왕자 사나였다. 아비뉴아가 리무와 결혼한 덕분에 그는 아비뉴아와 친척이 되어 있었다. 사나는 둘의 결혼에 대해 이렇게 평했다.

"덕분에 저는 아비뉴아 왕과 먼 친척이 되었군요. 아비뉴아 왕과는 적이 되느니 친척이 되는 편이 낫겠지요."

사나는 이전의 전쟁이 끝난 후 탄타마사에 머물며 여섯 형제들과 줄곧 함께 지내고 있었다. 그는 특히 아디토야와 가깝게 지냈다. 이번에도 그들과 함께 사라마유에 온 터였다. 아비뉴아는 사나의 용맹을 알고 있기에 정중히 함께 싸워줄 것을 부탁했으나 사나는 그보다 더 정중한 태도로 아비뉴아의 부탁을 거절했다.

"죄송하지만 저는 단지 스얌바라의 왕위 분쟁을 잠시 피해 있고자 타국을 떠돌고 있을 뿐입니다. 제가 전쟁에 나설 명분은 없는 듯합니다."

그렇게 말한 그가 사라마유의 사절이 되어 이노아에 가겠다고 선뜻 나선 것이다. 사나는 먼저 탄타마사의 형제들에게 그의 뜻을 이야기했고 모두들 이상하게 생각했다. 특히 아디토야가 궁금해하며 물었다.

"왜 그러시겠다는 겁니까?"

사나는 그의 성격대로 태평하게 입을 열었다.

"그저 그 일에 마음이 내켰을 뿐입니다. 어차피 스얌바라에 돌아갈 것도 아닌데 남의 나라 궁전에서 하는 일 없이 지내는 것도 죄스러운 생각이 들어서요."

아디토야는 그의 마음에 뭔가 다른 꿍꿍이가 있다고 생각했으나 무엇인지 알지 못했다. 사나는 다음날 아비뉴아 왕 앞에서 자신의 뜻을 이야기하게 되었다. 다섯 형제들과 아비뉴아 왕만이 모인 자리에서 그는 뜻밖의 발언을 했다. 왜 스스로 사절이 되려하냐는 아비뉴아의 물음에 그는 이렇게 대답했다.

"실은 제게 다른 뜻이 있어서입니다. 저는 사라마유의 사절이 되어 이노아에 가겠습니다. 그리고 돌아오지 않고 이노아의 편이 되어 싸우겠습니다. 저 하나 이노아의 편이 된다 해서 대세가 바뀌지는 않을 테니 부디 제 행동을 허락해주십시오."

모두가 기절할 만한 발언을 하면서 이 왕자는 끝까지 안색 하나 바뀌지 않았다. 아비뉴아는 냉정한 태도로 그 이유를 물었고 사나는 이에 정중하게 대답했다.

"아비뉴아 폐하, 저는 원래 태어날 때부터 성격이 게으르고 만사에 무관심했지요. 뭔가에 열중해본 일이 없었답니다. 그것이 바뀐 것이 수년 전 무예시합이 열렸을 때의 일입니다. 저는 아디토야와 승부해서 최선을 다했음에도 지고 말았지요. 그때 뭔가에 최선을 다한다는 것이 무엇인지 알게 되었습니다."

그는 고개를 돌려 아디토야를 한 번 바라본 후 말을 이었다.

"그전까지 저는 크샤트리아로 태어난 자신이 싫었습니다. 태어날 때부터 사람 죽이는 것을 배우고 남들 위에 군림하는 것이 뭐 그리 대단한 일입니까? 그래서 고행자나 되어볼까 생각했지만 베다 공부를 하는 것도 성격에 맞지 않아 그만두고 말았습니다. 그래서 아무래도 나는 이리 무료하게 사는 것이 신이 내린 운명인가 보다 라고 생각하고 있었습니다.

그러던 차에 무예시합에서 아디토야를 만난 후 바뀌게 되었지요. 저는 천성적인 크샤트리아였습니다. 승부를 내는 순간에는 다른 무엇도 보이지 않고 미칠 듯 열중하게 된다는 사실을 처음으로 알았습니다."

사나는 말을 멈추고 아디토야에게 태연히 미소를 지어 보였다.

"그러기에 이리 부탁드리는 것입니다. 사라마유의 왕이시여, 저를 사절로 이노아에 보내주십시오. 저는 이노아의 장수가 되어 아디토야와 다시 한번 싸워보고 싶습니다. 목숨을 걸고 최대한 치열하게 싸우고 싶습니다. 지난번 전투에서 왕께서 아디토야를 죽일 뻔하셨지요. 그때 이대로 다시 붙어보지 못하고 그가 죽나 싶어 저의 가슴이 몹시도 철렁했습니다."

사나의 말에 다섯 형제들이 일제히 당황한 표정을 지었다. 특히 아디토야는 당혹스럽게 사나를 바라보았다.

아비뉴아는 잠시 뭔가 생각하는 듯한 얼굴로 사나를 보았다. 이윽고 그의 얼굴에 쓴웃음이 스쳤다.

"어차피 사라마유는 지금 사절을 결정하지 못한 상태입니다. 억지로 보낸다면 자기 사람 하나를 죽이는 셈이 되겠지요. 사절이 되기를 원하신다면 그리하십시오. 아즈나 왕에게 내가 전쟁을 선포하였음을 전해주시고 그 후에는 뜻대로 원하시는 일을 하십시오."

아비뉴아는 말을 마치고 별달리 화를 내지 않고 일어섰다. 탄타마사의 형제들은 자리에 남아 사나를 설득해보려 했다. 그러나 사나는 끝까지 태연했다. 그는 아디토야를 보며 태평스럽게 입을 열었다.

"일이 이렇게 되어 죄송합니다. 그러나 결국 우리 모두는 목숨이 귀한 줄도 모르는 크샤트리아들이 아닙니까. 이렇게 사는 게 제 운명인가 봅니다."

말을 마친 그는 합장을 하고 자리를 떠나버렸다. 그가 간 후 탄타마사의 형제들은 남아서 서로의 얼굴을 바라보았다. 입을 연 것은 마호다니였다.

"사나 왕자가 미쳤나 보다. 아디토야와 싸우고 싶어서 이노아로 가겠다니. 도대체 무슨 속셈인지……."

차라리 자기와 싸우려 그리한다면 이해나 되겠다고 그가 투덜거릴 때였다. 아디토야가 심각한 얼굴로 입을 열었다.

"그에게는 무엇보다도 스얌바라가 중요한 거겠지."

이에 형제들은 잠시 어리둥절해졌다. 사바르니가 곧 알아채고 입을 열었다.

"그렇군. 그가 지금 머리를 쓰는 건지도 모르겠다."

아반티가 물었다.

"무슨 소리지?"

"스바얌바라의 자리에서 이노아가 공표했던 것을 기억해라. 이노아는 리무 강 주위의 모든 나라들이 이노아의 편이든 적이든 둘 중 하나가 될 것이라 선언했다."

"그래서? 이분법으로 나누자면 우리가 이노아의 편을 드니 스얌바라 또한 사라마유의 편을 드는 셈이 아닌가?"

다나의 말에 사바르니는 고개를 끄덕였다.

"그런 셈이지. 그러나 사나는 지금 사라마유가 전쟁에서 패배할 경우를 생각하고 있는 거다. 동시에 탄타마사나 사라마유와의 관계도 해치지 않는 범위에서 움직이려는 거겠지. 그래서 사나는 개인적인 사정으로 이노아로 가는 양 꾸미는 거지. 이 경우 이대로 사라마유가 이긴다면 아비뉴아 왕이 스얌바라에 위해를 가할 가능성은 없다. 또 만약 이노아가 이긴다면 그때는 자신의 신분을 내세울 수 있겠지.

생각해봐라, 아즈나 왕은 여러 나라들을 상대로 대군을 요구한 것이 아니다. 단 한 필의 말, 단 한 명의 장수로도 충분하다고 선언했지. 요는 이노아를 지지하는 의사를 표명했냐 아니냐의 차이인 것이고, 그 방식은 해석에 따라 얼마든지 달라질 수 있다."

사바르니의 설명에 형제들은 사나의 행동을 조금이나마 이해했다. 그렇다 해도 마호다니는 얼굴을 찌푸리며 한 마디 했다.

"그런 무모한 방식으로 빠져나갈 구멍을 만드는 것인가."

그러자 아디토야가 고개를 설래설래 저었다.

"스얌바라는 언제나 국력이 약했지. 사나는 그 나라의 왕자였고. 그는 그 나름의 방법으로 나라를 지키려 하는 거겠지."

다나가 덧붙였다.

"사나가 그렇게 자기 나라를 소중히 여긴다니 좀 뜻밖인걸. 그는 매사에 무심한 편이여서 전혀 그럴 것 같지 않았는데……."

며칠 후 사나는 뜻대로 사절이 되어 이노아로 떠나게 되었다. 그는 떠나기 전 탄타마사의 형제들에게 와서 인사했다.

"안녕히 계십시오. 전쟁터에서 마주칠 날을 기다리겠습니다."

그는 아디토야에게 특히 깍듯한 인사를 하며 물었다.

"아디토야, 전쟁에서 당신과 나, 둘 중 누가 살아남으리라 생각하십니까?"

아디토야는 끝내 대답하지 못했다. 사나는 인사를 마치고 떠났다. 형제들은, 특히 아디토야는 복잡한 심정으로 그를 보냈다.

사나가 이끄는 사라마유의 사절단은 무사히 강을 건넜다. 사라마에서 마하사라마까지 일행은 무엇에도 방해받지 않고 앞으로 나아갔다. 사나는 길이 별다른 어려움 없이 평탄하고 순조로움을 알고 생각했다.

'일단 강을 건너기만 한다면 사라마유 군의 진군에 큰 어려움이 없겠구나.'

사나 자신 또한 군사들을 통솔하고 강을 건너 탄타마사에서 사라마유로 진군한 일이 있었다. 그러나 그때의 진군과 앞으로 사라마유가 해야 할 진군은 사정이 다르다. 탄타마사 군이 강을 건널 때는 사라마유 군이 멀리 있어 진군에 아무런 어려움이 없었다.

그러나 사라마유 군이 강을 건널 때는 아즈나 왕이 강을 건너는 틈을 타 군사를 매복시켰다가 공격할 수도 있다. 이노아에서 자신들의 정보를 노출시키지 않은 채 상대의 움직임을 파악할 수 있다면 충분히 가능한 일이다.

사나는 생각했다.

'어찌 되었건 강을 건너지 못하면 아쉬운 쪽은 사라마유니까. 이노아야 마하사라마만 지킨다면 어디서 싸우건 마음대로지.'

일행은 예상보다 빨리 마하사라마에 도착했다. 사나는 사뭇 마하사라마가 어찌 달라졌을지 궁금해하고 있었다. 사라마유가 전성하던 때보다는 덜 번화할 것이라 생각했으나 그의 예상은 빗나갔다.

마하사라마는 여름의 태양 아래 눈부시게 번영하고 있었다. 아즈나 왕이 이 도시를 다스리기 시작한 후 가장 먼저 한 일은 그의 형 카르타에게 명해 이노아의 수도로부터 사람들을 이주시킨 일이었다. 도시는 사람들로 가득 차 있었고 그들은 각자 바쁘게 움직이고 있었다.

특히 상인들이 많았다. 상인들 중 가장 유명한 것은 스바라 왕국의 상인들이다. 사나는 왕성으로 향하는 길목에서 자신이 아는 스바라의 상인들만도 여럿을 만났다. 스바라의 막가 왕이 이노아를 지원하는 것은 확실한 듯했다.

사나는 번영하는 도시를 보며 속으로 생각했다.

'이제까지 사라마유는 다른 나라들과 사이가 좋지 않아 사람들의 왕래가 어려웠다. 이 땅이 이노아의 것이 되자 이리 활발한 교류가 이루어지고 있구나.

이 도시가 이렇게 번영하는 것을 보니 어쩐지 허탈하다. 결국 사라마유가 차지하든 이노아가 차지하든 간에 사람만 바뀔 뿐 이 도시는 여전히 건재하고 있지 않은가. 이 도시의 탈환이 앞으로 일어날 전쟁의 핵심인데도 한 치의 손상도 없이 태양 아래 건재하는 모습을 보면 확실히 유지의 가호를 받는 신의 도시답구나.'

사나의 일행은 왕성에 도착해 아즈나 왕에게 알현을 신청하였다. 아노아에서는 그들의 도착을 미리 알고 있었던 듯 별 놀람 없이 일행을 맞아들었다. 사나는 알현실에서 아즈나 왕을 만났다. 아즈나 왕은 그의 형 카르타와 함께 대좌에 앉아 있었다.

사나는 다른 사람에게 별 관심이 없는 성격임에도 불구하고 타인을 파악하는 눈은 정확했다. 그는 옛날 무예시합에 참석했을 때의 아즈나를 기억하고 있었다. 당시의 아즈나는 달처럼 차가운 눈을 가진, 근접하기 어려운 소년이었다. 그러나 몇 년의 시간이 흐르고 스바얌바라에서 다시 만났을 때는 꽤 느낌이 달라져 어느 정도 융통성이 있는 느낌을 주었다. 그리고 지금 다시 만난 아즈나는 또 달라져 있었다. 그는 마치 어린 소년일 때로 되돌아간 듯 차디차고 냉엄했다.

사나는 긴장한 채 생각했다.

'나에게는 이곳까지 온 목적이 있지 않는가. 목적을 이루기 전에 죽을 수는 없으니 말과 행동을 조심하자. 시시하게 죽을 수는 없으니.'

"아즈나 폐하, 저는 스얌바라 왕국 태생으로 수르바따움과 만도리다의 아들 사나라 합니다."

사나의 인사에 아즈나는 대꾸했다.

"사나 왕자, 새삼스러운 인사는 필요없습니다. 우리는 이미 예전에 몇 번 만났지요. 그대가 사라마유의 사절로 온 사실도 카담의 보고로 이미 알고 있습니다. 말씀해보십시오, 아비뉴아 왕이 휴전을 이만 끝내기를 원합니까?"

"그렇습니다."

"그럼 이 말을 전함으로 그대의 역할은 끝났습니다."

아즈나는 일어섰다. 사나는 뒤로 물러나며 저도 모르게 아즈나의 오른팔에 시선을 던졌다. 아즈나의 긴 겉 옷자락의 오른 소매가 텅 비어 있었다. 정말로 그에게 오른팔이 없었던 것이다. 과연 누가 감히 그의 손을 자를 수 있었단 말인가. 사나는 궁금했으나 물어볼 수 없는 일인지라 그저 가만히 서 있었다.

아즈나는 사나에게 냉랭한 시선을 던졌다. 사나는 상대가 마음만 먹는다면 단칼에 자신을 죽일 것임을 알았다. 시선을 받는 것만으로도 등 뒤에서 식은땀이 흘렀다. 사나가 타인의 시선을 받고 이런 기분이 된 것은 처음이었다.

'아무래도 난 죽을 것 같군.'

사나가 아즈나의 심사를 살피는 동안 아즈나 또한 사나를 가늠하고 있었다. 마침내 아즈나가 입을 열었다.

"이제 내가 그대를 어찌 대우하는 것이 좋겠습니까? 원하신다면 사라마유에 돌아가도 좋고 스얌바라에 돌아가도 좋습니다. 마음대로 하십시오."

사나는 상대가 이리 나올 줄은 또 몰랐다.

'이상하다. 단숨에 죽일 줄 알았더니.'

그만 생각이 그대로 입 밖에 나오고 말았다.

"왜 저를 단칼에 죽이시지 않습니까?"

"어차피 그대가 사라마유 군에서 싸우는 한 내 손에 죽을 것입니다."

아즈나의 싸늘한 대답이었다. 사나는 일이 이렇게 되자 아예 생각
나는 대로 단숨에 말해버리자 생각했다.

"그렇다면 저는 죽고 싶지 않으니 사라마유 군에서 싸우지 않겠습
니다. 이노아의 편에서 싸우게 해주십시오."

그가 말하자마자 이제껏 가만히 있던 꼽추 카르타가 재빨리 입을
열었다.

"그의 말은 진심이다."

카르타의 말이 한순간만 늦었어도 사나의 목은 날아갔을 것이다.
아즈나가 왼손으로 눈 깜짝할 사이에 단검을 빼어들어 사나의 목을
노리고 있었다. 칼날이 닿은 곳이 섬뜩했다. 아즈나가 싸늘하게 물
었다.

"왜 이노아 편에서 싸우겠다는 것이냐?"

이에 사나는 태연히 아비뉴아 왕 앞에서 했던 설명을 되풀이했다.
그의 설명을 듣자 아즈나는 검을 다시 집어넣고 상대를 쏘아보았다.
카르타가 미소지었다.

"그는 그저 그런 인간일 뿐이다. 우리의 아버지가 아무런 의지 없
이 무기력하게 살 수밖에 없는 인간이었듯, 그 또한 자신의 방식대
로 생을 불태우지 않고는 살아갈 수 없는 인간인 게다. 사람은 여러
종류이지. 한 생각을 강요할 수는 없지 않느냐."

이에 아즈나는 흘끗 형을 바라본 후 사나에게 입을 열었다.

"좋습니다. 이제부터 당신을 이노아의 장수로 삼도록 하지요. 당
신의 사절로서의 역할은 끝났습니다. 거처를 정해줄 테니 나가십시
오."

알현의 방에서 나올 때 사나의 등은 식은땀으로 흠뻑 젖어 있었

다. 그러나 그는 그만한 소득이 있었다고 생각했다.

사나가 다시 아즈나 왕의 부름을 받은 것은 이틀 후의 일이었다. 아즈나 왕은 왕실의 회의장으로 그를 불렀고 그곳에서 사나는 이노아 신하들과 이노아를 조력하고 있는 여러 나라의 왕과 왕자들을 만났다. 그들 모두가 의심스레 사나를 바라보고 있었다. 사절로 온 자가 어찌 이 자리에 있을 수 있는지 의아해하고 있었다.

이런 생각을 직접 말한 것은 카담 계급의 우두머리인 수니티였다. 그녀는 사나가 사바르니 강을 건넜을 때부터 줄곧 그의 뒤를 밟으며 왕에게 소식을 전해왔다. 그녀로서는 적국의 사절이 왜 이런 자리에 참석하는지 통 모를 일이었다. 그녀가 왕에게 이유를 묻자 다른 신하들도 왕의 대답에 귀를 기울였다. 아즈나 왕은 간단히 대답했다.

"그는 원래 사라마유 인도, 탄타마사 인도 아니다. 스얌바라 태생이지. 그는 스스로 이노아를 조력하겠다 나섰고 우리는 그것을 거부할 이유가 없다."

왕의 말로 사나의 지위는 인정되었으나 그렇다고 사나를 보는 눈길이 부드러워진 것은 아니었다. 그러나 사나 자신이 그런 눈빛에 조금도 개의치 않았다.

이후 사나는 매일같이 회의에 참석하며 이노아가 어떤 전략으로 전투를 벌일지 알게 되었다. 아즈나 왕은 가만히 앉아서 수도를 지킬 생각 같은 건 처음부터 하고 있지 않았다. 그러기에는 마하사라마가 방어하기에 불리한 도시인 것이다. 옛날 이유시크 왕이 했던 결정을 지금 아즈나 왕이 되풀이하고 있자 사나로서는 우스운 생각조차 들었다.

'이리 된다면 이제부터 일어날 전쟁에서도 마하사라마 자체는 또 별 피해 없이 넘어가겠군.'

이런 까닭으로 사바르니 강변까지의 진군이 결정된 상태였다. 그곳에서 사라마유 군과 대적할 전술 또한 윤곽이 잡혀가고 있었다. 사라마유 군은 분명 전투를 할 수 없는 밤을 틈타 강을 건너려 할 것이다. 이노아로서는 야마의 노여움을 각오하고 밤에 피를 흘릴 까닭은 없다. 그러니 병사들이 밤새 강을 건너 지쳐 있는 다음날 아침을 노리는 것이 좋다.

모두가 사나 또한 이미 짐작하고 있었던 계획이었다. 이렇게 되자 그는 새삼스럽게 사라마유가 어떻게 강을 건널지 궁금한 생각이 들었다.

'사라마유가 어떻게 강을 건너는가에 따라 전투의 승패가 갈라질지도 모르겠구나. 사라마유와 이노아, 어느 쪽이 더 효율적으로 정보를 얻고 움직이게 될까?'

여기에 생각이 미친 그는 수니티라는 여인과 그녀가 이끌고 있는 카담 계급의 사람들에게 주목했다. 수니티는 사바르니 강변 주위의 지형을 이미 손바닥 보듯 환하게 알고 있었다. 그녀는 몇십 년간 사라마유에서 살아온 자라도 저리 알 수 있을까 싶을 정도로 상세한 정보를 가지고 있었다.

'스얌바라에서는 여자가 장수가 되는 일이 없지만 이노아는 다르다고 들었는데, 과연 저 여인의 실력은 보통이 아니구나. 아비뉴아 왕은 장수들 중 지형에 밝은 자가 적음을 염려하는 것 같았다. 아마 이대로라면 사라마유는 정보을 수집하는 것에서 일단 이노아에 지고 들어갈지도 모르겠다.'

그렇게 생각하니 카담들에 대해 꽤 감탄하는 마음이 생겼다. 이날 사나는 회의장에서 옆자리에 앉은 샤마라는 브라흐마나에게 카담 계급을 칭찬하는 말을 몇 마디 했다. 사나 자신은 별다른 생각 없이 한 말이었으나 샤마는 궁금해하며 물었다.

"카담들의 능력이 뛰어나다 한들 어떻게 이노아가 사라마유보다 이 땅에 대해 자세히 알 수 있겠습니까?"

사실 사바르니 강 주위는 모두 사라마유의 영토였다. 따라서 사라마유 장수들 중 그 지형에 밝은 자가 적다는 얘기는 확실히 뭔가 이상했지만 사실이었다. 지난 전쟁에서 이유시크 왕은 군사를 나누며 용감하고 전투에 능한 병사들은 아비뉴아에게 주고 대신 자신은 전술과 지형에 밝은 자들을 골랐던 것이다.

결과적으로 아비뉴아가 이끈 사라마유 군은 탄타마사 군의 뒤를 쫓는 데 어느 정도 시간이 걸렸으나 일단 전투가 일어나자 하루 만에 승리를 거머쥐었다. 반대로 이유시크 왕이 이끈 사라마유 군은 이노아 군과의 대결에서는 패했으나 오랜 기간 전투를 끌어 이노아 군의 발목을 잡는 데 성공했다. 사라마유는 당시 이유시크 왕이 패함으로써 지형에 밝은 유능한 인재들을 많이 잃었고 그것이 두고두고 큰 손실이 되었다.

사나가 이를 설명하자 샤마는 고개를 끄덕였다. 사나는 몰랐으나 샤마를 비롯한 이노아의 여러 장수들이 전부터 타국에서 온 그를 주목하고 있었다.

샤마는 나중에 이노아의 장수들끼리 모이게 되었을 때 사나에 대한 이야기를 꺼냈다. 장수 나라얀은 사나를 이렇게 평했다.

"키는 멀대같이 크고 첫인상은 게을러 보이는데 의외로 아는 것이 많고 말솜씨가 좋은 사람이더군요. 그렇다 해도 나는 별로 그를 신뢰하지 않습니다."

나라얀은 지난 전투에서 뛰어난 활약을 했고 그로 인해 이번에 군단장으로 뽑힌 장수였다. 현재 그와 장수 디오라마 등이 아즈나 왕의 신뢰를 받고 있었다. 샤마는 나라얀의 말을 듣자 이렇게 말했다.

"그는 참 재미있는 사람 같더군요. 그가 말하는 것을 듣고 있자면 어딘가 모르게 스카마가 연상됩니다."

이 말에 나라얀은 저도 모르게 얼굴을 찡그렸다. 스카마는 지난번 전투에서 목숨을 잃었다. 죽은 사람에 대해 뭐라 평할 마음은 없지만 스카마는 종종 나라얀을 화나게 하곤 했다.

"그가 죽은 마당에 이리 말하는 건 옳지 않지만 나는 그가 만다라 진을 편 것이 처음부터 잘못이었다고 생각합니다. 우리가 저지른 부정의 대가가 너무 크게 남았습니다.

나는 당시 나타라는 사라마유 장수의 목을 찌르며 그가 하고 있던 금목걸이를 끊어놓았는데 그것이 자신도 모르는 사이에 아다르마를 행한 셈이 되었습니다. 사라마유 인들이 하고 있는 금목걸이에는 신의 가호를 비는 의미가 있어서 끊어버리는 것이 허용되지 않는다는 걸 몰랐습니다. 그 후로는 가끔씩 깜짝 놀랄 정도로 목이 고통스럽습니다. 흡사 누군가 나의 목을 조르는 듯 선뜩하고 끔찍한 느낌입니다."

그때 카담 계급의 우두머리인 수니티가 나라얀에게 차갑게 입을 열었타.

"사리를 알 만큼 아실 당신께서 그런 말씀을 하시다니 실망했습니다. 당시는 만다라 진이 꼭 필요한 절박한 상황이었습니다. 스카마의 만다라 진이야말로 우리가 승리할 수 있었던 가장 큰 힘이 되었습니다. 또, 진이 깨졌을 때 스카마는 우리 모두를 대신하여 홀로 죽었지 않습니까."

수니티의 말에 여러 장수들은 스카마의 죽음을 회상했다. 아비뉴아 왕이 진을 깨버린 순간 스카마는 아다르마의 징벌을 받아 눈, 코,

입 등 모든 구멍에서 피를 흘리며 죽어갔다. 그 죽는 모습이 너무도 처참하여 웬만한 살육에는 눈 깜짝하지 않는 장수들조차 몸서리를 쳤던 것이다.

나라얀은 칼날 같은 수니티의 말에 무안해했으나 화를 내지는 않았다. 나라얀이 자신보다 신분이 낮은 카담인 수니티에게 무안을 당하고도 참는 것은 수니티가 그의 어머니뻘인 나이였기 때문이었다.

나중에 자리를 떠나며 나라얀은 샤마에게 이렇게 말했다.

"어머니 생각이 나서 수니티에게는 함부로 대할 수가 없습니다."

샤마가 말했다.

"나라얀, 당신은 일찍 어머니를 여의어 더욱 그러하겠지요. 나는 수니티가 당신에게 지나치게 화를 낸 것이 아닌가 생각하고 있었습니다. 당신이 그녀에게 화를 내지 않는다면 좋은 일이지요. 곧 전투가 일어날 터인데 서로간에 사이가 좋아야 하지 않겠습니까."

나라얀이 긍정했다.

"그렇지요. 적어도 이노아 인들끼리는 말입니다. 가뜩이나 여러 나라 장수들이 섞여 혼잡하니까요. 폐하께서 리무의 모든 나라들을 적과 아군으로 이분하신 것은 그다지 좋은 생각이 아닌 것 같습니다. 어차피 우리를 적극적으로 돕는 나라들은 한정되어 있는 가운데 보복을 두려워하는 나라들이 겉으로만 이노아를 지지하는 척 나서고 있지 않습니까."

샤마가 말했다.

"그것은 당신이 당시의 폐하를 직접 뵙지 못하고 하는 말입니다. 손을 잃어버리시던 그날, 폐하께서는 저를 부르시고 스바얌바라의 자리로 가서 모든 나라들에게 선언하라 명하셨습니다. 이노아에는 적, 아니면 아군만이 있다는 폐하의 말씀은 진심이십니다. 우리가 사라마유를 이기는 것으로 전쟁이 끝나는 것이 아닙니다. 이 전쟁은 어쩌면 그날 이후가 진정한 시작이 될지도 모릅니다."

샤마는 이 말을 남기고 나라얀과 헤어졌다.

한편 사나는 아즈나 왕과 단둘이 된 기회가 한 번 있었다. 초저녁에 호숫가를 산책하던 길이었다. 아직 완전히 어두워지지 않은 터라 사나는 곧 상대의 얼굴을 알아보고 흠칫 놀랐다.

초저녁의 호숫가는 매우 고요했다. 인접한 숲에서 나뭇잎이 바스락거리는 소리만이 간간이 들릴 뿐이었다. 아즈나는 호수에 비친 달을 보고 있다가 인기척을 느끼자 고개를 돌렸다. 그는 사나를 발견하자 이렇게 말했다.

"밤에 홀로 돌아다니지 마십시오. 이곳에는 당신을 좋아하지 않는 사람들이 많습니다."

사나는 그의 사라진 오른팔을 보며 불쑥 묻고 말았다.

"그 팔은 누가 자른 것입니까?"

말을 하고 사나는 조금은 자신의 행동을 후회했다.

'이런, 목이 날아갈지도 모르겠구나.'

그러나 사나는 이때 아즈나가 어떤 마음으로 어둠 속의 호숫가에 서 있는지 몰랐다. 아즈나의 마음은 잊을 수 없는 옛 추억 속에 조용히 가라앉아 있었다. 그는 화를 내지 않고 그저 담담하게 대꾸할 뿐이었다.

"내가 스스로 자른 것입니다."

제 아무리 다른 사람의 일에 관심이 없는 사나라 할지라도 이 말에는 호기심이 일어나지 않을 수 없었다. 사나는 아즈나가 다시 입을 열 때까지 그의 팔만 보고 서 있었다.

돌연 아즈나가 사나를 돌아보며 물었다.

"리무는 잘 있습니까?"

사나는 그가 자신의 아내가 되었을지도 모르는 왕녀의 이름을 입에 담는 것을 보고 내심 놀랐다.

"네, 그녀는 잘 있습니다."

대답하긴 했지만 사실 사나는 내내 사라마유 왕궁에 있으면서 아비뉴아 왕의 아내를 본 일이 없었다. 그가 남의 아내인 그녀를 만날 일이 없는 것이다. 그럼에도 이렇게 대답한 것은 어쩐지 이렇게 대답하지 않으면 안 될 것 같아서였다. 그녀의 안부를 묻는 아즈나의 어조와 눈빛이 사나의 입에서 이런 대답이 나오게 만들었다.

대답을 들은 후 아즈나는 고개를 가볍게 숙였다. 그가 먼저 걸어 나감으로 이 만남은 끝났다.

며칠 후 이노아에서 장수 누라마를 사절로 보냈다. 누라마가 사라마를 방문하고 되돌아오자 휴전이 끝났음이 세상에 선포되었다. 사라마유와 이노아, 양국 모두의 전쟁 준비가 이미 완전히 끝나 있었다.

십만 군의 전진을 하루 앞두고 아비뉴아는 어머니에게 가서 인사를 올렸다. 소마사가 그를 안고 축복의 주문을 읊어주었다. 아비뉴아는 어머니의 안전을 염려했지만 소마사는 아들의 얼굴을 다정히 바라보며 입을 열었다.

"무사히 다녀오렴. 생각 같아서는 예전에 했듯 안전을 기원하는 의식들을 치러주고 싶구나. 지금이라면 너도 옛날처럼 백 요자다 밖으로 도망가거나 하지는 않을 텐데. 그러나 이제 그리 할 필요도 없겠지. 아비뉴아, 나는 네가 무사히 내게 돌아올 것을 안단다, 너는 선택받은 아이니까!"

어머니의 궁에서 물러나온 다음 아비뉴아는 아내에게로 향했다.

리무는 정원에서 다섯 명의 오빠들과 함께 있었다. 그들이 작별을 나누고 있음을 안 아비뉴아는 남매들을 방해하고 싶지 않아 잠시 물러섰다. 나무 뒤로 리무의 목소리가 들려왔다. 그녀는 형제들 한 사람 한 사람을 따뜻한 말로 축복하고 있었다. 리무의 말이 끝나자 마호다니가 말했다.

"너도 잘 지내렴. 우리는 전쟁이 끝나면 이곳을 거치지 않고 바로 탄타마사로 돌아갈 것이다."

어쩌면 마지막 만남일 될지도 모른다고 생각하며 마호다니는 안타까워하고 있었다. 그러자 마치 리무는 그의 생각을 알아차린 듯 부드럽게 입을 열었다.

"오빠, 우리들의 인연은 카르마의 굴레 안에서 영원히 이어진 것이지요. 우리는 언제고 다시 만나게 될 것이니 저는 슬퍼하지 않아요."

아디토야가 입을 열었다.

"누나는 끝까지 경전에 나오는 것 같은 말만 하는걸. 다음에는 브라흐마나로 태어나는 것이 낫겠다."

헤어짐은 아쉽고도 슬픈 것이나 그들은 웃음을 남기고 헤어졌다. 형제들은 몇 번이고 사랑하는 누이를 뒤돌아보며 떠났다.

그들이 떠난 후 아비뉴아는 나무 뒤에서 걸어나왔다. 왕은 아내를 보며 문득 마하사라마를 떠올렸다. 신의 도시 마하사라마, 오늘처럼 맑은 날 하얗게 칠해진 건물들은 빛 아래 더없이 아름답고 뜰에 피어난 노란 꽃들은 황금을 뿌려놓은 듯 보였다. 그곳엔 모든 것이 있었다. 문득 옛날로 돌아가고 싶다는 충동을 누르며 아비뉴아는 다정하게 아내의 이름을 불렀다.

"리무."

리무는 떠나가는 오빠들의 뒷모습을 물끄러미 바라보고 있다가 아비뉴아에게 고개를 돌렸다.

"당신도 저에게 인사하기 위해 오셨군요."

아비뉴아가 고개를 끄덕이자 리무는 일어섰다. 그녀는 아비뉴아를 바라보며 분명히 말했다.

"오늘 정말로 제가 이 세상에 태어난 모든 의무가 끝나는군요."

그녀의 어조에 아비뉴아는 문득 가슴이 차가워지는 듯한 불안감을 느꼈다. 그는 아내의 손을 잡았다.

"당신의 의무는 이제부터 시작입니다. 나는 당신에게 어머니와 사라마의 백성 모두를 부탁합니다. 내가 돌아올 때까지 무사히 이곳에서 기다려주세요. 당신은 이를 약속할 수 있습니까?"

리무는 그의 두려움을 알았다. 그녀는 고개를 끄덕이며 자신의 목에서 금목걸이를 풀어 아비뉴아의 목에 걸어주었다. 아비뉴아는 그 금목걸이를 내려다보며 아버지 이유시크 왕을 떠올렸다. 그가 자신에게 주었던 애정이 떠올랐을 때 그의 마음이 가라앉았다.

아비뉴아는 아내에게 입맞추며 생각했다.

'신이 나에게 내린 의무는 이제부터가 시작이구나.'

그러나 세상 그 누구가 자신과 같은 의무를 가질까. 아비뉴아는 아즈나와 만날 일을 생각하며 씁쓸한 기분이 되었다.

'나는 자신의 영혼을 죽여야 하는 기막힌 의무를 가지게 되었다. 그러나 아즈나, 그는……'

그는 잠시 눈을 감고 만일 자신과 그의 입장이 바뀌었다면, 리무의 선택이 자신이 아닌 그를 향했다면 지금 어찌 되었을지를 상상했다. 그러나 부질없는 짓이었다.

그는 이윽고 눈을 뜨고 생각했다.

'상상만으로 이해할 수 없는 고통이 세상에 어디 있을까.'

하지만 쓸데없는 짓인 줄 알면서도 그는 입을 열고 말았다.

"리무, 내가 아즈나였다면 자신의 손을 잘랐을까요?"

아비뉴아가 리무의 앞에서 아즈나의 이름을 입에 담는 것은 스바얌바라가 끝난 이후 처음 있는 일이었다. 리무는 그저 고개를 저어 보일 뿐이었다. 이에 아비뉴아는 쓴웃음을 지었다.

"바보 같은 질문을 했군요. 리무, 나는 그의 마음을 알 듯도 합니다. 내가 그였다 해도 결코 쉽사리 생을 포기하지는 않을 것입니다."

그는 잠시 입을 다물었다가 말을 이었다.

"그러니 당신은 알아주어야 합니다. 그가 어떤 마음으로 자신의 팔을 잘랐는지. 당신의 말이기에, 당신의 선택이기에 그는 순응한 것입니다. 그는 당신의 행복을 원한 것입니다. 그러니 행복해지세요, 리무. 자신의 선택에 책임을 지세요. 이제는 더이상 슬퍼할 수 없음을 아세요. 스스로 선택한 자신이 슬프고 괴롭다면 그의 고통은 무엇이 되겠습니까?"

리무는 고개를 끄덕였다.

"네, 저도 알고 있습니다. 또한 아비뉴아, 당신의 고통도 알고 있습니다. 저 또한 저의 행복을 믿습니다. 당신과 그의 행복도 믿고 있습니다."

리무는 상대를 보며 부드럽게 웃었다.

"아비뉴아, 무사히 다녀오세요. 나는 언제나 이곳에서 당신을 기다리고 있겠습니다."

　다음날로 사라마유의 십만 군이 전진하기 시작했다. 분노에서 비롯된 그들의 사기는 산보다 높았다. 병사들의 마음은 잃어버린 신의 도시를 되찾겠다는 굳은 결의로 가득 차 있었다. 이들을 이끄는 아비뉴아 왕은 이번 전쟁에서 반드시 이기고 마하사라마를 되찾아 그 자신이 아버지 이상의 위대한 왕임을 증명해야 할 중대한 책임을 가지게 되었다.

　예전에 라바 왕이 죽었을 때도 모든 사람들이 사라마유의 존망을 염려했다. 그러나 이유시크 왕은 그것을 깨끗이 물리치고 왕 중의 왕이 되었다. 아비뉴아 또한 그의 아버지와 비슷한 상황인 듯 보이나 사실은 큰 차이가 있었다. 그는 처음부터 후계자로서 키워진 왕자였고 백성들의 높은 신임을 받고 있었다. 왕은 시바의 아스트라를 쓴 위대한 용사였고 모든 장수들이 그 사실을 인정했다. 아비뉴아는 예전에 이유시크 왕이 그랬듯 왕실 내부의 문제와 싸울 필요가 없었다. 그것은 아들을 깊이 사랑한 아버지가 그를 위해 닦아놓은 결과물이었다.

　이노아의 왕 아즈나가 아니었다면 감히 아비뉴아의 앞을 막을 사람이 없었으리라. 아비뉴아 입장에서 보자면 아즈나는 벌써 두 차례나 자신을 철저히 망가뜨린 셈이었다. 수년 전의 무예시합에서 아즈나는 승리하며 아비뉴아를 죽음의 위기에 몰아넣었다. 그 후 이노아의 왕이 되어 이유시크 왕을 죽이고 마하사라마를 빼앗았다. 아비뉴아가 아즈나를 상대로 하여 승리한 것은 탄타마사에서 열린 스바얌바라에서 뜻대로 리무 왕녀를 아내를 맞은 일뿐이었다.

　그러나 그 스바얌바라가 아비뉴아에게 있어 어떤 의미가 되었는지는 그 자신과 리무, 아즈나 이외에는 아무도 알지 못하리라.

사라마유 군은 사바르니 강까지 순조롭게 전진했으나 강에 도착해서는 그 흐름이 끊기고 말았다. 강 너머에서는 이노아 군이 이미 진을 치고 적에게 화살을 먹일 준비를 한 채 사라마유를 기다리고 있었다. 이노아 군사들이 들고 있는 창끝 위를 매끄럽게 물결치는 햇빛은 강의 수면을 빛내는 그것만큼이나 눈부셨다.

사라마유는 그냥 강을 건너지 않았다. 이대로 강을 건너 전투를 벌였다가는 불리할 것을 잘 알기에 아비뉴아 왕은 심리전을 펴기 시작했다. 이곳에서 사라마유의 군사들은 열흘의 시간을 보냈다. 그들은 강을 건널 듯 말 듯 결코 건너지 않았다. 기다리고 있는 이노아 군을 지치게 만들 생각이었다.

그러나 이노아 측 또한 그리 호락호락 넘어오지 않았다. 사라마유가 교묘하게 신경을 건드려도 아즈나 왕은 그런 하찮은 도발 따위는 무시해버렸다. 수니티가 이끄는 카담 계급들이 그것을 가능하게 만들었다. 카담들은 사라마유의 아주 작은 움직임도 놓치지 않고 왕에게 전달했다. 사라마유가 그들의 눈길을 피해 강을 건너는 것은 불가능했다. 그들이 있기에 이노아 군은 지치지 않았다.

사라마유에서 강을 건너는 총책임을 맡은 장수는 카산이었다. 매처럼 날카로운 눈을 가진 노장 중의 노장은 매일 새벽같이 강변에 나와 강 너머 이노아 군의 동정을 살펴보곤 했다.

이노아 쪽 궁수부대의 경비는 언제나 삼엄했다. 화살을 시위에 겨누어 하늘을 향한 채 언제라도 강 너머로 쏘아보낼 수 있도록 준비하고 있었다. 궁수부대는 하루 단위로 교대하며 조금도 지칠 기색을 보이지 않았다. 그들을 지켜보는 카산이 먼저 지쳐버렸다. 카산은 매일같이 강 너머를 향해 지긋지긋한 놈들이라 몇 시간이고 욕을 퍼붓곤 했다.

열흘째 되는 날 카산은 아비뉴아 왕에게 가서 건의했다.

"폐하, 이대로 계속 때를 기다리다가는 우리 쪽 병사들이 먼저 지칠 듯합니다. 슬슬 강을 건너는 것이 어떻습니까? 아즈나가 아무리 신을 두려워하지 않는 왕이라 해도 감히 밤에 살상을 하려 하지는 않을 것입니다. 차라리 밤에 강을 건너는 것이 나을 듯합니다."

그러나 아비뉴아는 꿈쩍도 하지 않았다.

"그러나 밤새 강을 건넌다면 다음날 전투 준비도 제대로 하지 못한 채 지친 몸으로 적을 맞아야 할 것이다. 이는 우리에게 불리하지 않은가. 조금 더 기다리도록 하자."

이틀 후 사바르니 강변은 짙은 안개에 싸이게 되었다. 카담들이 사라마유 군이 강을 건넌다는 사실을 아즈나 왕에게 전한 것이 바로 이날 밤이었다. 이노아 군이 주둔해 있는 곳에서부터 십 요자다쯤 떨어진 곳에 수많은 횃불들이 일렁였다. 사라마유의 십만 군이 수백 개의 뗏목을 타고 강을 건너는 모습이었다. 이날 밤 아즈나 왕은 군대를 정비하고 전투 준비를 했다.

다음날 새벽 철저한 준비를 마친 이노아 군이 드디어 오랜 시간 동안 기다리던 전투를 시작하려 할 때였다. 이노아 인 모두가 아연실색할 일이 벌어졌다. 카담들이 창백한 얼굴로 왕에게 달려왔다.

"사라마유 군이 전부 사라졌습니다."

이 말도 안 되는 보고에 모두가 경악했다. 아즈나 왕은 직접 사라마유 진영으로 달려가 카담들의 보고가 사실임을 확인했다.

적의 진영에는 한 사람도 남아 있지 않았다. 사라마유의 기가 높은 장대에 꽂혀 세워진 자리에는 빈 천막들만이 줄지어 있었다. 불을 피운 자리의 모래는 여전히 뜨거운데 군사들은 한 사람도 남아 있지 않았다. 이노아 군은 모두 망연히 서서 이 믿겨지지 않은 광경을 바라볼 수밖에 없었다.

이날 열린 회의에서 아즈나 왕은 수니티에게 진상을 알아낸 후 처벌을 받으라 명했다. 수니티는 이튿날 이 이상한 일의 전모를 왕에게 알려왔다. 그녀의 얼굴은 이미 야마에게 잡혀간 것마냥 창백했다.

"폐하, 사라마유 군은 이틀 전 일부 군사들만을 보내 강을 건넜습니다. 그들은 빈 뗏목들을 끌고 강을 건넌 후 수백 개의 횃불을 피우고 막사를 친 다음 다시 강을 건너 돌아갔습니다. 그 사이 주력 부대는 동쪽으로 거슬러 올라가 강을 건넜습니다."

아즈나는 싸늘하게 물었다.

"그 많은 뗏목들을 다 버리고 말이냐? 그럼 그들 자신들은 어떻게 강을 건넜단 말이냐?"

"폐하, 황송하오나 사바르니 강에 뗏목 없이 물을 건널 수 있는 구역이 있었던 것 같습니다."

수니티의 말대로였다. 사바르니 강은 수심이 불규칙했다. 이곳으로부터 백 요자다 정도 동쪽으로 가다보면 사하 산과 브리하마 산이 나오는데 그 두 산 사이를 지나는 강물의 수심이 특별히 얕았다. 어른의 가슴에 닿을 정도 높이의 수역이 존재하는 것이다. 이노아로서는 전혀 몰랐던 사실이었다. 이노아 장수들 모두가 기가 막혀 한동안 말이 없었다. 아즈나는 치미는 화를 억누르기 위해 노력했다.

'그래. 나는 이 땅을 반 년간 다스렸다. 그러나 저들은 수십 년간 다스려온 것이다. 알고 있는 바가 틀린 것은 어쩔 수 없지 않는가.'

납득은 했으나 화가 나는 것은 어쩔 수 없었다. 그는 수니티에게 명했다.

"전쟁이 끝날 때까지는 살아 있어라. 공을 세운다면 후에 내릴 형벌을 감하겠다."

수니티로서는 벌을 받든 용서를 받든 아무래도 좋은 심정이었다. 그녀는 벌써 사라마유 군에게 두 번 농락당한 것이다. 지난 전투 때 이유시크 왕은 그녀의 부하들을 모조리 죽였고 그녀 자신도 목숨이 위태로웠다. 수니티는 반드시 그 복수를 하겠노라 맹세한 바 있었다. 그 전투에서 이노아 군은 승리하여 그녀의 슬픔을 덜어주었다.

'이 수치를 씻지 못한다면 죽는 것이 나으리라.'

그녀는 왕 앞에 절하고 물러나왔다.

4장 비슈누 차크라

사라마유 군은 다음날 어렴풋한 새벽빛을 뚫고 동쪽에서 나타났다.

아비뉴아의 전차는 진의 선두에 있었다. 흰 코끼리가 그려진 사라마유 왕실의 깃발이 그의 전차에서 힘차게 휘날렸다. 아비뉴아 왕의 오른편으로는 명성이 자자한 사라마유의 장수 라아크리, 카산, 비히마, 치트라들의 전차가 있었다. 왼편으로는 탄타마사의 형제들, 마호다니, 사바르니, 다나, 아반티, 아디토야가 있었다. 그들의 전차에 꽂혀 있는 다양한 색깔의 깃발이 공중에서 물결을 이루었다. 그들 모두가 있는 사라마유 군은 결코 깰 수 없는 단단한 바위처럼 보였다.

아즈나 왕은 적의 진에 싸늘한 시선을 던졌다. 사라마유의 십만 군사는 거북 머리 형태의 진을 취하고 질서정연하게 운집해 있었다. 아즈나는 그 진을 기억하고 있었다. 이유시크 왕의 오만 군사가 이와 같은 형태의 진을 하고 이노아의 삼만 군사와 대결했었다.

왕은 이노아의 장수들을 돌아보았다.

"오늘 우리가 어떤 진으로 거북의 머리를 베는 것이 좋겠느냐?"

이제까지 이노아는 매번 전투에서 측면 공격의 위력을 효과적으로 발휘했다. 그것을 생각한 한 장수가 초승진을 입 밖에 내었다.

그러나 아즈나 왕은 이를 거절했다.

"우리는 그 진을 사용하기에는 상대에 비해 기병이 적다."

대답하는 아즈나의 마음은 매우 불쾌했다. 이노아의 기병이 적은 것은 반년 전 이유시크 왕이 이끄는 사라마유 군과 대결할 때 많은 수의 기병을 잃었기 때문이다. 기병을 훈련시키는 데는 시간이 걸린다. 얼마 안 되는 기간에 그 공백을 모두 메꿀 수는 없었던 것이다.

'결국 나는 끝까지 이유시크의 망령에게 저주받는 꼴이다.'

장수들은 각자 다른 의견을 내놓아 의견은 쉽게 통일되지 않았다. 그때 아즈나 왕의 오른쪽에 있던 카르타가 입을 열었다.

"비슈누 차크라의 진은 어떠합니까?"

왕은 그의 형을 돌아보았다. 카르타는 동쪽을 향하여 시선을 던지고 있었다. 그의 시선은 적의 진을 보기보다 그 너머 먼 하늘을 바라보는 듯했다. 카르타는 잠시 후 입을 열어 설명했다.

"거북은 단단한 껍질을 가진 데다 극히 조심스러워 그 머리를 베기가 쉽지 않습니다. 그러나 머리를 베지 않고는 죽일 수도 없는 노릇이지요. 그러니 무엇이든 베어버리는 비슈누의 차크라가 효과적일 것 같습니다."

차크라는 원반 형태의 무기를 뜻한다. 양끝에 날카로운 날이 달린 무기 바즈라가 뇌신 인드라의 무기이듯 차크라는 비슈누 신의 무기였다. 비슈누 신이 그의 원반으로 베어버리지 못하는 것은 세상에 없다. 카르타는 그러한 차크라 형태의 진을 제안한 것이었다.

아즈나는 그의 형을 묵묵히 보다가 승낙했다.

"좋다. 비슈누 차크라 진을 펴도록 해라."

군단장들이 곧 흩어져 왕의 뜻에 따라 진을 배열했다.

햇빛이 땅 위에 퍼져나감과 동시에 사라마유의 십만 대군이 일제히 이노아 군을 향해 전진하기 시작했다. 그 기세는 지켜보는 것만으로도 머리가 쭈뼛 설 정도로 어마어마했다. 태초에 리무 강이 세상에 처음 나타났을 때 그 흐름이 이러했을까. 그만큼 지난 전쟁에서 이노아에게 아버지, 아들, 전우를 잃고 삶의 터전마저 빼앗긴 사라마유 군의 분노는 대단했다. 말들이 한꺼번에 내달리는 말발굽 소리와 전차 바퀴가 구르는 소리에 땅이 흔들렸다. 그 소리는 인드라의 뇌성처럼 울려 퍼졌다.

이노아 장수들도 하나같이 용감하고 강했다. 그러나 적은 머리를 풀어 헤치고 죽음의 춤을 추는 루드라마냥 성난 기세로 돌진해왔다. 이노아 군의 최선두에는 장수 디오라마가 이끄는 군단이 있었다. 디오라마는 잃어버린 사기를 북돋기 위해 애썼으나 좀처럼 뜻대로 되지 않았다. 고동과 나팔을 불게 하고 북을 두드렸으나 그 소리는 사라마유 군이 전진하며 내는 땅울림에 비할 바가 못 되었다. 디오라마는 한탄했으나 뾰족한 방법이 없었다.

이노아는 처음부터 사라마유에 기선을 빼앗긴 채 전투를 시작하게 되었다. 이노아가 이리 쉽사리 사라마유의 기세에 눌린 데에는 사라마유 군의 용맹 이외에도 다른 이유가 있었다. 사라마유 군이 강을 건너는 공격 기회를 너무도 쉽게 잃었다는 허탈감이 그들 마음에 아직 남아 있었다. 병사들 중에는 상대가 어떤 방법을 써서 강을 건넜는지 제대로 전해듣지 못한 자들도 많아 사라마유 군이 한 번 사라졌다가 나타난 것에 두려움을 느끼고 있었다. 신이 사라마유를 축복한 것이 아니냐는 의심 또한 짙게 배어 있었다. 의지가 굳지 못한 자, 나이 어리고 경험이 적은 자들은 싸우기도 전에 겁을 먹고 비칠거리며 땅에 쓰러졌다.

결국 이렇게 시작된 전투는 이노아에게 크게 불리했다. 어지간하지 않으면 기가 꺾이지 않는 용맹한 이노아 장수들도 전진을 꺼리고 아군의 진 가까이에서 떠나려 하지 않았다. 그 사이 사라마유 장수들은 날 듯 활약하며 이노아 병사들을 쓰러뜨렸다. 그대로 전세는 바뀔 줄을 몰랐다. 힘센 어른이 멋대로 어린 아이를 두들겨패는 듯한 전투가 계속되었다.

그러나 그 중에서도 몇몇 이노아 장수들의 활약은 돋보였다. 장수 나라얀은 사라마유의 장수 비히마와 싸워 크게 이겼다. 결국 비히마는 나라얀의 창을 피해 전차에서 내려 도망가야 했다. 브라흐마나 샤마는 자신이 크샤트리아보다 더 뛰어난 궁술 솜씨를 가졌음을 만인 앞에 입증했다. 그는 노장 카산과 싸워 줄곧 우위를 점했다.

그렇다 해도 이노아는 계속해서 밀렸다. 몇몇 장수들의 활약만으로 되돌려놓을 수 있는 흐름이 아니었다.

아즈나 왕은 선두에서 수십의 사라마유 장수들을 쓰러뜨리며 그 와중에서도 사라마유 진이 다가오는 모습을 지켜보았다. 지금 이노아와 닿은 부분은 사라마유의 전차부대, 즉 거북의 머리에 불과했다. 곧 이어 보병들을 포함한 사라마유의 진 전체가 이노아를 공격할 것이다. 그러나 지금 이노아의 진, 비슈누 차크라는 그 위력을 전혀 발휘하지 못하고 있다.

'그렇다면 차라리 그 방법을 쓰자.'

아즈나 왕은 마침내 명했다.

"기를 흔들어라!"

전차사가 즉시 왕의 명을 받들자 군단장들은 왕의 뜻을 알아채고 일제히 전진을 멈추었다. 그때부터 궁수부대가 일제히 일선에 나섰다. 이 궁수부대의 활약이 사라마유에 빼앗긴 흐름을 이노아에 되돌려놓았다.

오천의 궁수부대에는 오백 명의 카담 사람들이 있었다. 그들 한 사람 한 사람이 열 명의 병사 몫의, 아니 어쩌면 그 이상의 활약을 했다. 그들이 쓰는 화살에는 맹독이 발라져 있었다. 그것은 음지에서 자라는 작고 보잘것없는 식물의 수액에서 추출한 독이었다. 식물의 이름은 카담들 외에는 아무도 몰랐다. 그 식물의 서식처가 극히 제한되어 있고 수가 적어 카담들이 매우 귀하게 여기는 독이었다. 그들은 옛 전설 속에 등장하는 독의 이름을 따서 하라 하라라고 불렀다.

하라 하라는 먼 옛날 우유의 바다를 휘저을 때 불로불사의 음료 암리타와 함께 나왔다는 치명적인 독의 이름이었다. 이 독이 지구를 태울 것을 염려한 천신들은 파괴의 시바에게 자신들을 보호해달라고 간청했고 시바 신은 승낙하여 직접 그 독을 마셨다. 다만 시바는 독을 삼키지 않고 목 안에 보관했고 그때부터 세 개의 눈을 가진 위대한 파괴의 신은 푸른 목을 지닌 신이 되었다.

그토록 귀중히 여기는 독을 쓰는 데 카담들의 우두머리 수니티는 크게 망설였다. 그녀는 이 독을 귀하게 여기도록 교육받았다. 보석으로 가득 채운 황금단지나 불로불사 음료인 암리타와도 바꾸지 않으리라.

카담은 본래 크샤트리아 중 가장 낮은 지위였다. 그런 카담들이 지금의 위치에 서기까지 이 독의 힘이 알게 모르게 작용해왔던 것이다. 그러나 수니티는 사라마유 군이 강을 은밀하게 건넌 일로 카담 전체가 왕의 노여움을 산 지금 물불을 가릴 겨를이 없다고 판단하고 이 독을 쓰기로 결정했다.

독화살의 위력은 확실히 생각했던 것 이상이었다. 화살에 맞은 장수들은 즉시 피부가 보라색으로 변색되며 땅에 쓰러졌다. 빗나간 화살은 말이나 코끼리에게 꽂혔는데 사람보다 몸집이 큰 이 짐승들도 단숨에 쓰러졌다. 창이나 검으로 쓰러져 죽어가는 자들은 독화살에 의해 죽는 자들을 보며 자신들의 운이 좋았다고 생각할 정도였다.

그만큼 독에 의해 죽는 자들의 고통은 엄청났다. 그들은 괴로움에 몸부림치며 땅을 굴렀다. 어떤 자는 눈이 뒤집힌 채 비명을 지르고 가슴에 닿을 정도로 길게 푸르죽죽한 혀를 늘어뜨렸다. 신에게 구원을 청하는 자, 고통에 못 이겨 스스로의 상처를 칼로 헤집는 자, 그들로 인해 전쟁터는 지옥을 연상케 했다.

수니티는 카담들 중 가장 선두에 나서서 적에게 화살을 날렸다. 그녀는 아비뉴아 왕을 찾고 있었다. 두 번이나 카담을 희롱한 사라마유 군에 대한 증오는 컸다. 그리고 그녀 자신이 아비뉴아 왕에 대한 깊은 증오를 가지고 있었다. 아무에게도 말할 수 없는 개인적인 이유 때문이었다.

"어디에 있느냐! 이유시크의 아들아!"

그녀는 소리를 지르며 사정없이 화살을 날려 사라마유 군을 쓰러 뜨렸다. 다른 궁수 부대원들과는 달리 그녀는 말을 타고 전장을 뛰어다니며 적의 왕을 찾아나섰다. 그 사이 그녀의 화살에 쓰러진 장수들이 부지기수였다.

그러다 그녀는 탄타마사의 넷째 왕자 다나와 맞부딪치게 되었다. 다나는 그녀가 지독한 독화살을 쓰는 것에 분노하였다. 그가 갈고리 모양의 화살을 꺼내 활을 쏘니 그 화살이 수니티의 오른쪽 눈을 찢었다. 수니티는 진작에 목숨을 아끼지 않았는데 한쪽 눈이 멀었다 해서 두려울 것이 없었다. 그러나 그녀는 눈을 잃고 불리해진 이상 한시바삐 적의 왕을 찾아내어야 한다고 생각하고 다나의 화살을 피해 물러났다.

수니티는 한쪽 눈만을 뜨고 흙먼지가 가득 이는 전쟁터를 돌아다니니 곧 눈이 제대로 보이지 않게 되었다. 그녀는 희뿌연 먼지바람 속에서 번쩍번쩍 빛나는 화려한 전차를 발견하고 쫓아갔다. 그것은 아비뉴아 왕의 전차가 아니라 타라바 왕국의 마드마 왕자의 전차였다. 그러나 이미 수니티의 눈은 적의 전차에 꽂힌 기조차 제대로 볼 수 없었다.

마드마 왕자는 무서운 독화살을 쓰는 여인이 다가오자 공포에 온몸의 털이 모조리 곤두서는 것을 느꼈다. 그는 도망치려 애썼으나 등 뒤에서는 아군들이 계속 전진하며 길을 막고 좌우에서는 부서진 전차들이 길을 막았다. 그는 그만 울상이 되어 전차를 버리고 뛰어 달아났다. 그러나 수니티는 그가 도망치자 기를 쓰고 뒤쫓아갔다.

만일 사라마유 측에서 장수 카산이 나타나지 않았다면 마드마 왕자는 목숨이 열 개라도 남아나지 않았으리라. 정중앙에서 카담들의 독화살에 가장 사정없이 당한 병사들은 바로 카산의 부하들이었다. 노장은 너무나 흥분해 머리가 꼿꼿이 곤두서고 눈에 보이는 것이 없었다. 그가 수니티에게 창을 던지니 창의 날카로운 날이 수니티의 오른팔을 찢어놓았다. 상대가 더이상 활을 쏠 수 없다는 것을 알자 카산은 무시무시하게 승리의 함성을 지르며 외쳤다.

"이 악마 같은 여인아! 외팔이 되었으니 더이상 활을 쏠 수 없겠지. 꼭 너희의 왕처럼 처량한 모습이구나. 너희의 왕은 어디 있느냐? 그에게 당장 나오라 하여라. 내가 그 팔병신을 죽여주마!"

카산이 막 화살을 쏘아 수니티의 목을 날리려는 순간이었다. 갑자기 날아든 바즈라가 그의 팔을 날렸다. 바즈라가 직통으로 날아온 카산의 팔은 땅에 떨어져 굴렀다.

바즈라의 주인은 바로 아즈나 왕이었다. 카산을 보는 그의 눈은 그지없이 싸늘했다.

"활을 못 쏘면 어떻단 말이냐. 나에게는 아직 너희를 죽일 수 있는 한쪽 팔이 남아 있다."

수니티가 악에 받쳐 소리쳤다. 그러자 카산은 더욱 노해서 아즈나를 상대로 외쳤다.

"나는 저 여인과 겨루고 있었다. 싸움의 계율도 모르는 자가 왕이더냐!"

아즈나 왕은 냉소했다.

"먼저 날 부른 것은 그대가 아니던가?"

아즈나의 전차가 무섭게 달려들었다. 카산은 오른팔이 이미 사라졌다는 사실도 잊고 팔을 휘둘렀다. 두 전차가 서로 떨어졌을 때 카산의 목 또한 땅에 떨어져 굴렀다.

아즈나는 땅에 떨어진 카담의 목을 거들떠보지 않고 수니티에게 시선을 던졌다. 수니티는 죄스러움에 땅에 엎드려 피눈물을 흘렸다.

"폐하, 제가 아비뉴아 왕을 놓쳤습니다."

아즈나는 냉정하게 대꾸했다.

"그 전차의 기는 아비뉴아의 것이 아니었다. 만일 그였다면 전차를 버리고 도망칠 것 같으냐? 그는 내가 죽일 것이니 나를 방해하려 한다면 너부터 죽게 될 것이다. 너는 지금 눈이 멀었다. 눈먼 자는 싸울 수 없으니 후진으로 물러가라."

그때 전차가 나타났다. 아즈나는 장창을 들었으나 나타난 것은 이노아 장수 나라안이었다. 그는 불안한 얼굴이었다.

"폐하, 너무 적진 깊숙이 들어오셨습니다. 저와 함께 일단 물러나시는 것이 좋겠습니다. 카담들의 말이 독화살은 벌써 떨어졌다고 합니다."

“알았다.”

아즈나는 대답하고 나라얀에게 수니티를 그의 전차에 태우라 명하고 자신은 전차사에게 명해 전차의 방향을 돌리게 했다.

나라얀은 이곳까지 오는 길에 독화살을 맞고 땅을 구르는 사라마유 군사들을 수없이 보았다. 그 광경은 보기만 해도 소름이 쫙 끼칠 정도로 참혹했다. 만약 아군이 쏘는 것이 아니었다면 도망치고 싶을 정도였다. 그는 아무리 전쟁중이라도 이런 심한 독을 쓰는 것이 내키지 않았다.

‘사라마유에게 기선만 제압당하지 않았어도 이렇게 심한 독을 쓰지는 않을 수 있었을 텐데.’

나라얀은 불현듯 스카마 생각이 났다. 눈곱만큼도 마음에 들지 않은 녀석이었지만 함께 싸웠던 전투 중에서는 확실히 의지가 되었다. 그러나 죽은 사람이 살아 돌아올 리 없었다.

나라얀은 스카마에 대한 생각을 접고 전차 안에 쓰러져 있는 수니티를 돌아보았다. 수니티는 언제나 용맹한 여인이어서 이렇게 나이 들고 연약해 보이리라고는 미처 생각치 못했다. 나라얀은 갑자기 마음이 바빠져 그녀를 빨리 후진으로 데려다줘야겠다고 생각했다.

아군 쪽으로 방향을 돌리던 그는 운나쁘게도 적의 장수와 마주쳤다. 나라얀은 상대의 기를 보고 그가 탄타마사 왕실 사람임은 확인했으나 누구인지는 몰랐다. 나타난 것은 탄타마사 왕국의 막내 왕자 아디토야였다. 그는 나라얀을 보자마자 긴 쇠사슬을 세차게 휘둘러 공격을 퍼부었다. 날카로운 날이 촘촘히 박혀 있는 쇠사슬 끝은 이미 검붉게 물들어 있었다. 그 기세가 어찌나 무시무시한지 말들이 먼저 놀랐다. 전차사가 아무리 달래어도 말들은 다리가 얼어붙은 듯 움직이려 하지 않았다.

아디토야는 원래 마음이 곧고 정이 많은 성격이었다. 그는 독에 중독돼 쓰러져 죽어가는 병사들의 모습이 너무도 처참해 분노한 상태였다. 그가 쇠사슬로 커다랗게 반원을 만들며 휘두르자 나라얀의 전차를 끄는 말들 중 선두에 있던 두 마리가 동시에 쓰러졌다. 나라얀은 투창을 던졌으나 아디토야의 쇠사슬은 그것을 부수어버렸다.

그때 이노아 군의 방향에서 장수 하나가 뛰쳐나오며 나라얀에게 외쳤다.

"부탁이니 그자를 나에게 맡겨주십시오!"

나라얀이 보니 그는 스얌바라의 왕자 사나였다.

평소의 나라얀이었다면 설령 자신이 불리한 입장에 있다 해도 자신이 상대할 적을 다른 사람에게 양보하지 않았을 것이다. 그러나 지금 그의 전차에는 심한 상처를 입은 수니티가 있었다.

'그녀를 죽게 할 수야 없지.'

게다가 나라얀은 평소부터 타국 사람인 사나를 좋아하지 않았다. 쇠사슬을 휘두르는 상대는 상대하기 위험한 적이었다.

'그가 위험한 적을 떠맡아주겠다면 내가 말릴 필요가 없지 않은가.'

생각한 그는 아디토야의 상대를 사나에게 맡기고 전차사에게 방향을 돌리게 했다. 나라얀의 전차사는 죽은 말 두 마리의 끈을 끊고 남은 말들로 전차를 몰아 후진으로 가버렸다.

아디토야는 사나가 이런 식으로 자신과 싸우려 나설 줄은 몰랐다. 그는 사나가 이노아로 가겠다고 나섰을 때 형제들과 나누었던 대화를 생각하며 입을 열었다.

"사나! 우리가 목숨을 걸고 싸울 이유는 없지 않습니까? 당신과 나는 피가 섞인 관계입니다. 나는 당신이 어느 편에서 싸우든 당신을 이해할 것입니다. 당신에게 당신의 나라를 위하는 마음이 있는 것은 당연하니까요."

그러자 사나는 웃었다.

"나는 당신과의 싸움을 고대해 목숨을 걸고 이노아까지 왔습니다. 그저 그뿐, 당신은 어찌 생각할지 모르나 나에게는 다른 생각 같은 건 없습니다. 당신이 나를 생각한다면 나와 정정당당한 승부를 내주어야 합니다. 크샤트리아는 결코 자신에게 승부를 청해온 자를 거절해서는 안 됩니다!"

아디토야는 그런 사나의 말에 그만 어리둥절해졌다. 그는 예전에 무예시합에서 사나에게 이긴 일이 있다. 아디토야는 사나가 혹시 그 일을 마음에 담아두고 있나 걱정이 들었다.

"나는 당신과 싸우고 싶지 않습니다!"

외쳤으나 이미 사나가 활을 쏘기 시작한 후였다. 아디토야는 어쩔 수 없이 쇠사슬을 휘두르기 시작했다. 사나의 화살은 쉴새없이 날아들었으나 아디토야의 쇠사슬이 원을 그릴 때마다 날개가 꺾인 새마냥 땅에 떨어졌다.

이에 사나는 활을 버리고 철퇴를 들며 전차사에게 접근을 명했다. 아디토야는 사나의 힘이 어마어마하다는 것을 알기에 철퇴를 든 그를 저어했다. 될 수 있는 한 거리를 두려했으나 그리 용이하지는 않았다. 사나는 아디토야가 쉽사리 자신에게 벗어나도록 놓아두지 않았다. 결국 아디토야는 모험을 감행하기로 했다.

"내가 신호하면 전차를 접근시켜라."

그는 자신의 전차사에게 말한 후 곧 기회를 틈타 신호했다. 전차사는 아디토야의 뜻대로 전차를 몰았다. 아디토야는 크게 쇠사슬을 휘두르며 사나에게 다가갔다. 사나가 그를 피한 순간 아디토야는 쇠

사슬을 버리고 사나의 전차 위에 뛰어올라 그의 멱살을 움켜쥐고 땅
에 팽개쳤다.

그러나 사나는 땅에 떨어지면서도 아디토야의 갑옷 이음새를 잡
고 늘어졌다. 둘은 함께 전차에서 떨어져 땅을 굴렀다. 사나의 말들
이 자칫 둘 모두를 밟아버릴 정도로 대단히 위험한 상황이었다.

아디토야는 곧장 일어서며 검을 빼 들어 휘둘렀다. 사나도 자신의
검을 들었다. 일이 이렇게 되니 둘은 마치 옛날 무예시합 때마냥 땅
위에서 싸우게 되었다. 그러자 갑자기 사나가 크게 웃었다.

"결국 이리 되었군요. 좋습니다, 아디토야. 한 가지 물어봅시다.
옛날 무예시합 때 어째서 활쏘기 대신 검으로 승부를 내고자 하였습
니까?"

아디토야는 이 말에 그만 어리둥절해졌다.

무예시합에서는 나이 어린 자에게 싸움의 방식을 선택할 권리가
주어진다. 아디토야가 사나보다 나이가 적기에 당시 선택권은 그에
게 있었다. 당시 아디토야는 활쏘기 대신 검 승부를 선택했고 사나
는 지금 그때의 이야기를 하는 것이었다. 사나는 아디토야가 대답할
기회도 주지 않고 검을 휘둘렀다.

"내가 대답해볼까요. 그것은 당신의 마음에도 호승심이 있었기 때
문입니다. 안전하게 과녁을 맞추는 활쏘기로 승부를 내는 것보다 좀
위험해도 검으로 승부를 내어 이기는 것이 더 자신의 마음에 흡족했
기 때문이지요. 인정하십시오, 우리의 마음에는 모두 호승심이 있습
니다. 그뿐입니까? 남을 짓밟고 누르고자 하는 마음이 있지요. 그렇
지 않다면 애시당초 이런 전쟁이 왜 시작되었겠습니까!"

아디토야는 사나와의 싸움에 목숨을 걸고 싶지 않기에 뒤로 물러
섰다. 사나는 그 사이 재빠르게 무기를 바꾸어 들었다. 그가 땅에 떨

어진 철퇴를 주어들자 아디토야는 그만 안색이 변했다. 사나는 이제 철퇴를 휘두르며 외쳤다.

"나의 아버지는 리쉬의 칭호를 받은 성자입니다. 백부님과 숙부님은 왕위 다툼에 혈안이 없으나 나의 아버지는 점잖게 한 걸음 물러서서 아무런 욕심 없는 표정을 짓고 계시지요. 그런데 그런 아버지께서 나의 게으름은 결코 용납하지 않으시더군요.

'너는 키가 남달리 크고 태어날 때부터 힘도 강하면서 왜 부지런히 솜씨를 갈고 닦지 않느냐!'

그러시며 매일같이 닥달하는 것입니다. 그리 탐나는 자리였으면 스스로 시도나 해보고 물러서지 왜 자식으로 태어났다는 이유만으로 애꿎은 나를 괴롭히는 것인지 모르겠습니다. 마음에 호승심이 있다면 목숨을 버리는 한이 있더라도 실현을 해봐야지요. 나는 나의 아버지처럼 살고 싶지는 않습니다!"

아디토야는 사나가 철퇴를 휘두르자 자신이 크게 불리함을 깨달았다. 목숨이 위태로운 판국에 상대의 말이 제대로 귀에 들릴 리도 없는지라 뭐라 대꾸할 겨를도 없었다.

'결국 사나와 싸울 수밖에 없는 것인가. 그러나 그렇게 되면 나와 사나 둘 중 하나는 틀림없이 죽을 텐데.'

아디토야가 쉽게 마음을 정하지 못하고 있을 때였다.

갑자기 전차 하나가 흙먼지를 뚫고 나타났다. 그 전차는 곧장 아디토야와 사나가 대치하고 있는 사이로 뛰어들었다. 아디토야가 보니 전차에서 휘날리고 있는 기는 하바라의 왕자 데바누의 것이 아닌가. 데바누가 손을 뻗자 아디토야는 얼른 그 손을 잡고 전차에 올라타며 외쳤다.

"데바누, 이 자리를 어서 피해주십시오!"

데바누의 전차는 아디토야를 태우자마자 모래먼지 속을 뚫고 재빨리 동쪽으로 사라졌다. 이를 본 사나 또한 서둘러 자신의 전차에 올라탔으나 이미 상대의 전차를 쫓기에는 역부족이었다.

사나의 전차사가 물었다.

"어찌하시겠습니까?"

사나는 철퇴를 내려놓고 대답했다.

"뭐, 방법이 없구나. 그만 가자."

사나의 전차는 아군이 있는 서쪽으로 되돌아갔다.

한편, 아디토야는 전차 위에서 데바누에게 크게 감사했다. 데바누는 부끄러운 듯 그의 인사를 받으며 말했다.

"아디토야, 당신이 사나 왕자와의 대결을 주저하는 것이 실력의 문제가 아니라 마음의 문제가 아닌가 생각해서 나섰습니다. 주제넘게 나서는 것이 아닌가 걱정하였는데 다행입니다."

"덕분에 살았습니다. 당신이 아니었으면 제 머리가 지금쯤 날아갈 뻔했는걸요."

아디토야는 사나를 생각하며 한숨을 쉬었다. 사나와는 싸울 수 없다. 그러나 그가 승부를 청해온 이상 받아주지 않을 수도 없다. 데바누는 아디토야가 한숨 짓자 그의 마음을 짐작했다. 그는 잠깐 무엇인가를 생각하더니 기묘한 제안을 내놓았다.

"이렇게 하는 것이 어떻습니까? 제가 당신을 대신해 사나 왕자와 승부를 내어드리겠습니다."

아디토야는 의아해했다.

"무슨 뜻이지요? 당연히 안 될 말씀입니다. 싸워야 할 적을 타인에게 미루는 크샤트리아는 크샤트리아의 자격이 없다 하였습니다. 왕이라면 쫓겨나야 마땅하고 왕자라면 죽으라 하였습니다. 제가 싸워야 할 상대를 어찌 당신에게 미루겠습니까."

'만일 제가 상대보다 능력에 못 미침을 만인 앞에 인정하고 당신께 부탁하는 것이 아니라면 말입니다.'

생각하던 아디토야는 문득 아까 사나의 말이 떠올랐다.

'그것은 당신의 마음에도 호승심이 있었기 때문입니다!'

아디토야가 약간 의기소침해 있을 때 데바누는 고개를 저으며 말했다.

"아닙니다. 제가 일방적으로 당신을 대신해 승부를 내어드리겠다는 뜻이 아닙니다. 제가 사나와 싸우는 대신 당신은 저를 대신해 제가 싸워야 하는 상대와 싸워주시는 겁니다. 즉, 서로가 해야만 하나 마음이 내키지 않은 전투를 교환하자는 것입니다."

"당신이 내키지 않는 상대가 누구입니까?"

아디토야가 묻자 데바누는 쓴웃음을 지으며 말을 이었다.

"제게는 왕세자의 의무를 저버리고 궁을 나가버린 형이 있습니다. 그가 언제 어느 때 왕궁에 돌아올지 모릅니다. 한때 저는 그를 사랑하여 늘 그의 자리를 마련해놓고 기다리겠노라 생각했지요. 그러나 이제 하바라에는 그가 돌아올 자리가 없습니다. 그가 돌아온다면 나는 그를 죽일 수밖에 없지요. 그러니 그때가 되면 저를 대신해 그를 죽여주시지 않겠습니까?"

뜻밖의 소리에 아디토야는 머뭇거렸다. 데바누는 다시 말했다.

"아디토야, 사실 제가 부탁드리는 일은 당신께 힘든 요구입니다. 형은 언제 돌아올지 모르고 그것은 제가 언제 당신을 부를지 모른다는 것입니다. 그때 당신은 무슨 일이 있어도 제가 있는 곳에 와주셔야 하는 것입니다. 그리 하실 수 있겠습니까?"

아디토야는 한참을 망설였다. 결국 그는 입을 열었다.

"데바누, 당신이 생각치 않은 일이 있습니다. 저는 사나가 나의 친척이기에 그를 죽이기 힘들어서 망설이는 것이 아닙니다. 저는 사나를 좋아합니다. 그가 저뿐 아니라 누구의 손에 의해서도 죽지 않기를 바랍니다."

데바누는 허탈하게 웃었다.

"당신의 뜻을 저도 압니다. 그러나 세상에는 하고 싶은 대로만 하고 사는 사람은 없지요. 우리는 태어난 순간부터 카르마의 법칙 아래 강요된 의무들과 맞부딪칩니다. 그 위에 우리가 새로이 쌓아가는 의무가 덧붙여지지요. 자기 좋을 대로만 살 수 있는 사람이 어디 있습니까? 누가 신이 내린 의무를 피할 수 있겠습니까?

아디토야, 나는 처음으로 전쟁터를 달릴 때를 기억합니다. 사흘째 맞이하고 있던 전투였습니다. 땅에는 썩어가는 시체가 즐비하여 나는 그곳이 지옥인가 의심하였습니다. 그러나 하루하루 그 전쟁터에서 나날을 보내면서 생각하게 되었습니다.

'이것은 신이 정한 전쟁, 신이 정한 운명이다. 인간들의 불경스러움이 신의 공평을 깨어버렸구나. 신은 이제 그의 정의를 우리에게 강요하여 실현시키신다. 나는 지금 신의 정의 안에 있는 것이다!'

아디토야는 묵묵히 데바누의 이야기를 듣고 있었다. 전차가 빠르게 질주함에 따라 피냄새 섞인 바람이 그의 귓전을 때렸다. 아디토야는 결국 쓸쓸히 입을 열었다.

"알겠습니다. 약속하지요. 세상 어디에 있든 당신이 부르시면 달려가겠습니다. 당신에게 사나와의 승부를 맡기겠습니다."

그때 아디토야의 전차사가 전차를 몰고 다가왔다. 아디토야는 데바누에게 인사하고 자신의 전차에 올라타며 마지막으로 당부했다.

"그가 죽는다면 그의 시체는 꼭 저에게 돌려주십시오. 제가 그 재를 리무 강에 뿌릴 수 있도록요."

아비뉴아는 전투가 시작되었을 때 선두에 있던 적의 군단장 디오라마와 싸우게 되었다. 디오라마는 신중한 성격이라 방어에 치중하는 전투를 벌였다. 그의 전차는 마치 그와 몸이 연결된 것처럼 그의 뜻대로 움직이며 전진과 후퇴를 되풀이했다. 아비뉴아는 상대를 손쉽게 죽일 수 없음을 알고 아스트라의 주문을 외우려 했다. 그러나 디오라마는 그 낌새를 알아차리자마자 전차를 돌려 달아나버렸다.

아비뉴아의 전차는 아반티가 몰고 있었다. 아반티는 줄곧 유리한 방향을 선택해 전차를 몰아주며 아비뉴아를 도와주었다. 디오라마가 도망치는 것을 보고 아반티가 물었다.

"쫓으시겠습니까?"

아비뉴아는 고개를 저었다.

"아니오. 아마 그는 자신의 왕에게서 나를 죽이라는 명이 아니라 나의 시간을 죽이라는 명을 받았나 봅니다."

이후 아비뉴아의 전차는 한낮의 태양 아래를 질주했다. 도중에 아비뉴아는 적의 장수 브라흐마나 샤마와 마주쳤다. 샤마는 전차의 거리를 둔 채 신중한 공격을 두어 차례 하다가 조심스럽게 물러나버렸다. 아비뉴아는 이 외에도 타마누 등의 장수와 마주쳤다. 아비뉴아는 초승달 모양의 촉이 달린 화살로 그들의 가슴을 꿰뚫어버렸다.

이노아의 궁수부대들이 전진해온 것은 그때였다. 수 명의 카담들이 사라마유 왕의 깃발을 발견하고 달려들었다. 아비뉴아는 자신에게 날아온 화살들을 모두 베어버렸으나 왕 주위에 있던 장수들은 모두 그 화살에 맞고 쓰러졌다. 아반티는 사람들이 독화살을 맞고 괴로워하는 광경을 보고 몸서리쳤다. 덩치가 산 만한 코끼리가 겨우 화살 한 대에 스치고는 쓰러져서 숨을 헐떡이는 모습을 보며 아비뉴아는 긴장했다.

'대단한 독이다. 이노아에 이런 독이 있었단 말인가!'

카담들은 계속해서 활을 비오듯 쏘아대자 아비뉴아는 자기 자신과 아반티를 한꺼번에 보호하기는 어렵다고 판단했다. 그는 즉시 전차에서 뛰어내리며 외쳤다.

"아반티! 화살이 미치지 않는 거리로 물러나 계십시오!"

그는 쏜살같이 달려나갔다. 카담들은 놀라며 화살을 쏘아대었으나 마음에 두려움이 가득 찬 나머지 손끝이 흔들렸다. 아비뉴아는 화살을 피하고 검을 들어 카담들을 베어나갔다. 카담들은 활을 쏠 수 없자 독화살을 들고 위협을 가했다. 그러나 아비뉴아는 그들 모두의 목을 모조리 베어버렸다.

카담들이 모두 죽자 아반티가 전차를 몰고 나와 다시 아비뉴아를 태우며 외쳤다.

"위험하니 지금 같은 행동은 하지 마십시오! 저 화살은 스치기만 해도 목숨이 위험합니다. 일단 저들을 피해 물러나는 것이 좋겠습니다."

당장 눈앞의 카담들은 모두 베어버렸으나 아비뉴아의 마음은 크게 답답했다. 멀리 떨어진 곳에서 또다른 카담들이 활약하며 사라마유 군사들이 죽어가는 모습이 눈에 들어왔다.

'활을 쏘아 저들을 죽일 수는 있다. 그러나 지금 나아가면 아반티가 위험하다.'

아비뉴아는 자신의 전차사가 죽는 모습은 두 번 다시 보고 싶지 않았다. 전차사 마하마가 죽던 모습은 지금도 아비뉴아의 뇌리에 박혀 사라지지 않았다. 그는 자신을 대신해 죽은 것이 아닌가.

그때 다행스럽게도 바람의 방향이 아비뉴아에게 유리하게 바뀌었다.

"아반티! 전차를 몰아주십시오!"

아비뉴아는 즉시 카담들 앞으로 나아가 활을 쏘았다. 그의 화살은 그 누구보다도 멀리 나가고 바람의 방향 또한 유리했다. 적의 화살은 아비뉴아의 전차까지 닿지 않으나 아비뉴아의 화살은 하나하나가 적의 가슴을 정통으로 꿰뚫었다.

마침내 궁수부대들은 아비뉴아의 화살을 피해 달아났다. 그러나 그들은 자리를 옮긴 후 계속해서 무시무시한 화살을 날리니 사라마유 군의 사기는 크게 꺾인 뒤였다.

아비뉴아의 스승인 장수 라아크리가 왕에게 다가왔다. 그는 아비뉴아의 안전을 염려하고 있던 터라 왕이 무사한 모습에 크게 안심했다. 그는 독에 쓰러진 사람들을 보며 너무도 처참한 광경에 머리를 저었다.

"살다살다 저리 끔찍한 독을 본 적이 없습니다. 폐하, 어찌하시겠습니까?"

아비뉴아는 대답했다.

"저렇게 무시무시한 독화살의 수에는 분명 한계가 있을 것이오. 그렇지 않았다면 이노아는 처음부터 독을 쓰는 작전으로 나왔을 테니."

"그렇다 해도 우리의 피해가 너무 큽니다. 이대로 보고만 있을 수는 없습니다. 일단 동쪽으로 후퇴하였다 다시 전진하는 것이 어떻습니까."

라아크리의 권유에 아비뉴아는 쓰러져 괴로워하는 사라마유 군사들을 돌아보며 생각하다가 냉정히 명했다.

“그럴 수는 없다. 독의 위력이 대단하다고는 하나, 그 수가 제한되어 있을 것이 분명하고 보아하니 궁수들 모두가 독화살을 쓰고 있는 것도 아니다. 독화살을 쓰는 자들은 제한되어 있다. 오히려 내가 생각할 때 문제는 독화살이 아니다. 지금까지의 흐름을 놓치고 사기가 떨어진 것이 더 큰일이다.”

아비뉴아는 다시 한번 생각하고는 확고하게 결론을 내렸다.

“적은 얼마 안 있어 궁수부대를 물리치고 다시 전차부대를 내보낼 것이다. 그때 우리가 후퇴하고 있다면 아군의 피해가 더욱 커질 것이다. 독에 당하는 사람들이 얼마간 더 늘어나더라도 군단장들에게 계속 전진하라 명하라.”

아비뉴아가 말할 때 사실상 카담들의 독화살은 완전히 떨어진 후였다. 그들이 쏘는 화살은 그냥 보통 화살로 바뀌어 있었다. 그렇다 해도 그들은 여전히 위력을 발휘했다. 사라마유 군사들은 이노아의 궁수부대를 두려워하여 전진을 꺼렸다. 도망치지 않는 것이 고작이었으리라. 그만큼 독이 사람들의 심리에 끼치는 영향은 컸다.

시간이 지나자 이노아의 궁수부대는 때에 맞춰 후방으로 물러서고 전차부대가 선두로 나섰다. 그들은 기세를 살려 단숨에 적을 무찌르기 시작했다. 사라마유 측에서는 노장 카산이 선두의 군단을 지휘하고 있었다. 그가 아즈나 왕의 손에 죽은 뒤 진은 흩어지고 병사들은 우왕좌왕했다. 점점 더 사기가 솟구쳐가는 이노아 장수들이 선두에서 날뛰며 적들을 물리치니 사라마유 군은 사정없이 무너졌다.

전투의 주도권은 이미 완전히 이노아의 것이 되어 있었다. 아즈나 왕이 날카롭게 명했다.

“거북의 머리를 베어라!”

한꺼번에 고동 소리와 북 소리가 울려 퍼졌다. 솟아오른 기세를 반영하듯 이노아 군은 죽음을 부르는 물결이 되어 사라마유 군을 덮쳤다. 사라마규 군은 필사적으로 방어에 나섰다.

시간이 계속해서 흐르며 피비린내 나는 살육전 또한 계속되었다. 오후쯤 되자 슬슬 군사들은 지쳐갔고 승기를 잡고 있던 이노아 군의 기세 역시 다소 누그러졌다. 그러나 피로는 원래 지고 있는 쪽이 더 심하게 느끼는 법이다. 사라마유 군사들은 더더욱 지쳤고 진은 점점 더 그 모양새를 잃어갔다.

결국 이노아는 해가 질 때까지 끝까지 우위를 점하였다. 어느 쪽에서인가 먼저 울려 퍼진 고동 소리에 양국의 군사들은 태양이 진 것을 확인했다. 순간 이노아의 비슈누 차크라 진에서는 환희가, 사라마유의 거북머리 진에서는 탄식이 흘러나와 땅을 덮었다. 이노아 측의 사상자는 일만이 넘지 않으나 사라마유 측은 삼만이 넘었다.

이렇게 해서 첫째 날의 전투는 이노아의 압도적인 승리로 돌아갔다. 승패를 떠나 모두가 지쳐 있었다. 군사들은 지치고 다친 몸을 이끌고 양측의 막사로 돌아갔다.

해는 졌어도 아직 땅 위는 완전히 어두워지지 않았다. 아즈나는 일몰과 함께 바즈라를 내려놓으며 전투의 종결을 알렸다. 그는 군사들이 막사로 되돌아가는 모습을 지켜보며 미친 짐승처럼 흥분한 마음을 가라앉혔다. 이날 하루 동안 아즈나는 셀 수 없이 많은 사라마유 장수들을 베었다. 그의 전차를 끄는 말들도 너무나 지쳐 더이상 움직이려 하지 않았다. 주위를 둘러보는 사이 아즈나의 마음이 가라앉았다. 그는 전차사에게 명했다.

"지치지 않은 말들로 바꾸어 다시 이곳으로 돌아오너라."

전차사가 놀라 물었다.

"폐하, 해는 이미 저물었는데 무엇을 하시려 하십니까?"

아즈나는 대답했다.

"나는 아직 해야 할 일이 남았다."

그때 장수 나라얀과 브라흐마나 샤마가 달려왔다. 그들은 전차에서 뛰어내려 왕의 앞에 무릎을 꿇었다. 아즈나는 전차에서 내리며 그들에게 명했다.

"일어나라. 너희와 함께 해야 할 일이 있다."

그 사이 아즈나의 전차사는 명에 따라 말을 바꾸러 갔다. 그것을 보자 나라얀과 샤마는 의아해했다.

"폐하, 아직 전장에 볼일이 있으십니까?"

아즈나는 명했다.

"그렇다. 주위를 둘러보아라."

두 사람이 주위를 둘러보니 죽어가는 사람들과 부서진 전차, 떨어진 무기가 즐비했다. 둘은 왕의 뜻이 무엇인지 몰라 잠시 망설였다. 그러다 샤마가 먼저 왕의 뜻을 짐작했다.

"혹시 독에 의해 죽어가는 사람들 때문에 그러십니까?"

그러자 왕은 고개를 끄덕이며 입을 열었다.

"수니티가 말하길 카담들이 사용할 독은 이루 말할 수 없는 끔찍한 고통을 줄 것이라 하였다. 그 고통은 치료할 방법이 없고 죽지 않는 한 사라지지도 않는 것, 또한 고통을 당하는 자는 스스로 죽을 힘조차 가지지 못하게 된다고 한다. 수니티는 그러한 독을 나에게 바치며 조건을 걸기를, 독에 중독된 모든 생명들의 죽음을 책임져 달라고 하였다. 독은 오늘로 떨어졌으니 더는 그로 의해 죽을 사람은 없을 것이다. 그러니 오늘 밤 내로 독에 중독되어 땅에 쓰러져 있는 자들을 모두 죽여야겠다."

나라얀과 샤마는 나란히 놀랐다.

'태양은 이미 저물었다. 폐하께서는 밤에 생명을 죽이시겠노라 말씀하시는가.'

그들은 서로의 얼굴을 돌아보았다. 결국 샤마가 입을 열었다.

"그리하십시오. 계율은 밤에 생명을 죽이는 행위가 행위자를 해할 것이라 경고하나 다르마는 고통받는 자의 고통을 덜어주는 것은 어떤 상황에서도 수긍되는 것이라 하였습니다. 제가 형식인 계율에 치중하다 본질로서의 다르마를 잠시 잊었습니다. 폐하의 뜻에 따르겠습니다."

나라얀은 원래 왕을 만류하려 하였으나 샤마의 말을 듣고 보니 그것도 옳은 것같이 느껴졌다. 왕의 전차가 돌아올 때까지 두 장수들은 말을 쉬게 했다. 왕의 전차가 곧 되돌아오자, 세 사람은 곧 주위를 돌며 독에 당한 자들을 찾기 시작했다.

땅거미가 지는 강변에는 양국의 병사들이 흩어져 있었다. 그들은 부상자를 수레로 운반하고 땅에 쓰러진 말들을 점검하며 전투의 끝을 마무리했다. 상당수의 전차사들이 전투 중 다치고 쓰러진 그들의 말을 찾으러 나와 있었다. 다리가 완전히 잘리는 등 치유할 수 없는 상처를 입은 말들이 주인을 보며 긴 울음을 울었다.

이노아 군은 그들의 왕이 지나가자 무릎을 꿇고 경배를 올렸다. 반면 사라마유 군들은 세 사람에게 싸늘한 눈길을 보냈다. 오늘 하루 그들 때문에 죽어간 사라마유 인들은 셀 수 없이 많았다.

카담들이 독화살로 활약했던 지점에 이르자 세 사람은 전차에서 내려 주위를 살폈다. 그들은 공교롭게도 사라마유의 장수 비히마와 만나게 되었다. 비히마는 그렇지 않아도 오늘 나라얀에게 패한 터라 그에게 이를 갈고 있었다. 그는 큰 소리로 이노아를 꾸짖었다.

"사람을 죽이지도 살리지도 않는 독을 써서 이긴 전투라니! 신께
서 이노아를 용서하지 않을 것이오!"

나라얀은 화는 치밀었으나 무어라 대꾸할 말을 찾지 못했다. 그러
자 샤마가 나섰다.

"그는 제가 상대하지요."

샤마는 비히마의 앞에 나아가 크게 외쳤다.

"잘 알지도 못하면서 소리치지 마십시오. 어떤 독도 그 자체가 독
인 것은 아닙니다. 행위자의 행위와 연결되어 비로소 무서운 독이
되는 것이지요. 우리는 독에 당한 자들의 생명을 오늘 중으로 모두
끊어놓을 것입니다. 그렇게 함으로 우리가 쓴 독은 사람을 깨끗이
죽음에 이르게 할 것입니다. 그것으로 된 것이 아닙니까?"

샤마의 말에 비히마는 무어라 대답할 말을 찾지 못했다.

'저것들이 입만 살아서 나를 모욕하는구나!'

비히마는 다짜고짜 창을 들어 샤마에게 던졌다. 샤마가 날렵히 피
하니 창은 그의 어깨를 스치며 땅에 떨어졌다. 샤마는 이에 등에 메
고 있던 밧줄을 손에 들어 주문을 외우며 던졌다. 그러자 밧줄은 마
치 스스로 살아 있는 것마냥 움직여 비히마의 온몸을 칭칭 감았다.
비히마는 밧줄에 감긴 채 땅에 쓰러졌다. 놀람과 분노로 그의 얼굴
이 크게 일그러졌다.

샤마는 비히마를 해하려고는 하지 않았다. 놀라 웅성거리던 사라
마유 병사들이 뛰어나와 밧줄에 감긴 그들의 장수를 들고 물러섰다.
나라얀이 신기하게 생각하며 물었다.

"대단합니다. 이것이 무엇입니까? 다음에 저에게도 가르쳐주시지
요."

샤마가 미소지으며 대답했다.

"이것은 법의 밧줄, 즉 다르마파사라 불리는 것입니다. 유감스럽게도 이는 브라흐마나는 쉽게 배우나 크샤트리아는 배우기 까다로운 것입니다. 크샤트리아는 운명적으로 다르마에 충실하기가 매우 어려운 노릇이지요. 지금도 상대가 먼저 밤에 나를 해하려 했기에 이리 주문이 통하게 된 것입니다. 나라얀, 제가 당신께 가르쳐드려 보았자 별 소용이 없겠습니다. 당신이라면 애써 다르마파사를 사용하는 것보다 창을 한 번이라도 더 던지는 것이 효율적일 것입니다."

말하는 샤마도, 귀 귀울이는 다라얀도 암암리에 계속 주위를 경계하고 있었다.

이후 그들은 계속해서 주위를 돌아다니며 독화살에 당한 적들이 완전히 죽을 때까지 베었다. 주위가 완전히 캄캄해져서야 그들은 왕을 모시고 막사로 돌아왔다.

그날 밤 회의장에서 이노아 장수들은 춤이라도 출 듯 기쁜 얼굴로 왕을 맞았다. 그러나 정작 왕은 그리 기쁜 얼굴이 아니었다.

"승리에 기뻐하는 것은 좋다. 그러나 아직 우리는 완전히 승리한 것은 아니다."

왕은 이 자리에서 우선 공 세운 자들을 치하했다. 여러 장수들이 공을 세웠으나 그 중 으뜸은 카담들에게 돌아갔다. 아즈나는 우두머리인 수니티에게 입을 열었다.

"오늘 너희의 공을 인정하여 약속대로 카담들을 처벌하지 않겠다."

수니티는 남아 있는 한 눈으로 눈물을 흘리며 왕에게 절을 했다. 다른 장수들이 그녀에게 합장했다.

회의가 끝난 후 장수들은 모두 밖으로 나가 오늘처럼 심한 독을 사용하여 전투를 치른 것을 신에게 사죄하는 의식을 치렀다. 샤마가 이를 주관하여 성화를 피웠다. 그러나 아그니의 불은 좀처럼 나무에 옮겨붙지 않았다. 그러자 수니티는 마치 의심하듯 아즈나 왕의 얼굴을 보았다.

"폐하, 독을 맞은 사람 중에 살아 있는 사람이 있습니다."

아즈나는 고개를 저었다.

"그럴 리 없다."

독에 당한 자들의 생사는 그와 나라얀, 샤마가 모두 확인한 일이었다. 그러나 수니티는 재차 말했다.

"아닙니다. 한 사람이 아직 살아 있습니다. 신께서 말씀해주시는 소리가 들립니다."

그러자 성화가 붙지 않는 것을 난처하게 바라보던 샤마가 입을 열었다.

"아마의 후손이시여, 제가 그녀와 함께 전장에 나가 확인하고 오겠습니다."

왕의 허락을 받자 샤마는 자신의 전차에 수니티를 태우고 오늘 하루 격전이 벌어졌던 장소로 나아갔다. 완전히 어두워진 밤은 아름답고 달의 여신 찬드라미라의 빛은 모든 것을 하얗게 빛내고 있었다. 오늘 하루 동안 대기를 가득 채운 피를 끓게 하는 열기와 분노는 어디서도 찾을 수 없었다.

어느 순간 수니티가 입을 열었다.

"이곳입니다."

샤마는 오른팔에 횃불을 들고 뛰어내렸다. 그러나 횃불의 빛은 수니티에게 별 도움이 되지 않았다. 샤마는 그녀가 더듬거리며 앞으로 나아가는 모습을 지켜보았다.

'그녀는 하늘의 독수리보다도 날카로운 눈으로 적의 동정을 살핀

다고 명성이 자자했던 여인이었다. 이런 모습이 될 줄은 몰랐구나.'

"수니티, 그대의 왼쪽 눈은 지금 지쳐 있을 뿐이니 곧 사물이 잘 보이게 될 것입니다."

그러나 수니티는 샤마의 말은 아랑곳없이 어느 한 지점을 손으로 가리켰다.

"저곳입니다."

그녀가 가리킨 곳에는 거대한 모래언덕 같은 것이 하얗게 빛나고 있었다. 샤마가 가까이 다가가니 그것은 바로 죽어가는 코끼리였다. 사람 키만 한 창 하나가 거대한 짐승의 몸을 관통해 있었다. 오른쪽 눈은 화살에 박혀 빛을 잃은 상태였다. 샤마는 고통에 괴로워하는 코끼리와 눈이 마주쳤다. 코끼리는 하나 남은 눈을 깜박거리면서 가만히 샤마를 보았다. 샤마의 화살이 코끼리의 뇌에 꽂히자 조용히 죽어갔다.

돌아오는 길에 샤마는 수니티에게 말했다.

"수니티, 혹시 그대가 좋으시다면 왕의 허락을 구해 앞으로는 신께 몸과 마음을 바치는 삶을 살지 않겠습니까?"

수니티가 고개를 저으며 대답했다.

"그것은 브라흐마나의 삶이지요. 크샤트리아인 제게 어찌 그런 영광이 있을 수 있겠습니까."

그러자 샤마는 다소 곤혹스럽게 대답했다.

"기분 나쁘게 듣지 마십시오, 수니티. 저는 당신이 원래 브라흐마나가 아닌지 의심했습니다. 당신은 유달리 신에 대한 공경심이 깊어 매일 해가 뜨기 전 한 시간씩 신에게 기도를 드린다고 들었습니다. 게다가 나는 지난 전쟁에서 그대가 나에게 이리 말한 적이 있음을 기억합니다. 군이 서쪽으로 진군을 시작했기에 요즘에는 서쪽의 수호신이신 바루나께 기도를 드리는데 공물이 다 타기 전에 성화가 꺼져 불길하다고요. 그렇지요? 그것은 보통 브라흐마나가 신에게 계시를 받는 방식입니다. 신은 자신의 숭배자인 당신을 브라흐마나로 대우해주고 계시는 것이지요."

수니티는 잠자코 그의 말을 듣고 있었다. 이에 샤마는 망설이다가 마음속의 말을 전부 꺼냈다.

"죽은 장수 스카마를 기억합니까? 그에게는 브라흐마나 여인과 크샤트리아 장수 사이에서 태어난 아이라는 소문이 있었습니다. 그것은 보통 용납되지 않는 일이지요. 크샤트리아 중에서도 최고의 신분인 자, 즉 왕이라면 브라흐마나 여인을 아내로 삼은 사례가 한두 차례 있긴 합니다. 그러나 크샤트리아 중에서 최하위 신분인, 예를 들자면 카담 계급의 남자가 그리했다면 그것은 브라흐마나 계급에 대한 불경죄로 처벌되고 맙니다."

이쯤해서 수니티는 조용히 입을 열었다.

"무슨 말을 하시려는지 알겠습니다. 세상에 아무도 아는 자가 없을 것이라 생각하였는데 역시 진실을 묻어버릴 수는 없는 것이로군요. 그렇습니다. 저는 브라흐마나로 태어났음에도 카담 계급의 남자를 사랑해버리고 말았습니다. 제가 그 죄를 용서받고 목숨을 구할 수 있었던 것은 선왕 이노프와 님의 아드님이자 당시 왕세자이셨던 마하라마 님을 전쟁터에서 구했기 때문이지요. 당시는 전쟁으로 나라 안이 매우 어지러울 때였습니다. 저는 마하라마 님의 수하에 들어갔지요. 마하라마 님께서는 혼란한 틈을 타서 저를 카담 계급으로 인정해주셨습니다."

수니티는 눈물 흘리며 말을 이었다.

"당시 제게는 아이가 하나 있었습니다. 저는 그 아이를 도저히 숨

겨서 키울 수 없어 슈칸데의 신전에 버렸지요. 저는 그 아이가 크샤
트리아로 자라기를 원해 일부러 크샤트리아의 복장을 입히고 장신
구를 채워 신전에 갖다놓았습니다. 그애가 훌륭히 성장하는 것은 저
의 큰 기쁨이었습니다."

샤마는 고개를 끄덕였다.

"그래서 당신은 그리 결사적으로 아비뉴아 왕을 찾아 헤맸군요."

스카마는 슈칸데의 만다라 진이 깨지며 목숨을 잃었다. 그 진을
깬 것은 바로 아비뉴아 왕인 것이다. 샤마는 이제야 수티니의 행동
을 이해했다.

샤마는 그녀를 태우고 아군의 막사로 되돌아왔다.

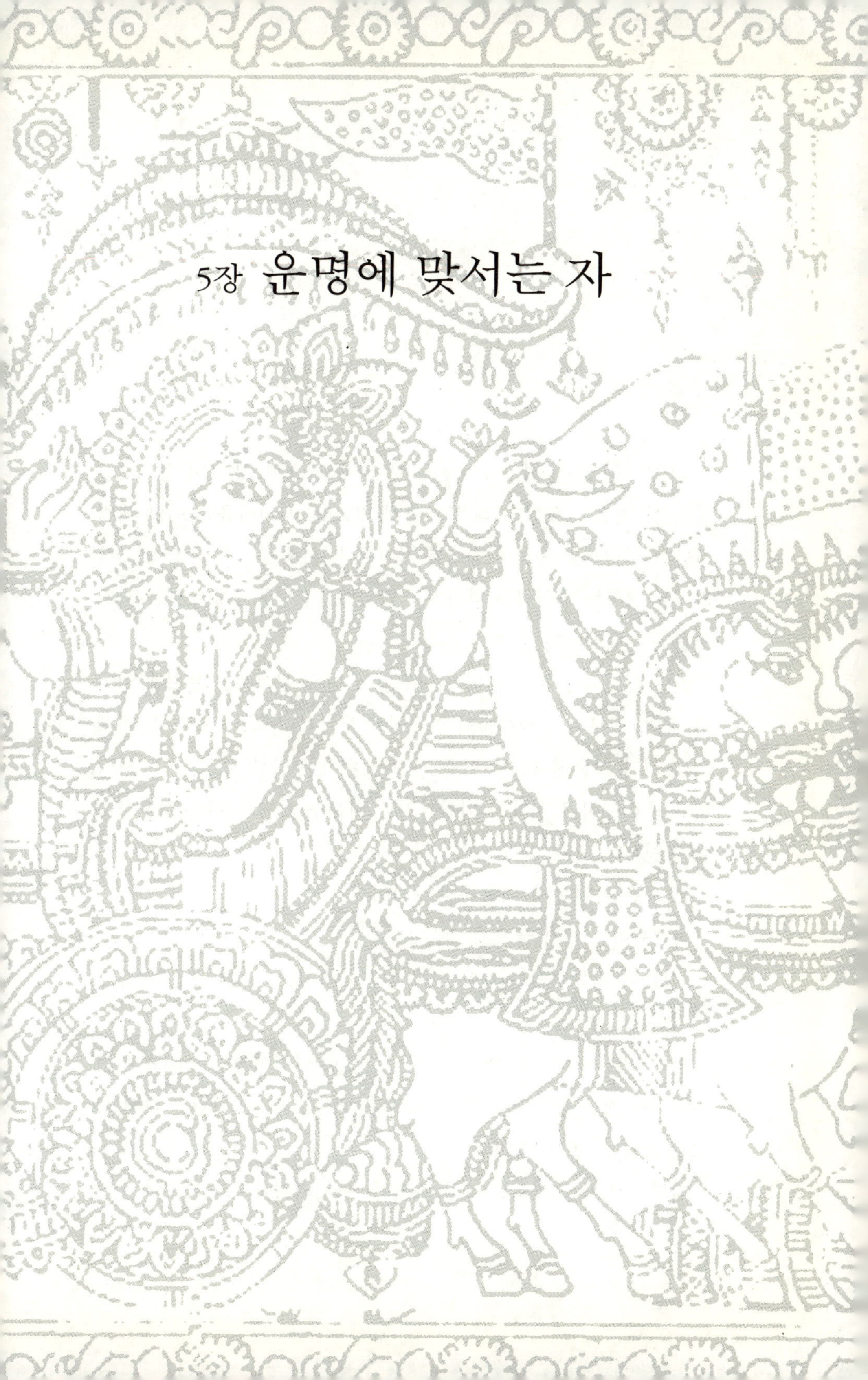

5장 운명에 맞서는 자

리무 강변에서 시작된 전투의 둘째 날이 밝으며 성스러운 강이 갓 떠오른 햇살 아래 부드럽게 빛났다. 사라마유는 이날 새벽 간단한 희생제를 올리며 승리를 기원했다. 희생제가 끝난 후에도 사라마유 병사들의 얼굴은 밝아지지 않았다. 사기가 떨어진 그들은 전투를 두려워하였다.

반면 이노아는 이미 사라마유에 앞서 진을 형성하고 운집해 있었다. 한눈에 보아도 병사들의 얼굴에는 사기가 가득 차 있었다. 어제의 승리가 그들에게 가져다준 자신감은 이루 말할 수 없었다. 사라마유는 이노아가 어제와 마찬가지로 비슈누 차크라 진을 사용했음을 확인했다. 장수 라아크리가 왕에게 물었다.

"오늘은 어떤 진을 사용하실 생각이십니까?"

아비뉴아는 생각 끝에 대답했다.

"그들이 비슈누의 원반을 고수한다면 우리는 시바의 삼지창으로 공격하도록 하자."

왕의 명에 의해 사라마유는 세 군단으로 나뉘어졌다. 아비뉴아는 여섯 군단장들 중 라아크리, 마호다니, 데바누 이 세 사람을 다시 새로운 군단장으로 임명하였다.

전투의 시작을 알리는 고동 소리가 울려 퍼지자마자 이노아 장수들은 무섭게 공격해왔다. 그들은 비슈누의 원반이 그 앞을 가로막는 모든 존재를 찢듯 세찬 기세로 사라마유을 공격해왔다. 세 군단으로 나뉘어진 사라마유의 군사들 또한 지지 않고 격한 공격을 퍼부었다.

오전 내내 서로 한 발자국도 물러서지 않는 격한 전투가 벌어졌다. 장수들은 끊임없이 병사들을 독려하며 앞으로 전진시키려 했다. 그러나 양쪽 모두 상대의 세찬 기세에 눌렸다. 한치의 양보도 없는 싸움이 계속해서 이어졌다.

사라마유에서 가장 왼쪽에 위치한 군단은 데바누의 것이었다. 탄타마사의 막내 왕자 아디토야가 데바누의 군단에서 함께 싸웠다. 무시무시한 쇠사슬을 자유자재로 사용하는 아비뉴아의 솜씨나 날카로운 화살로 적의 심장을 꿰뚫는 데바누의 궁술이나 모두가 더없이 놀라운 것이었다. 그러나 그들에게 대항하는 이노아의 장수 나라얀의 무예 또한 만만치 않았다. 그의 화살은 데바누의 활을 부러뜨리고 아디토야의 말을 죽였다.

장수 라아크리가 지휘하는 군단 또한 활약하고 있었다. 사라마유 왕실의 스승인 그의 무용은 더없이 화려했다. 이 자리에 있는 그 누구도 라아크리만큼 수많은 신의 아스트라를 쓰지는 못했다. 그는 불의 신 아그니, 바람의 신 바유, 물의 신 바그니, 그 외에도 수많은 신의 아스트라를 불러 적을 공격했다. 수많은 이노아의 장수들이 그의 아스트라를 피하지 못하고 죽었다. 라아크리 자신은 신의 보호를 받으며 털끝만치도 다치지 않았다.

그때 브라흐마나 샤마가 나서서 라아크리를 공격했다. 라아크리는 브라흐마나를 상징하는 상대방의 기를 보고 물었다.

"그대는 브라흐마나인가?"

"그렇소."

샤마가 긍정하자 라아크리는 얼굴을 찌푸렸다.

"신을 모시는 사제인 그대가 어찌 크샤트리아의 전쟁에 참가하였는가? 어찌 되었든 나는 신을 모시는 브라흐마나인 그대를 존중해 신의 힘을 빌리는 아스트라를 쓰지 않겠다."

그러자 샤마가 큰 소리로 대꾸했다.

"감사하오. 그렇다면 나도 다르마의 이름으로 적을 묶는 다르마파사를 쓰지 않겠소이다. 우리는 활과 창으로 서로의 실력을 겨루어볼 수 있을 것이오."

말을 마친 샤마는 하늘을 나는 새의 눈을 꿰뚫듯 날카로운 화살을 연거푸 쏘아보냈다. 라아크리의 화살이 이를 곧장 응수했다.

마호다니는 중앙에서 그 자신의 군단과 함께 카산이 지휘하던 군단을 맡아 통솔하고 있었다. 어제 자신들의 군단장을 잃어버린 카산의 군사들의 분노는 거세었다. 여기에 마호다니의 힘과 통솔력이 더해져 마호다니의 군단은 다른 어떤 군단보다도 큰 활약을 보였다.

마호다니 자신부터가 이노아 군의 엄청난 기세에 조금도 눌리지 않았다. 그는 일선에 서서 이노아 장수들에게 차례로 화살을 날리며 외쳤다.

"한 발자국도 물러서지 말아라!"

그러자 장수 디오라마가 나서 마호다니를 괴롭혔다. 그는 한 번 문 먹이를 놓치려 하지 않는 짐승마냥 끈질긴 성격의 소유자였다. 그가 마호다니에게 달라붙어 활을 쏘며 창을 던지니 마호다니의 전차사가 디오라마의 창에 맞고 기절했다가 가까스로 정신을 차렸다. 마호다니는 화가 나서 디오라마에게 무섭게 활을 쏘아보냈다. 디오라마는 마호다니의 화살에 오른쪽 귀가 날아갔다. 그러면서도 그는 마호다니를 일선 밖으로 유인하려 하였다.

사바르니의 전차는 마호다니의 뒤에 있었다. 그는 화가 난 마호다니가 디오라마를 쫓으려 하자 야단났다 싶어 위험을 무릅쓰고 일선에 나와 외쳤다.

"형! 그는 형을 유인할 생각이야. 어서 돌아와!"

마호다니는 동생이 외치지 않아도 충분히 디오라마의 뜻을 알고 있었다. 일시적으로 화가 나서 적의 장수를 쫓았으나 그는 곧 전차사에게 방향을 돌리라 명하여 되돌아왔다.

태양은 하늘 위에 떠올랐다가 서쪽으로 기울어졌다. 양 군이 시간의 흐름도 잊고 계속해서 싸울 때였다. 모래 안개 속에서 사자가 그려진 낯익은 기가 마호다니 앞에 나타났다. 그 기가 나타났을 때 마호다니는 흥분해 외쳤다.

"아즈나 왕!"

마호다니는 예전 무예시합에서 아즈나와 대결한 일이 있었다. 누구보다도 호승심이 강한 그는 패배를 자기 입으로 말하느니 죽는 편이 낫겠다고 생각하고 심하게 다치면서도 항복하지 않았다. 결국 아즈나는 그가 끝까지 패배를 선언하지 않는다면 그를 죽이겠노라 경고했다. 마호다니는 결국 패배를 인정하고 말았는데 그것은 스스로의 의사가 아니었다. 마호다니는 뼛속까지 철저한 크샤트리아였다. 예나 지금이나 그는 패배를 인정하느니 차라리 죽는 것이 나았다. 그가 당시 아즈나에게 항복한 것은 자신을 위해서가 아니라 자신의 죽음에 슬퍼할 형제들 때문이었다.

'아즈나! 드디어 너와 또다시 싸울 수 있겠구나!'

아즈나의 전차가 쏜살같이 다가왔다. 그 위에 왼손에 바즈라를 든 아즈나가 있었다. 마호다니가 힘껏 정조준한 화살을 쏘아보내자 아즈나는 바즈라를 휘둘러 그 화살을 떨어뜨렸다. 마호다니는 한순간

의아하게 생각했다.

'왜 그는 활을 쏘지 않지?'

아즈나의 활솜씨가 무섭다는 것은 세상 누구나 아는 사실이다. 마호다니의 시선이 아즈나 왕의 오른팔에 닿았을 때야 그는 상대의 오른팔이 더이상 없다는 사실을 기억해냈다.

'한 팔조차 없는 그에게 결코 질 수는 없지 않은가!'

마호다니는 온 힘을 다해 투창을 던졌다. 그것이 설령 인드라라 할지라도 이 일격을 피하기 어려웠으리라! 그러나 아즈나는 눈깜짝할 사이에 왼손에 든 바즈라를 휘둘러 창을 두 동강 내어버렸다.

아즈나의 전차는 번개처럼 땅을 울리며 마호다니의 전차로 다가왔다. 아즈나의 바즈라가 흙먼지로 가득 찬 공기를 찢으며 마호다니의 안면에 날아들었다. 마호다니는 간신히 방패를 들어 이 일격을 막았다. 그러나 바즈라의 무서운 위력은 방패를 두 쪽으로 깨버렸다. 마호다니가 비틀거리는 사이 아즈나는 바즈라를 고쳐쥐고 상대의 가슴을 향해 내리찍었다. 바즈라 양끝의 날카로운 날은 처음에는 마호다니의 갑옷 이음새를 찢었다. 두번째로 찍었을 때 바즈라의 날이 마호다니의 가슴에 박혔다.

찢어지는 비명 소리는 마호다니가 아닌 그의 뒤쪽에 있던 전차에서 울려나왔다. 동생 사바르니였다. 그가 미친 듯 달려나와 창을 던지니 아즈나는 일단 마호다니에게서 물러나와 사바르니에게로 전차의 방향을 돌렸다. 사바르니는 슬픔과 분노로 머릿속이 새하얗게 되었다. 그는 부들부들 떨리는 팔을 들어 활의 시위에 화살을 걸며 목이 터져라 외쳤다.

"백수의 왕! 죽음의 춤을 추는 폭풍의 루드라여! 모든 불손과 오만을 평정하는 힘이여!"

사바르니가 외친 순간 하늘이 어두워졌다. 그것은 폭풍신 루드라의 아스트라로 사바르니가 이제껏 한 번도 써본 적이 없는 것이었다. 아니 그 주문조차 모르고 있었다. 그러나 미칠 듯한 슬픔과 분노가 온몸에 퍼져나간 지금 이 순간 갑자기 이 아스트라의 주문이 마음의 표면 위로 떠오른 것이다. 사바르니는 자신이 무엇을 하는지조차 모른 채 절규했다.

"그대의 이름을 소리 높여 외치니 나에게 그대의 힘을 부여하소서! 그대에게 불손한 모든 자들에게 당신의 정의를 실현시키소서!"

갑작스럽게 생겨난 바람이 미친 듯한 춤을 추며 동시에 수만 명이 한꺼번에 외치는 듯한 소리가 하늘을 울렸다. 루드라의 힘! 그것은 어두운 그림자의 모습을 하고 나타나 사방을 뱀처럼 휘감았다. 사바르니의 시위를 떠난 화살은 검푸른 폭풍이 되어 아즈나에게 날아갔다.

아즈나는 자신에게 다가오는 힘을 느끼며 바즈라를 쥔 손에 힘을 주었다. 어두운 죽음의 화살을 똑바로 응시하는 그의 눈이 차게 빛났다.

'그래. 오너라 루드라여!'

순간 그의 영혼이 기억하고 있는 기억이 물밀 듯 솟아올랐다.

히말라야처럼 거대한 적갈색 몸과 깊은 강물 속처럼 검푸른 눈을 가진 폭풍의 신, 루드라! 그는 하늘에 닿을 듯한 큼지막한 활을 들고 있고 그 활의 시위에서 벗어난 화살이 대기를 가른다. 밤하늘을 흐르는 어둠의 강이여!

갑작스러운 기억에 아즈나는 잠시 숨을 멈췄다. 그렇다, 자신은 이미 그와 상대한 일이 있다. 폭풍의 신 루드라, 그와 싸워 그를 무릎 꿇렸다. 인간의 제왕 쉬카르데로서!

아즈나는 외쳤다.

"죽음의 춤을 추는 자여! 그대가 가진 강의 속성으로 돌아가라. 내가 지금 이 자리에서 그대의 힘을 찢어버릴 테니!"

그의 외침은 루드라의 아스트라가 공기를 찢는 엄청난 소리에 눌려 그 자신에게밖에 들리지 않았다. 아즈나는 그대로 바즈라를 움켜쥐어 날아오는 힘을 향해 세차게 휘둘렀다.

이노아, 사라마유 할 것 없이 모두가 이 무시무시한 모습에 놀랐다. 아즈나와 가장 가까이에 있던 브라흐마나 샤마가 외쳤다.

"폐하!"

그 소리 또한 폭풍의 굉음에 묻혀버렸다. 모든 사람들이 어둠 속에서 루드라의 폭풍이 아즈나를 덮치는 것을, 아즈나가 그의 바즈라를 휘두르는 것을 보았다.

그때 엄청난 바람과 소리가 깨끗이 갈라졌다. 사방을 채운 어둠과 굉음이 거짓말처럼 완전히 사라졌다. 주위는 밝아졌다. 남은 것은 두 동강 난 채 땅에 떨어진 사바르니의 화살, 그것뿐이었다.

양국의 전투는 사바르니가 아스트라를 쏜 그 순간부터 멈춰 있었다. 이 자리의 모든 사람들이 멈춰 선 채 끝없이 놀랐다.

"저것이 무엇이냐?"

아스트라를 쏜 사바르니 자신이 가장 놀랐다. 루드라는 천신 가운데 신들의 왕 인드라 다음가는 절대적인 힘을 가진 존재였다. 루드라의 아스트라가 가진 힘은 그 주문을 외운 사바르니 자신이 가장 잘 알고 있었다. 한순간 자신의 육체를 타고 흐른 신의 힘은 인간의 나약한 육체를 찢어놓을 듯 거세게 소용돌이쳤던 것이다.

그것을 아즈나 왕이 찢었다. 분명 아스트라를 쓰지 않은 채 그 자신이 든 바즈라만으로 루드라의 아스트라를 찢어놓은 것이다.

사바르니의 손에서 활이 힘없이 떨어져 내렸다. 이미 비슈누의 아스트라를 쓴 일이 있는 아즈나 왕이다. 그가 비슈누의 아스트라로 사바르니의 아스트라를 깼다면 그것은 당연한 일이다. 누구나 이해할 것이다. 그러나 그가 아스트라를 쓰지 않은 것은 사바르니 자신이 두 눈으로 분명히 보았다. 그는 넋이 나간 채 중얼거렸다.

"설마 아즈나 왕이 그 자신의 힘으로 루드라의 아스트라를 찢었단 말이냐? 그럴 리 없다. 인간이 신의 아스트라를 깰 리가 없지 않느냐!"

그 의미를 알았을 때 몸이 부들부들 떨렸다. 사바르니는 마주 선 적의 왕을 향해 물었다.

"너는…… 정말로, 정말로 인간이냐?"

냉정한 대꾸가 되돌아왔다.

"물론 나는 인간이다. 제왕 쉬카르데가 인간이었듯이."

말을 마친 아즈나는 바즈라를 든 손을 치켜들었다. 사바르니는 그가 자신을 죽이려 함을 알았으나 이미 모든 전의를 빼앗긴 후였다. 그는 죽음을 각오했다. 그러나 아즈나는 손을 든 채 잠시 멈칫했다.

아까 루드라의 아스트라가 공중에 날아올랐을 때 잠시 동안 주위가 어두워졌다. 그렇기에 다시 밝아지자 그 밝음이 더욱 선명하게 느껴진 것이다. 그러나 사실 지금 주위는 점점 더 어두워지고 있었다. 태양의 빛줄기는 아주 어렴풋하게 서쪽 지평선 끝에 남아 있을 뿐이었다. 아즈나가 바라보는 사이 빛줄기는 완전히 사라져버렸다. 아즈나는 이에 바즈라를 내리고 전차사에게 명했다.

"오늘 전투는 끝났다. 고동을 불어라!"

전차사가 떨리는 손을 들어 고동을 불자 그 소리는 바람을 타고 멀리멀리 날아온 강변에 널리 울려 퍼졌다. 아즈나는 전차에서 내렸다.

'나는 정말로 쉬카르데였구나.'

그는 떠오른 기억을 되새겼다. 기억 전부는 아니라해도 과거 인간의 제왕이었던 쉬카르데가 가졌던 마음과 감정이 아즈나의 마음속에 그대로 되살아났다. 그대로 태양이 져버린 강변을 향해 시선을 던지고 아즈나는 움직일 줄 몰랐다.

이렇게 둘째 날의 전투가 끝났다. 오늘 전투는 줄곧 사라마유와 이노아의 팽팽한 접전이었다. 승패를 가리기는 극히 어려웠다. 그러나 전투의 마지막에 보여준 아즈나 왕의 힘에 사라마유 군의 분위기가 더없이 가라앉았다. 지치고 다친 몸을 이끌고 막사로 돌아온 사라마유 장수들은 침울한 마음으로 무디어진 검을 손질했다. 전차사들은 지친 말들을 돌보며 그 자신이 더욱 지쳐갔다. 뼛속까지 느껴진 공포를 체험한 병사들은 내일을 두려워했다.

줄곧 데바누와 함께 싸운 아디토야는 마호다니 형이 다친 것도, 사바르니 형이 루드라의 아스트라를 쓰고 아즈나 왕이 그것을 찢었음도 알지 못했다. 그는 막사에 돌아와서야 이 모든 사실을 알고 혼이 빠져나가듯 놀랐다.

'마호다니 형이 정말로 그와 대결했다면 형은 살아 있지 못할 것이다.'

그는 후들거리는 다리를 이끌고 형이 있는 막사로 달려갔다.

마호다니의 막사에서는 먼저 도착한 다나와 아반티가 형을 돌보고 있었다. 사바르니가 그 옆에서 무거운 표정으로 앉아 있었다. 아디토야는 먼저 마호다니가 아직 죽지 않았음을 알고 안도했다. 다나가 막내에게 무슨 일이 있었는지 설명했다.

"마호다니 형은 아즈나의 바즈라에 오른쪽 가슴을 찔렸어. 아즈나 왕에게 오른팔이 없었던 것을 신에게 감사해야겠다. 그가 오른팔이 있었다면 지금쯤 마호다니 형은 죽었을 테지."

아디토야는 마호다니의 얼굴을 보았다. 둘째 형이 아즈나에게 심한 상처를 입은 것은 이것으로 두번째였다.

'그러나 예전에는 오늘만큼 심한 부상은 아니었는데.'

막내가 애통해하는데 사바르니가 입을 열었다.

"나는 무서운 예감이 든다."

그의 무겁게 가라앉은 목소리에 형제들 모두가 그에게 시선을 던졌다.

"난 지금 잔드라 형이 이곳에 없어서 다행이라고 생각한다. 그가 우리의 부모님 곁에 남아 있어주는 것이 얼마나 고마운지 모르겠다. 다나, 아반티, 아디토야. 우리는 도대체 무엇과 상대하고 있는 것이냐?"

사바르니의 목소리에 담긴 침통함이 분위기를 어둡게 만들었다. 다나는 형을 위로하려 했다.

"마호다니 형은 살아 있어. 예전에 아비뉴아 왕이 아즈나 왕에게 이보다 더한 상처를 입고도 살아났던 것을 기억해. 형은 괜찮을 거야."

그러나 사바르니는 동생의 위로에 도무지 귀를 기울이려 하지 않았다.

"나는 오늘 폭풍신 루드라의 아스트라를 썼다. 그런데 아즈나는 그것을 찢어버렸다!"

아디토야는 사바르니의 말을 얼른 이해하지 못했다.

"그것이 어쨌다는 것이지? 그것이 설령 신들의 왕 인드라의 아스트라라 할지라도 비슈누의 힘 앞에는 무릎 꿇을 수밖에 없다는 것을 형도 알고 있잖아."

막내는 셋째 형이 루드라의 아스트라를 쓸 줄 알았다는 사실에 오히려 놀라며 입을 열었다. 이에 사바르니는 고개를 저었다.

"아니, 확신컨대 아즈나는 아스트라를 쓰지 않았다. 그는 스스로의 힘으로 루드라의 아스트라를 갈라놓은 것이다."

모두들 자신의 귀를 의심하는 가운데 사바르니는 말을 이었다.

"나를 믿어라. 나는 내 눈과 귀로 직접 그 모습을 지켜보았다. 정말로 그가 인간일까? 우리는 인간과 상대하는 것이 맞을까? 나는 두렵다, 너무나도 두렵다."

형제들 모두가 사바르니가 진실을 말하고 있음을 알았다. 모두들 평정을 되찾으려 했으나 두려움이 떠오르는 것을 억누를 수 없었다. 누군가 중얼거렸다.

"우리는 같은 크샤트리아로 태어난 그와 함께 이 세상을 살아가고 있어. 피할 수 없는 노릇이지."

그때 아비뉴아 왕이 그들을 방문했다. 형제들은 우울한 얼굴로 그를 맞았고 아비뉴아는 그들의 얼굴을 보며 그들의 마음을 짐작했다. 그가 의식을 잃은 마호다니에게 쾌유를 비는 기도문을 끝냈을 때 사바르니가 돌연 입을 열었다.

"아비뉴아 왕이시여, 우리가 정말로 이길 수 있겠습니까?"

아비뉴아는 이미 사바르니가 오늘 루드라의 아스트라를 쏜 소식을 들어 알고 있었다. 당시 그는 그 자리에서 멀리 떨어져 있지 않았다. 한순간의 어둠과 아스트라의 굉음을 직접 그 자신이 느낀 터였다. 그는 침착하게 대답했다.

"저는 이길 수 있느냐 없느냐를 따지지 않습니다. 전쟁을 시작한 이상 질 생각은 조금도 없습니다."

사바르니는 이 대답에 불쾌한 얼굴이 되었다.

"모두의 죽음을 딛고서 말입니까?"

사바르니 스스로도 자신의 말에 후회했다. 아디토야가 대신 사과했다.

"죄송합니다. 형은 흥분해 있습니다. 그는 목숨을 아까워하는 것도 아니고 크샤트리아 본연의 임무를 잊은 것도 아닙니다."

아비뉴아가 담담히 말을 받았다.

"다만 그는 슬픔에 가득 차 있을 뿐이지요."

그러자 사바르니가 갑자기 입을 열었다.

"아니오. 내 마음에 차 있는 것은 슬픔이 아닙니다. 그것은 두려움입니다."

그는 굳은 얼굴로 말을 이었다.

"아비뉴아 폐하, 나는 솔직히 아즈나 왕이 두렵고 두렵습니다. 나의 마음에는 결코 그가 있는 이노아를 이길 수 없으리라는 불길한 예감이 듭니다. 당신은 보지 못했겠지만 나는 이 두눈으로 똑똑히 보았습니다. 루드라의 아스트라가 아즈나 그 자신의 힘에 의해 찢겼습니다. 그때부터 나의 마음은 두려움에 가득 찼지만 이노아 군사들은 그렇지 않겠지요. 그들은 그들 왕의 힘에 환호하고 기뻐할 것입니다. 나는 지금 아스트라를 쓴 행위를 후회하고 있습니다."

이에 아비뉴아는 조용히 입을 열었다.

"사바르니, 대국 파우라바가 무엇 때문에 무너졌다고 생각하십니까?"

형제들은 아비뉴아가 돌연 다른 말을 꺼내는 이유를 몰랐다. 침묵

끝에 사바르니가 대답했다.

"제왕의 죽음 때문이지요."

아비뉴아는 고개를 끄덕였다.

"그렇습니다. 그는 정말로 강했습니다. 그렇기에 모든 사람들이 그의 강함에 모든 것을 맡겨버리게 된 것입니다. 지금의 이노아 또한 마찬가지입니다. 사바르니, 나는 당신께 감사하고 있습니다. 당신이 루드라의 아스트라를 써주신 덕분에 아즈나의 강함이 증명되었으니까요. 이노아 인들은 그들의 왕에게 절대적인 충성심과 믿음을 가지게 되었습니다. 그들의 왕이 결코 쓰러지지 않으리라는."

형제들이 조용히 귀 기울이는 가운데 아비뉴아는 나직이 말을 이었다.

"그렇기에 이런 결론이 나오는 것입니다. 그들의 왕이 쓰러진다면 이노아는 무너질 것입니다."

아비뉴아는 형제들을 똑바로 바라보며 말을 맺었다.

"그러니 내가 그를 죽이겠습니다."

모두들 말이 없었다. 마침내 사바르니가 입을 열었다.

"당신의 생각을 알겠습니다. 내일 이노아에 개인전을 청할 생각이군요?"

아비뉴아는 긍정했다.

"그렇습니다. 나는 내일 오전 동안 나 이외에 세 명의 장수를 정하여 개인전을 치르게 할 생각입니다. 이노아에서 이를 받아들인다면 말입니다."

"장수라면 누구를 생각하십니까?"

아바티의 물음에 아비뉴아는 잠시 생각하다가 답했다.

"그것은 이제부터 회의에 들어갈 것입니다. 그러니 여러분들께서도 모두 회의장으로 와주시기 바랍니다."

모두가 그의 뜻을 알아차렸을 때 아비뉴아는 인사하고 일어섰다. 그가 먼저 나간 후 네 명의 형제들은 서로의 얼굴을 돌아보았다. 가장 먼저 입을 연 것은 아디토야였다. 그는 사바르니를 바라보며 확신시키듯 말했다.

"그의 말이 옳아."

사바르니는 결국 고개를 끄덕였다.

"그래. 내가 잠시 잊고 있었다. 사라마유에는 아비뉴아 왕이 있다는 사실을."

그는 다시 한번 생사불명의 마호다니를 안타까운 눈으로 보았다. 이후 네 명의 형제들은 모두 일어서서 회의장으로 향했다.

개인전을 치르겠다는 아비뉴아 왕의 뜻에 따라 내일 전투를 치르게 될 세 명의 장수가 추천되었다. 강하고 용감한 장수는 많았으나 결국 라아크리, 데바누, 아디토야가 개인전을 치를 장수로 결정되었다. 모두가 최고의 용사들로 패배할 리 없는 강한 장수들이었다. 사라마유 인 모두가 그들을 믿었다.

이날 밤, 아즈나 왕에게 개인전을 제의하는 사라마유의 사절이 도착했다. 아즈나는 생각하다가 장수들의 의견을 물었다.

"너희는 어찌 생각하느냐?"

장수들은 잠시 의견이 분분하였으나 결국 하나의 결론을 내놓았다.

"그들은 어제의 불리함을 개인전의 승패로 메꾸려하는 듯합니다. 그렇다 해도 그들이 일단 도전한 이상 받아들이지 않을 이유가 없다고 생각합니다."

이 결론에는 더없는 자신감이 깔려 있었다. 아즈나는 사라마유의 사절을 돌아보았다.

"너희의 왕에게 전하라. 이노아는 개인전을 받아들이겠다. 누가 나와 나의 장수들에게 도전하였는지 이름을 말하여라."

사절은 합장한 후 입을 열었다.

"말씀드리겠습니다. 하바라의 데바누 왕자가 스얌바라의 사나 왕자에게 승부를 청하였습니다. 탄타마사의 아디토야 왕자가 이노아의 장수 나라얀에게 도전하였습니다. 사라마유의 장수 라아크리가 이노아의 브라흐마나 샤마에게 어제 끝내지 못한 승부를 낼 것을 청했습니다. 그리고 저희의 왕께서는 아마의 후손과의 대결을 원하십니다."

아즈나는 사절이 거론한 세 사람을 돌아보며 물었다.

"그대들은 승부를 받아들이겠는가?"

샤마와 나라얀은 그대로 고개를 끄덕였으나 사나는 승부를 승낙하기에 앞서 사라마유의 사절을 향해 의심쩍게 물었다.

"그대는 혹시 나라얀과 나의 이름을 바꿔 말한 것이 아닌가?"

그러나 사절이 고개를 젓자 사나는 실망하여 물러섰다. 세 사람 모두가 승부를 받아들이자 아즈나는 사절에게 말했다.

"그대의 왕에게 전하라. 사라마유가 나의 세 장수에게 도전한 것을 받아들이겠다."

그 자신 또한 아비뉴아의 도전을 받아들이려는 참이었다. 갑자기 카르타가 불쑥 앞으로 나왔다.

"폐하, 사라마유의 왕 아비뉴아는 당신께 승부를 청할 자격이 없나이다."

이 말에 사라마유의 사절을 포함하여 모두가 놀랐다. 카르타는 침착하게 말을 이을 뿐이었다.

"기억하지 못하십니까? 지난 전투에서 이미 아비뉴아 왕은 폐하게 개인전을 청하고 패했나이다. 그가 패배의 고동을 불고 도망쳤을 때부터 그는 도전할 수 있는 자격을 잃어버렸습니다."

모두가 그의 말이 옳음을 알았다. 그러나 아즈나는 싸늘하게 말했다.

"나는 그의 자격이 있고 없음을 탓하지 않는다. 그의 도전을 받아들이겠다."

왕이 이렇게 말하자 누구도 그의 뜻에 거스를 수 없었다. 사절은 돌아가 아비뉴아 왕에게 아즈나 왕의 뜻을 알렸다.

아즈나는 사라마유의 사절이 돌아간 후 군단장들을 향해 뜻밖의 발언을 했다.

"내일 개인전은 오래가지 못할 것이다. 너희는 진을 튼튼히 하고 기다리고 있어라. 나는 최대한 빨리 개인전을 끝내고 고동을 불 것이다. 비슈누 차크라 진의 위력이 그때부터 발휘될 것이다."

아즈나는 자신의 원반 무기를 꺼내들었다. 그 무기가 천에서 벗겨져 나왔을 때 모두가 가슴이 철렁 내려앉는 것을 느꼈다. 아즈나가 든 차크라에는 설명할 수 없는 두려운 기운이 맴돌았다. 샤마가 처음 보는 무기에 대해 무어라 말하려 하다 그만두었다.

이윽고 왕의 명에 모두가 일어섰다. 아즈나는 카르타를 남게 하고 입을 열었다.

"오늘 신의 힘을 빌리는 아스트라를 쓰지 않고 루드라의 아스트라를 찢었다."

카르타는 부드럽게 물었다.

"어째서 그리 위험한 일을 했지? 비슈누의 힘은 언제든 너와 함께

할 터인데."

"……쉬카르데의 기억이 조금이나마 되돌아와 루드라를 알아볼 수 있었어. 그러자 루드라 또한 나를 알아보고 자신이 가진 파괴의 속성을 포기했다. 그는 만물을 유지하는 강의 신으로 변해버렸고 그렇기에 나는 루드라의 아스트라를 찢을 수 있었지."

아즈나가 대답하면서도 뭔가 깊은 생각에 빠져 있었다. 마침내 그는 카르타를 보며 물었다.

"쉬카르데는 강한 인간이었다. 어째서 그토록 강한 인간이 자신의 영혼이 찢기는 것을 막을 수 없었던 것이지?"

카르타는 대답이 없었다. 아즈나는 다시금 물었다.

"어째서지?"

연거푸 물었을 때야 카르타는 대답했다.

"아즈나, 모든 존재에게는 자신을 지킬 수 없는 시간이 존재한다."

그는 문득 천천히 고개를 저었다.

"무엇을 알려 하느냐. 너는 너의 소망만을 생각해라. 네가 살았다는 증거를, 네 이름을 이 세상에 남기겠다는 소망만을 생각해라. 옛 기억 같은 건 아직은 생각해낼 필요가 없다.

아즈나, 너는 아비뉴아와는 다르다. 아비뉴아는 천계에서의 전생을 거쳐 인계에 환생했다. 그러나 너는 쉬카르데에서 그대로 환생했다. 당연히 모든 기억을 먼저 떠올리는 것은 네가 될 것이다. 그러니 아직은 떠올리지 마라. 억지로 기억하려 하지 마라."

카르타의 마지막 말은 일종의 경고였다.

"되살아난 기억은 곧 너의 죽음을 의미할 테니."

아즈나는 카르타를 바라보며 결국 침묵했다.

다음날 태양이 떠오르면서 전투는 셋째 날로 접어들었다. 이제까지 양국은 산쿨라 유따, 즉 집단전만을 치렀다. 그러나 이날, 두 나라는 개인전으로 전투를 시작하였다. 개인전은 개개인의 장수들이 힘과 무예가 동등한 상대에게 도전하여 승부를 치르는 것, 보통 각국의 가장 유명한 왕과 장수들이 나오기에 그들의 승패는 전투에 많은 영향을 주는 것이 보통이었다.

개인전의 시작을 알리는 고동 소리가 하늘 높이 울려 퍼지자 먼저 사라마유 측에서 도전자들의 전차가 앞으로 나왔다. 아비뉴아를 위시하여 데바누, 아디토야, 라아크리의 전차가 사라마유와 이노아, 양군이 대치하고 있는 중간 지점으로 나왔다. 아군의 진에서 각각 반 요자다 정도 떨어진 위치에서 그들의 전차가 멈췄다.

곧 맞은편 이노아의 진영에서도 도전받은 장수들의 전차가 달려 나왔다. 아즈나 왕을 선두로 사나, 나라얀, 샤마가 나왔다. 사나는 데바누가 자신의 앞으로 나오자 찌푸린 얼굴로 그에게 입을 열었다.

"어째서 당신이 나의 상대자가 된 것인지 물어보아도 좋겠습니까? 아디토야는 나와의 승부를 피해 달아난 것입니까?"

그러자 데바누는 자신이 아디토야와 나누었던 대화를 들려주었다.

"이제 당신의 상대는 제가 되었습니다. 어쩔 수 없는 일이니 이해해주시기 바랍니다."

사나는 데바누와 아디토야가 어떠한 약속을 했는지 알게 되자 실소했다. 그럴 의도는 없었으나 사나의 웃음 소리는 상대를 조롱하듯 울려나왔다.

"어찌 되었는지 알겠습니다. 그러나 데바누, 당신은 실수한 것 같습니다. 내가 오늘 당신을 죽이면 그만 아닙니까? 당신이 죽는다면 아디토야는 결코 당신이 원할 때 당신의 형을 죽일 수 없을 것입니다. 그러면 그대들의 약속은 실현되기도 전에 깨어지는 것입니다. 나는 당신을 죽인 후 아디토야와 싸우겠습니다."

말을 마친 사나는 철퇴를 들고 전차사에게 앞으로 나아가라 명했다. 하바라의 왕 비슈바의 아들 데바누는 힘있게 대답했다.

"나는 일생에 단 한 번, 무예시합 때 아즈나 왕에게 패하였습니다. 그에게 뒤쳐짐은 인정하나 다른 사람에게 패할 생각은 없습니다."

말을 마친 그는 활의 시위를 힘차게 당겼다 놓았다. 그의 화살은 사나의 가슴을 향해 곧게 나아갔다. 그러자 사나는 단숨에 철퇴를 휘둘러 데바누의 화살을 떨어뜨렸다.

"내가 그대에 비해 궁술이 뒤쳐지는 것은 인정하나 힘은 아마 내 쪽이 한 수 위일 것입니다."

그가 철퇴를 휘두르며 달려들었다. 둘의 치열한 싸움이 시작되었다.

아디토야는 멀리서 조마조마한 심정으로 데바누의 싸움을 지켜보고 있었다. 그가 다른 곳에 신경을 쏟고 있는 것을 안 나라얀이 경고했다.

"당신의 상대는 제가 아닙니까?"

아디토야는 순순히 사과하고 쇠사슬을 휘두르며 공격을 가했고 나라얀은 조금도 지지 않고 창을 던지며 맞서기 시작했다. 나라얀이 던진 창은 아디토야의 쇠사슬에 감겨 땅에 떨어졌다.

라아크리와 샤마 또한 이미 어제 내지 못한 승부를 내기 위하여 싸움을 시작하고 있었다. 다르마의 원칙에 충실한 둘의 싸움은 공정하고도 힘차며 무시무시한 것이었다.

여섯 장수들의 싸움이 시작된 후에야 아비뉴아의 전차가 아즈나 왕 앞으로 나아갔다. 아비뉴아는 아즈나를 마주보고 섰다. 그들의 싸움에 양국의 병사들이 숨을 죽였다. 사나와 데바누를 비롯해 개인전을 벌이던 장수들조차 싸움을 멈추고 두 왕의 대결을 지켜보았다.

두 왕은 한동안 말이 없었다. 침묵 끝에 먼저 입을 연 것은 아비뉴아 쪽이었다.

"아즈나, 오늘 나는 너를 죽여 마하사라마를 탈환할 것이다."

뒷말을 잇는 아비뉴아의 어조에는 참담한 무엇인가가 있었다.

"또한…… 너를 죽임으로써 나 자신을 구하겠다."

아비뉴아는 입 밖에 내지 않으나 다음과 같은 생각을 하고 있었다.

'네가 팔을 자른 그 순간 나 또한 무엇인가를 잃어버렸다. 더이상의 편안한 잠은 내게서 사라지고 언제나 모든 것이 너와 관련하여 연상되었다. 결국 아즈나, 너는 아버지의 원수이며 수많은 사라마유 인들의 원수인 동시에 나의 반쪽의 영혼이었다. 결코 끊을 수 없는 연결고리를 나는 오늘 끊으려 한다.'

이에 아즈나는 오른팔을 내려다보았다. 잃어버린 팔을 내려다보는 그의 얼굴에 잠시 고통스러운 웃음이 떠올랐다.

"아비뉴아, 내가 한 팔을 잃어버렸기에 나를 죽일 수 있으리라 생각하느냐? 그러나 나에게는 한 팔이 남아 있다는 사실을 기억해라."

이에 아비뉴아는 상대를 뚫어질 듯 응시하며 생각했다.

'네 말이 옳다. 그러나 너는 이제 나의 손에 죽을 것이다. 너는 한 팔을 잃었고 그것은 나의 우월함을 뜻한다. 그 사실을 네 자신이 더욱 잘 알지 않느냐? 아즈나, 내가 너에게 줄 수 있는 마지막 배려는 크샤트리아다운 죽음뿐이다.'

아비뉴아는 활을 들어 시위를 걸었다. 그러자 동시에 아즈나도 무기를 들었다. 아비뉴아는 아즈나가 언제나 사용하는 바즈라를 들리라 생각했다. 그러나 아즈나가 든 것은 비슈누의 원반, 차크라였다.

아비뉴아는 그것이 무엇인지는 몰랐다. 그러나 그 무기가 가진 힘만은 느꼈다. 찌르듯이 느껴진 거대한 힘이 그의 마음을 서늘하게 만들었다.

'저것은 무엇이지?'

의문을 품을 시간도 없었다. 아비뉴아는 아즈나가 그것을 던지기 전에 먼저 공격해야 한다는 사실을 깨달았다. 아즈나가 들고 있는 그것이 무엇이든 그 무기가 화살보다 빠를 수는 없을 것이다. 그는 곧장 활의 시위를 당겼다.

그때였다. 이상한 감정이 갑작스럽게 솟구쳤다. 동서에 눈물이, 이유 모를 눈물이 눈에 가득 찼다. 뜻밖의, 전혀 예상치 못한 감정에 아비뉴아는 저도 모르게 비틀거렸다. 마치 무언가가 자신의 손을 붙들고 있는 것마냥 손이 시위에서 놓아지지 않았다. 그 감정은 한순간이었으나 그 결과는 치명적이었다.

그때 아즈나가 세차게 차크라를 던졌다. 차크라는 커다란 원을 그리며 공중을 날았다. 아비뉴아는 눈을 깜박여 괸 눈물을 떨구고 활의 시위를 놓았다. 그러나 신의 무기는 아비뉴아가 쏜 화살을 깨끗하게 두 조각으로 갈라버리고 원을 그리며 아즈나의 손으로 되돌아왔다. 원반은 아즈나의 손을 거친 듯싶더니 다시 아비뉴아의 시선 앞으로 단숨에 날아들었다. 아비뉴아는 날카로운 원반의 날과 그것이 가지고 있는 힘을 온몸으로 느꼈다.그는 숨도 쉬지 않고 곧장 전통에서 화살을 빼어 다시 시위를 당겼다. 차크라의 날이 날아오기 직전 그는 주문의 첫마디를 내뱉었다.

"세 개의 눈을 가진 마하데바여!"

시위에 걸려 있던 화살이 그대로 차크라의 날에 찢겼다. 차크라는 그대로 멈출 줄 모르며 아비뉴아의 목을 향했다.

모든 사람들이 그 차크라가 아비뉴아의 목을 베어버린다고 생각했다. 사라마유, 이노아 할 것 없이 그 자리의 모든 사람이 놀랐다. 찢어질 듯한 비명이 이곳저곳에서 동시에 울렸다.

"폐하!"

그때 아비뉴아는 선뜩한 느낌이 자신의 목을 스치는 것을 느꼈다. 단 한순간이지만 그는 그 순간을 영원처럼 느꼈다.

그것은 폭발할 듯한 두 힘의 대립이었다. 차크라, 그것은 유지의 신 비슈누의 힘을 담은 그릇! 그 힘이 당장이라도 아비뉴아의 몸을 찢어발길 듯했다. 그러나 그와 똑같은, 한치의 더함도 모자람도 없는 힘이 자신의 몸 안에서 용솟음치고 있었다. 그것은 시바, 거대한 파멸의 힘이었다! 두 힘의 팽팽한 접전이 단 한순간 아비뉴아의 살갗을 두고 펼쳐졌다.

다음 순간 차크라는 바람을 가르며 되돌아갔다. 동시에 아비뉴아의 몸이 균형을 잃고 전차 아래로 떨어져 땅을 굴렀다.

그대로 왕이 움직이지 않으니 사라마유 인 모두가 놀랐다. 말들은 이미 코 앞에 날아온 차크라에 놀라 미쳐 날뛰고 있었다. 전차사 아반티는 아비뉴아의 머리가 말발굽에 짓밟히지 않도록 간신히 난동을 부리는 말들을 진정시켰다. 그 사이 가장 가까이에 있던 라아크리가 미친 듯 그에게로 달려갔다.

라아크리는 아비뉴아의 생사부터 확인했다. 움직이지 않는 왕을 안아들었을 때 놀람과 공포로 그의 심장은 멈춰버리는 듯했다. 그러나 아비뉴아의 심장은 아직 뛰고 있었다. 순간 긴장이 풀리며 왈칵 눈물이 났다. 그는 아비뉴아를 자신의 전차에 태우고 전차사에게 외쳤다.

"어서 아군 쪽으로 달려라!"

전차사는 즉시 전차를 몰았다. 가까이에 있던 아디토야와 데바누의 전차가 그 뒤를 따랐다. 그들은 연거푸 소리쳤다.

"라아크리! 아비뉴아 왕이 죽었습니까? 그가 죽었습니까?"

그들의 질문은 소리의 홍수에 파묻혀 잘 들리지 않았다. 둘은 라아크리의 전차를 보호하는 데 총력을 기울였다. 그들의 등 뒤에는 바로 아즈나 왕의 전차가 있는 것이다.

그러나 아즈나는 그들을 쫓으려 하지 않았다. 그는 차크라를 치켜든 손에 힘을 주었다. 신의 무기를 들고 있는 왼손이 피투성이가 되어 있었다. 그는 라아크리의 전차에 실려 흙먼지 속에 사라지는 아비뉴아의 모습을 지켜보았다.

'너는 결코 나를 이길 수 없다. 우리에게는 이제까지 서로를 죽일 수 있는 기회가 분명 존재했다. 그럼에도 우리는 서로를 죽이지 못했다. 왜라고 생각하느냐? 그것은 우리의 마음속 어딘가에 살아남겠다는 일념에 앞서는 그 어떤 마음이 남아 있기 때문이었다.

그것은 스스로 가슴에 검을 찌른 쉬카르데의 기억, 스스로 자신을 죽인 고통이 영혼에 새겨져 있는 것이다. 내가 너를 죽이는 것도, 네가 나를 죽이는 것도 결국은 한 영혼을 상처입히는 행위이다. 너는 다시금 그 고통을 받아들이는 것이 죽음보다도 더 두려울 것이다. 너는 너에게 생이 남아 있다고 생각하고 그 생의 행복을 추구하기 때문이다.'

아즈나는 피투성이가 된 왼손을 보았다.

'그러나 나는 다르다. 이제 나에게는 추구해야 할 행복도, 생도 없다. 그렇기에 나는 이긴다. 영혼의 상처 따위가 사라져버리고 잊혀

지는 고통에 비할 수 있다고 생각하느냐?'

아즈나는 전차사에게 소리높여 명했다.

"고동을 불어 산쿨라 유따를 알려라!

전차사는 즉시 고동을 불었다. 그 소리를 시작으로 이노아의 군사들이 일제히 사라마유 군을 향해 전진하기 시작했다.

개인전은 일방적으로 깨졌다. 전투는 순식간에 집단전 산쿨라 유따로 접어들었다. 강변은 북과 고동, 나팔 등 전쟁 악기의 홍수 같은 소리로 뒤덮였다. 수천의 전차와 코끼리, 수만의 병사들이 한꺼번에 물밀 듯 움직이자 제대로 눈을 뜨기도 힘들 정도로 거센 모래 바람이 불었다.

이노아 군의 선두에는 카르타가 있었다. 그가 비슈누 차크라 진을 이끌기 시작하니 이노아 군은 병사 하나하나가 원반의 날이 되어 사라마유의 진을 찢기 시작했다.

모든 사람들이 지금에서야 비슈누 차크라 진의 위력을 알게 되었다. 이노아는 이틀 내내 같은 진을 취했으나 첫날의 승리는 카담들의 독 하라 하라의 위력에 힘입은 것이었다. 둘째 날에는 시바의 삼지창 형태의 진을 펼친 사라마유와 팽팽한 접전을 펼쳐 우열을 가리지 못했다. 비슈누 차크라 그 본연의 힘이 발휘되기 시작한 것은 오늘이 처음이었다.

왕의 생사가 불분명한 사라마유 군의 혼란은 이루 말할 수 없었다. 그들은 너무도 갑작스럽게 시작된 산쿨라 유따를 두려워하였다. 일선에 서서 그들을 이끌어야 할 장수들이 부재하니 사라마유의 진은 시작부터 사정없이 무너지기 시작했다. 군단장들은 하나같이 왕의 생사를 확인하기 위해 달려가 있었던 것이다.

라아크리의 전차는 무사히 아군의 후방에 닿았다. 비슷하게 아디토야와 데바누의 전차도 도착했다. 그들과 달려온 군단장들이 아비뉴아의 생사를 확인하려 했다. 라아크리가 외쳤다.

"폐하는 살아 계십니다. 그를 막사로 모셔가겠습니다. 여기 계신 여러분들께 남은 뒷일을 부탁드리겠습니다."

라아크리가 일어서서 전차에 올라타자 사라마유의 장수들은 서둘러 자신들의 위치로 돌아가 적과 싸우기 시작했다. 그들이 자리로 돌아가자 밀리고 있던 사라마유 군의 기세도 조금씩 회복되어갔다.

아디토야는 일선에 나가자마자 사나와 마주쳤다. 아디토야는 곤란하게 생각하였으나 사나가 먼저 물었다.

"아비뉴아 왕은 살아 있습니까?"

아디토야가 고개를 끄덕이자 사나는 고개를 설래설래 저었다.

"참으로 명줄도 긴 사람입니다. 그런 걸 맞고도 살아나다니. 다행히 리무 공주가 과부는 면했군요. 결혼한 지 한 해도 지나지 않았는데 과부가 되면 그 얼마나 딱한 노릇이겠습니까."

이 소리에 아무리 얌전한 아디토야건만 화가 치밀어 참을 수 없었다. 그는 입을 다물고 세차게 쇠사슬을 휘둘렀다. 사나가 그 쇠사슬에 맞았다면 아마 머리가 날아갔을 것이다. 그러나 그가 긴 창을 들어 자신을 보호하니 쇠사슬은 그 창에 감겨버렸다. 아디토야는 그 창을 자신 쪽으로 잡아당겼다. 사나 또한 지지 않고 양손으로 창을 잡았다.

그때 누군가 그들에게 외쳤다.

"사나! 당신의 상대는 그가 아닙니다. 아디토야! 나와의 약속을 잊었습니까?"

하바라 왕실의 깃발을 날리며 데바누의 전차가 나타났다. 그러자 사나는 그쪽으로 전차의 방향을 돌리며 외쳤다.

"아디토야! 당신과 그의 약속을 존중해 나는 그와 싸우겠습니다. 그러나 내가 그를 이길 때에는 당신은 나와의 싸움을 피할 수 없을 것입니다."

아디토야가 이를 악물고 물러났다. 그때 디오라마가 나타나 아디토야에게 승부를 걸었다. 아디토야는 그를 사정없이 공격하기 시작했다.

사나는 데바누의 전차에 철퇴를 던졌다. 데바누의 전차사가 말을 다루어 그를 피했으나 결국 말 한 마리가 죽었다. 전차사가 끈을 끊는 사이 시간이 지체되었다. 그러자 데바누는 자신의 키보다 큰 장궁을 들고 자신의 키만 한 화살을 들었다. 그 화살에는 호랑이의 송곳니 같은 촉이 박혀져 있었다. 그가 외쳤다.

"사나! 당신은 결코 나에게 이길 수 없습니다. 그것은 우리의 자세에 차이가 있기 때문입니다! 당신은 이미 삶을 포기하고 단지 생명의 마지막을 성대히 불사를 상대를 찾고 있을 뿐이 아닙니까? 상대가 아디토야건 나이건 어쩌면 처음부터 상관이 없었던 것이 아닙니까? 그러나 나는 결코 죽을 생각이 없습니다. 우리에게 실력의 차이는 없으나 그 마음가짐이 우리의 승패를 갈라놓을 것입니다!"

데바누는 말을 마치고 활을 쏘았다. 화살이 단숨에 공기를 가르며 날아갔다. 사나는 방패를 들고 대비하고 있던 터였으나 그 기세에 순간 의표를 찔리고 가슴이 서늘해짐을 느꼈다. 그러나 사실 데바누의 화살은 속임수였다. 그가 준비한 치명적인 화살은 따로 있었다. 그것은 바람의 신 바유의 아스트라였다.

데바누가 큰 소리로 주문을 외우며 또다른 화살을 꺼내 시위를 거니 바유의 날개를 단 아스트라가 공기를 반으로 가르며 무서운 기세로 나아갔다. 귀를 찌르는 고음의 소리가 공기 중에 흩어졌다. 그것

이 사슴의 목줄기를 단번에 물어뜯는 호랑이의 송곳니인 양 사나의
목을 꿰뚫었다.

아디토야는 그때 막 쇠사슬로 디오라마의 얼굴을 내리쳐 상대를
죽인 터였다. 데바누의 화살이 사나를 죽인 것을 알았을 때 결국 올
것이 오고야 말았다는 체념과 슬픔이 동시에 생겨났다.

"사나!"

그가 전차에서 뛰어내려 다가갔을 때 사나는 힘겹게 숨을 몰아쉬
고 있었다. 그는 그러나 끝까지 조금도 고통스러워하는 기색을 보이
지 않았다.

"크샤트리아란 것은 이 얼마나 바보 같은 족속들입니까?"

그는 조용히 웃으면서 죽어갔다.

그때 고동 소리가 울렸다. 그 소리는 군 전체의 후퇴를 위해 장수
들의 도움을 청하는 소리였다. 아디토야는 슬픔을 누르고 죽은 사나
를 자신의 전차에 태운 후 고동 소리가 나는 곳으로 달려갔다.

그곳에서는 아즈나 왕이 사라마유 군을 베고 있었다. 아즈나 왕은
그 자신이 비슈누 차크라 진의 심장이 되어 있었다. 그를 중심으로
진은 살아 움직이는 맹수의 발톱처럼 적을 찢었다. 아즈나의 전차가
지나갈 때마다 시체의 산이 쌓이고 피의 강물이 흘렀다. 부서진 전
차, 주인을 잃은 무기들이 평원에 쌓여나갔다. 목, 팔다리를 잃은 시
체들이 땅을 구르며 찢어진 살들이 대지를 덮었다. 피는 작은 강마
냥 대지에 골을 만들며 흘러내렸다.

아디토야는 그 모습에 공포를 느꼈다. 그는 쇠사슬을 든 팔을 떨
구었다. 감히 그 앞에 도전할 용기가 나지 않았다. 그는 사바르니 형
이 했던 말이 무엇이었는지 그제야 실감했다. 아비뉴아 왕조차 그의
앞에 진 것이다.

'이제 누가 그를 막을 수 있겠는가?'

수없는 사라마유의 장수들이 나섰으나 하나같이 아즈나의 차크라 앞에 쓰러졌다. 차크라의 어마어마한 위력에 대해 그 무기를 사용하고 있는 아즈나 자신조차 오싹함을 느끼고 있었다.

'이 힘은 신의 것이다.'

결코 인간의 그것일 리가 없는 무지막지한 힘으로 아즈나는 사라마유 인을 베어나갔다. 이제까지 여러 전투를 치렀으나 이날의 전투는 그에게 있어 가장 긴 시간으로 느껴졌다. 신의 차크라는 셀 수 없이 많은 인간을 죽였다. 그러나 죽여도 죽여도 끝이 나지 않는 싸움, 흡사 잘라도 목이 돋아나는 브리트라처럼 계속해서 누군가가 그의 앞을 막고 나섰다.

동시에 한 사람 한 사람을 죽여나갈 때마다 기억이 떠올랐다. 아주 오래 전 제왕이라 불리던 그 시절에도 자신은 이렇게 사람을 죽여나갔다. 아즈나는 생각했다.

'지금의 이 고통은 그때의 죄인 것일까?'

제왕, 그것은 그 누구보다도 사람을 많이 죽인 자에게 붙여지는 칭호였다. 지금의 이 고통은, 영혼이 찢어지고 괴로워해야 하는 이 아픔은 그때의 대가인 것일까?

날아온 화살 하나가 갑옷의 이음새를 끊어놓으며 오른쪽 어깨에 박혔다. 아즈나는 되돌아온 차크라를 받아들며 화살이 날아온 방향으로 고개를 돌렸다. 하바라의 왕자 데바누가 그곳에 있었다. 데바누의 얼굴은 파랗게 질려 있었으나 또한 결연한 빛을 띠고 있었다.

아즈나는 먼저 차크라를 내려놓고 어깨의 화살을 뽑았다. 화살의 상처는 아프지 않았다. 굳이 통증을 찾아야 한다면 왼손을 보아야 할 것이다. 차크라의 날이 손의 살점을 찢어 뼈가 하얗게 드러나 보일 정도였다. 더이상 이 무기를 손에 쥘 수는 없다. 아즈나는 창을 들어 데바누에게 던졌다.

데바누는 방패를 들어 창을 막았다. 그리고 그 이전에 전차 하나가 두 사람의 사이를 끼어들었다. 그 위에 탄 아디토야가 쇠사슬을 휘둘러 아즈나의 창을 내리쳤다. 창은 아슬아슬하게 데바누의 방패를 부수고 그의 가슴받이를 긁으며 땅에 떨어졌다. 데바누는 다치지는 않았으나 비실거리며 그 자리에 주저앉았다.

아디토야는 아즈나가 창을 던지고 아직 빈손인 것을 알았다. 순간 그의 쇠사슬이 위협적으로 허공을 날았다. 아디토야와 아즈나의 전차는 꽤 떨어져 있어 아디토야 자신도 그 일격이 성공하리라고 생각하지는 않았다. 아즈나는 선뜩한 느낌이 미간에 날아드는 것을 느끼며 뒤로 몸을 뺐다. 쇠사슬 끝의 날카로운 가시가 아즈나의 이마에 가느다란 혈흔을 남겼다.

데바누와 아디토야가 아즈나의 전차를 막아선 사이 사라마유 군은 후퇴하기 시작했다. 해가 지려면 아직도 오랜 시간이 남았다. 아즈나 왕을 막을 사람은 없다. 그가 선두에 서 있는 한 사라마유가 이노아의 비슈누 차크라 진을 대적해낼 수는 없다.

데바누와 아디토야는 약간의 시간을 끌었을 뿐이었다. 둘은 아즈나가 바즈라를 들고 휘두르기 시작하자 곧 전차의 방향을 돌렸다. 아즈나의 전차사는 그들을 쫓아 말들에게 채찍을 가하다가 왕의 왼손을 보고 흠칫했다.

"폐하! 손의 상처를 치료하십시오!"

그러나 아즈나는 왼손에 더욱 힘을 줄 뿐이었다.

"나아가라! 지금은 이노아의 순간이다. 흐름을 끊지 말아라."

곧이어 아즈나는 자신의 앞에 막아나선 사라마유의 장수 비히마를 바즈라로 쳐죽였다.

사라마유의 장수들은 번갈아가며 아즈나의 앞에 나타났다. 그들 중 일부는 아즈나의 손에 즉사하고 일부는 일발의 차이로 목숨을 유지하고 전차의 방향을 돌렸다. 아즈나 자신도 그들의 칼과 화살에 상처를 입었다. 그러나 아즈나는 육체의 고통을 느끼지 않았다. 더 이상은 왼손의 고통조차 느껴지지 않았다. 끝없이 떠오르는 쉬카르데의 기억, 그리고 그 기억 속 한복판에 자리잡고 있는 그녀의 기억만이 마음을 맴돌 뿐이었다.

'제가 있으니 그대는 슬퍼하지 않아도 됩니다. 슬퍼하지 마세요. 슬픔은 언제나 제가 감당해야 할 몫이고 제가 존재해야 하는 이유입니다.'

그녀의 말 한 마디 한 마디가 지금 아즈나의 귓가에서 울려 퍼지고 있었다.

아디토야의 쇠사슬이 미간에 남겨놓은 상처에서 피가 흘러내렸다. 아즈나는 바즈라를 잠시 내려놓고 이마에서 흘러내린 피를 닦았다. 그때 그는 자신이 울고 있음을 깨달았다. 그는 리무를, 아니 루드라의 어린 딸 리시프얀을 생각했다. 기억은 이제 그녀를 처음 만나던 순간으로 치닫고 있었다.

"리무, 기억하고 있습니까?"

자기 자신만에게만 들릴 작은 목소리로 아즈나는 중얼거렸다.

"당신이라는 존재를 처음으로 알게 되었을 때 내가 어떠한 감정을 느꼈는지…… 나는 당신을 질투했습니다.

어째서 창조와 유지와 파멸이 당신만을 절대적으로 선한 존재로 만들어놓았는지. 어째서 모두를 저런 존재로 만들지 않았는지. 알고 있습니까? 내가 당신이었으면 좋았을 것이라 생각하였습니다.

그 감정, 인간에게 있고 악마에게 있고 천신에게조차 있는 그 감정은 제 마음속에도 있었습니다. 그리하여 그때 당신의 앞에서 입을 열지 않았습니다. 입을 연 순간 마음 안에 있는 질투와 시기가 독기가 되어 나올 것을 알았기에. 당신의 끝없는 선함과 다정함 때문에, 내가 절대로 당신처럼 될 수 없기 때문에 당신이 싫다고, 당신의 존재를 미워한다고 말해선 안 되었기에 나는 입을 열지 않았습니다."

모래 섞인 바람이 불었다. 피와 섞여 볼을 흐르는 눈물이 조금씩 마르기 시작했다.

'그때의 나는 당신이 무엇을 희생하여 깨끗한 마음을 유지하는 것인지 알지 못했습니다.'

동시에 해가 기울며 석양빛이 천천히 퍼져나가기 시작했다. 아즈나는 바즈라를 고쳐 쥐었다. 그가 세 명의 장수를 더 죽였을 때 해가 완전히 기울었다. 전차사가 그 사실을 왕에게 알렸다.

"폐하! 해가 지고 있습니다. 고동을 불겠습니다."

왕의 침묵을 긍정으로 받아들이고 전차사는 고동을 불었다. 아즈나는 그 고동 소리에 고개를 들었다. 석양이 지는 강, 저 강에서 먼 옛날 그녀와 헤어졌다. 죽음은 고통스러웠고 이별은 괴로웠다. 그러나 그 모든 것을 받아들여서라도 하고 싶은 일이 있었다.

아즈나는 조용히 중얼거렸다.

"신이시여, 그것은 불공평합니다. 그녀만이 영원히 자라지 않고 영원한 슬픔을 안고 살아야 한다는 것은. 저는 그녀의 완전한 행복을 원합니다."

그것은 쉬카르데의, 그리고 아즈나 그 자신의 마음이었다.

6장 대전쟁 아즈나

이날 '아즈나' 라는 이름은 감히 누구도 넘볼 수 없는 엄청난 공포가 되어버리고 말았다. 모든 사라마유 인들은 이 이름을 떠올리며 몸서리를 쳤다. 이노아는 승리를 확신했고 사라마유는 히말라야의 눈보다 차가운 패배의 공포를 느꼈다. 사라마유의 병사들은 다치고 찢어진 몸과 마음을 안고 막사로 돌아오며 중얼거렸다.

"이노아에 아즈나 왕이 있는 한 우리에게는 희망이 없다."

특히 이날 밤은 탄타마사의 형제들에게 더없이 고통스러운 밤이 되고 말았다. 생사를 넘나들던 마호다니는 새벽이 오기 전에 결국 야마의 부름을 받았다. 그는 죽기 전 정신을 되찾고 형제들을 알아보았다. 그는 자신을 둘러싸고 있는 형제들의 이름을 하나씩 불렀다.

"사바르니, 다나, 아반티, 아디토야."

그는 이 자리에 없는 형제의 이름 또한 불렀다.

"잔드라."

둘째는 언제나 강하고 용감했다. 형제들은 그의 입에서 이처럼 나직하고 약한 목소리가 흘러나오자 참지 못하고 눈물을 흘렸다. 죽어가는 마호다니만이 울지 않았다. 그의 목소리는 간신히 들릴 만큼 나직했지만 한마디 한마디가 또박또박하고 분명했다.

"모두들 잘 들어라. 나는 너희가 전장에 있던 한낮에 정신이 들었단다. 그때 홀로 죽어야 한다는 생각에 너무도 두려웠다. 너희를 기다리던 몇 시간 동안 너무나도 무서운 시간이 흘렀다. 내 일생만큼의 시간을 느꼈지. 나는 차라리 창에 꿰뚫리고 무시무시한 독에 죽는 편이 나았으리라 생각했다. 그러나 갑자기 깨달았다. 두려움에 가득 찬 시간에는 끝이 존재하지 않는다는 걸.

그 무엇도 두려워하지 말아라. 세상에는 두려워할 것이 아무것도 없다. 가장 두려운 것은 바로 두려움 그 자체이다. 그것만 극복한다면 정말로 그 무엇도 자신을 해칠 수는 없다. 죽음 또한 마찬가지, 결코 두려운 것이 아니다."

형제들을 보는 마호다니의 눈은 맑았다.

"이제 나는 크샤트리아의 지옥에 간다. 그리고 그 지옥을 거쳐 천국에 갈 것이다. 나는 이제 그 천국이 어떠한 곳인지, 나 자신이 누구였는지 알겠다. 우리는 위대한 루드라의 여섯 아들들, 그 하나하나가 잔드라, 마호다니, 다나, 아반티, 아디토야라 불리는 여섯 물줄기 그 자신들이다. 나는 단지 너희보다 한 발자국 먼저 생의 임무를 마치고 본연의 자리로 돌아가는 것일 뿐, 언제나 우리는 하나로 이어진 존재들이니 지금 나는 너희와의 헤어짐이 조금도 슬프지 않다. 두려움 없이 싸워라. 우리가 다시 만날 날까지."

마호다니는 말을 마치고 빛나는 눈으로 형제들을 돌아보았다. 그는 모든 형제들을 한 번씩 바라본 후 눈을 감고 이 자리에 없는 형제 또한 보았다. 그는 잠시 후 잠들 듯 야마의 세계로 떠나갔다.

형제들 중 가장 강했던 둘째의 죽음에 사바르니를 비롯한 형제들의 슬픔은 대단했다. 맏이 잔드라를 탄타마사에 두고 떠난 후부터 동생들은 둘째를 의지했고 따랐다. 하늘이 무너지는 슬픔이었다. 마호다니가 죽으며 남긴 말들도 그들의 슬픔을 덜어줄 수는 없었다. 아니, 그 수수께끼 같은 말들은 오히려 그들의 마음을 더욱더 아프게 만들었다.

사바르니는 살아 생전 언제나 다투기만 했던 형의 얼굴에 자신의 볼을 부비며 목놓아 울었다.

"내생에 다시 만난다 한들, 지금 형이 없는 고통은 어떻게 견디어야 하는 것이지?"

아디토야는 그 자신도 울며 다른 형제들을 위로했다.

"형은 원하던 대로 크샤트리아답게 죽었지. 우리는 그에 대해 기뻐해야 해."

그러나 그 말은 깊은 슬픔 앞에 자기 자신조차 납득시키지 못했다. 아디토야는 문득 죽은 사나가 마지막으로 남긴 말을 떠올렸다. 그를 잃은 슬픔도 컸으나 지금 친혈육을 잃은 슬픔에 비할 수는 없었다.

쌍둥이들은 울다 지쳐 완전히 기력을 잃은 채 죽은 형제의 손발을 만지며 애도했다. 특히 다나는 어릴 때 마호다니의 거처에서 함께 지냈던 터였다. 그는 소리없이 울며 마호다니의 손을 놓을 줄 몰랐다.

다음날, 동이 튼 후에도 세상은 어두웠다. 구름이 태양을 가려 날이 흐리고 금방이라도 비가 내릴 듯했다. 형제들은 모두 눈물을 씻고 전차에 올라탔다. 그때 다나가 돌연 입을 열었다.

"오늘 내 목숨을 걸고 아즈나 왕에게 복수하겠다."

이 맹세는 그의 형제들을 비롯하여 모든 사람들을 놀라게 만들었다. 그 누구도 아즈나 왕의 앞을 막아서지 못하는 지금 형의 복수를 하겠다니! 다른 누구보다도 아반티가 놀랐다. 그는 쌍둥이 형을 만류하고 또 만류했다. 둘째 형에 이어 다나조차 잃어버릴 것을 생각하니 그의 가슴이 부서지는 듯했다.

그러나 다나는 복수를 결심하고 완전히 평정을 되찾은 터였다. 그는 담담하게 자신의 쌍둥이에게 말했다.

"싸움은 우리의 의무이고 적에 대한 복수는 우리의 권리이다. 아반티, 내가 죽음을 두려워한다면 그야말로 나는 부끄러운 존재가 되겠지. 그러나 나는 결코 죽음을 두려워하지 않아. 두려움 그 자체도 두려워하지 않겠어."

결국 눈물 섞인 만류도 다나의 마음을 바꾸어놓지는 못했다. 아반티는 슬픈 눈으로 그의 형제를 보았다. 그들은 일생 서로가 서로를 존중하고 아끼며 이제껏 의견 충돌이 적었다.

'다나, 나는 너와 일생을 함께할 줄 알았다. 그러나 결국 우리의 삶은 이런 식으로 갈라지는구나. 나조차 너의 마음을 돌릴 수 없는 순간이 오는구나.'

"다나, 그렇다면 내가 너의 전차를 끌겠어."

적어도 마지막은 지켜보고 싶다는 말을 속으로 넘기며 아반티가 말했다. 그 말에 다나는 쓴웃음을 지으며 물었다.

"만약 아비뉴아 왕이 깨어나서 너를 찾으면 어찌하지?"

아비뉴아는 어제 전차에서 떨어진 이후 줄곧 기절한 상태였다. 분명 차크라를 일발의 차이로 피했음에도 큰 충격을 받은 듯했다. 깨어나지 않는 왕에 대해 모든 사라마유 인들이 크게 걱정하고 있었다.

아반티는 이에 천천히 고개를 저어보였다.

'내가 애당초 그의 전차사가 된 것도 이 전쟁에 참가한 것도 다나, 너의 목숨을 아비뉴아에게 빚졌기 때문이었지. 네가 죽는다면 더이

상은 그에게 빚진 것이 없는 셈이다.'

고개를 젓는 아반티의 눈에서 눈물이 떨구어졌다. 다나는 더이상 말하지 않고 전차에 올라탔다. 아반티는 눈물을 닦고 전차에 올라 말을 몰기 시작했다.

이노아 군의 사기는 어제에 이어 여전히 높았고 그 일선에는 아즈나 왕이 있었다. 다나와 아반티는 곧 아즈나 왕의 전차와 마주쳤다. 아즈나는 더이상 차크라를 휘두르고 있지 않았다. 그는 창과 바즈라를 번갈아 사용하며 적들을 물리쳤고 그 위력은 어제보다는 못해도 적들을 공포에 떨게 하는 데 부족함이 없었다.

다나는 그 앞에 나아가 당당히 외쳤다.

"나는 바수와 야요드얀의 아들 다나! 이노아의 왕 아즈나여! 나의 형 마호다니의 원수를 갚겠다!"

아즈나는 똑같이 생긴 두 쌍둥이를 돌아보았다. 여섯 형제들 중 이 두 사람의 얼굴이 가장 리무와 닮아 있었다. 아즈나는 바즈라를 든 손에 힘을 주었다.

'너희 모두가 한때 나의 아군으로 그와 싸웠다. 그로부터 단 일 년 만에 너희 모두가 나의 적이 되었다. 나는 그녀를 잃으며 탄타마사 라는 아군 또한 잃었지.'

아즈나는 이 탄타마사 형제들의 실력을 알고 있었다.

'너희 모두가 강하다. 그러나 나, 그리고 그보다는 강하지 못하다. 너희는 여섯 모두가 그와 싸웠음에도 불구하고 살아남았다. 그것은 그가 너희들을 살려주었다는 것을 뜻하겠지. 그는 너희를 살려주고 나는 너희를 죽인다. 이것이 운명일까?'

아즈나는 바즈라를 들었다. 이 바즈라로 며칠 전 마호다니의 가슴 을 찔렀다. 순간 어떤 결심이 생겼다.

다나가 한치의 두려움도 없이 용감하게 그에게 다가왔다. 그는 자신의 키만 한 검을 들어 아즈나에게 대들었다. 아즈나가 검을 피하며 바즈라의 날을 휘둘러 다나의 손목을 베려할 때였다. 갑자기 아반티가 둘의 사이에 끼어들었다. 다나의 손목을 베야 했던 바즈라는 아반티의 팔에 긴 상처를 남겨놓았다. 다나는 그것을 보고 외마디 소리를 지르고 자신의 쌍둥이를 꾸짖었다.

"이게 무슨 짓이냐, 아반티!"

일단 다나의 전차는 뒤로 떨어졌다. 아반티는 팔의 아픔을 참으며 한손으로 전차를 몰았다. 다나는 연거푸 외쳤다.

"이것은 나와 아즈나의 대결이다! 아반티, 너라도 승부를 방해할 수는 없어!"

말을 마친 그는 활을 들어 시위를 당겼다. 다나의 깨끗하고 세찬 화살이 아즈나에게 날아들었다.

그때 아반티는 아즈나가 이상한 행동을 하는 것을 알았다. 다나의 화살은 강하다. 그러나 분명 아즈나라면 바즈라를 휘둘러 그 화살을 막을 수 있을 것이었다. 하지만 아즈나는 그리하지 않았다. 그는 화살을 그대로 두었고 다나의 화살은 아즈나의 왼팔을 꿰뚫었다.

다나는 상대에게 틈이 생긴 것을 알았다. 그는 검을 들고 고함을 지르며 그대로 아즈나에게 덤벼들었다. 두 전차와 전차가 부딪쳤다. 다나가 아즈나의 목을 베려 달려들자 아즈나가 화살이 박힌 팔 그대로 바즈라를 던졌다. 검날이 아즈나의 목에 닿기 전 바즈라의 날이 먼저 다나의 목을 꿰뚫었다.

"다나!"

아반티는 순간 고삐를 놓고 일어서서 다나의 몸을 안아들었다. 고삐 풀린 말들은 제멋대로 아즈나의 전차를 지나 질주했다. 아즈나의 전차는 그들의 전차를 뒤로 하고 앞으로 전진했다. 아즈나는 팔에 박힌 화살을 스스로 뺐다.

아반티는 다나의 몸을 안고 전차 위에서 쓰러졌다. 그는 그대로 격한 슬픔을 이기지 못하고 기절해버린 것이었다.

다나가 죽었을 때 사바르니와 아디토야 또한 살이 찢기는 듯 갑작스러운 고통을 느꼈다. 그들은 전투를 멈추고 쌍둥이들을 찾아 헤맸다. 그들은 도중에 만나 함께 사자가 그려진 아즈나 왕의 깃발을 찾아내었다.

둘은 동시에 아즈나의 전차 앞으로 뛰어들었다.

"다나 형은 어디에 있습니까?"

"아반티는 어디에 있느냐?"

아즈나는 형제들의 새파랗게 질린 얼굴을 보며 대답했다.

"한 명은 나의 손에 죽었다. 다른 한 명은 아직 살아 있고 그의 전차는 남쪽으로 갔다."

이에 막내는 전차 위에서 비틀거렸다. 하루 사이에 두 명의 형제를 잃었다는 사실이 믿겨지지 않았다. 그때 사바르니가 외쳤다.

"아디토야! 가서 아반티를 데려오너라!"

아디토야는 순간 온몸에 소름이 끼치는 것을 느끼며 사바르니를 돌아보았다.

'설마 형이 아즈나와 싸울 생각은 아니겠지?'

두 형제의 눈이 마주쳤다. 사바르니는 천천히 고개를 저었다.

"너의 슬픔은 나의 슬픔이다. 아디토야, 나를 믿어라. 아반티만은 살려서 잔드라 형에게 돌아가자."

이 말에 아디토야의 마음이 금새 가라앉았다. 막내는 쏟아져내리는 눈물을 씻고 전차사에게 명해 남으로 향했다.

아디토야의 전차가 떠나간 후에도 사바르니의 전차는 계속해서 아즈나의 전차를 가로막고 서 있었다. 아즈나가 차갑게 물었다.

"도전할 생각이면 활이든 검이든 들어라!"

그러나 사바르니는 고개를 저었다. 그는 아즈나의 왼팔을 보며 입을 열었다.

"아즈나, 너에게 한쪽 손이 남아 있다는 사실이 원망스럽다. 네가 이 세상에 태어났다는 사실조차 원망스럽다."

아즈나는 잠시 그를 묵묵히 보며 상대가 지금 격한 슬픔에 제정신이 아님을 알았다. 그는 대꾸하지 않고 자신의 전차사에게로 고개를 돌렸다.

"전차를 몰아라."

그의 전차가 사바르니의 전차를 스쳐갔다.

갑자기 사바르니가 고개를 들었다. 아즈나를 바라보는 그의 눈이 타오르는 듯했다.

"너는 분명 인간이 아니다! 세상 그 어떤 인간이 천신의 아스트라를 찢을 수 있느냐? 너는 천신이거나 아수라이다. 결코 인간일 리 없다!"

외치는 그의 눈에 갑작스러운 눈물이 맺혔다.

"이 세상에 너를 태어나게 한 운명이 원망스럽다. 신들이 원망스럽다."

이에 아즈나는 나직이 대꾸했다.

"원망이 너만의 몫인 줄 아느냐?"

사바르니는 몰랐으나 아즈나의 마음 또한 끝없이 고통스러웠다.

'그에게는 주어졌던 기회가 나에게는 주어지지 않는다. 그녀의 혈육인 너희를 죽이는 것은 나의 몫인가.'

말을 마친 아즈나는 사바르니의 전차를 지나 사라마유의 진으로 향했다. 사바르니는 잠시 눈물을 쏟은 후 전차사에게 명했다.

"남으로 가자."

아디토야는 막 아반티의 전차를 발견한 참이었다. 전차사 없이 마음대로 날뛰고 있는 말들을 진정시키는 데 오랜 시간이 걸렸다. 간신히 말들을 다독인 후 멈춰선 전차를 살펴보니 아반티가 다나의 시체를 꼭 껴안고 쓰러져 있었다.

아디토야는 아반티를 흔들어 깨웠으나 형은 일어날 줄을 몰랐다. 혹시나 해서 가슴에 귀를 갖다대었으나 다행히 심장은 뛰고 있었다. 순간 눈물이 왈칵 솟구쳤다. 막내는 아반티를 우선 자신의 전차에 옮긴 후 죽은 다나를 살폈다. 이미 심장은 멎었으나 그의 목에서는 아직도 피가 흐르고 있었다. 아디토야는 그 피를 정성들여 닦아주었다.

고개를 들어 하늘을 보니 태양은 구름 뒤에 숨은 채 사방이 어둑어둑했다. 아디토야는 그를 보고 흘러내리는 눈물을 닦으며 중얼거렸다.

"오후가 될 때까지만이라도 좋아. 제발 비는 내리지 말아다오."

그는 죽은 형을 안고 끝없이 애도했다. 그와 함께 했던 추억들이 막내의 마음을 더없이 슬프게 만들었다. 그는 오열하며 중얼거렸다.

"사나의 말이 옳다. 정말로 그의 말이 옳아. 크샤트리아라는 것은 얼마나 바보 같은 족속들인가. 타인의 소중한 사람들을 죽이고 자신의 소중한 사람들을 뺏기는 족속들, 미친 짓이다. 우리는 미친 춤을 추고 있구나."

그때 사바르니의 전차가 다가왔다. 아디토야의 눈물로 인해 사바르니의 눈물이 말랐다. 그는 막내를 위로하여 달랜 후 죽은 다나를

자신의 전차에 태웠다. 둘은 기절한 아반티와 함께 사라마유의 막사
로 되돌아갔다.

  이날 오후로 접어들며 주위는 점점 더 어두워져갔다. 짙은 안개가
강변에 내려앉으며 마지막 햇살조차 가려버리니 옆에 있는 전차가
적인지 아군인지 분간할 수 없을 정도로 사방이 어두워졌다. 사방이
온통 캄캄해지자 말들은 불안한 듯 울음 소리를 내며 앞으로 나아가
려 하지 않았다. 보병들 또한 한치 앞도 보이지 않는 상황에서 난감
해하며 발을 멈췄다.

  이윽고 안개에 이어 세찬 비가 내리기 시작했다. 대기를 찢는 빗
소리에 나팔이나 고동 같은 전쟁 악기의 소리가 모조리 묻혀버렸다.
비에 젖어 무거워진 기의 무게를 감당하지 못한 깃대들이 하나 둘씩
부러져나갔다. 더이상 화살이 공중을 날지 못하고 창을 던질래야 상
대가 보이지 않을 정도로 짙은 어둠이 전쟁터에 깔렸다. 마침내 양
군은 전투를 멈추고 막사로 되돌아가며 수근거렸다.

  "지금은 비가 내릴 시기가 아니다. 이는 신께서 이 전쟁을 노여워
하신다는 뜻이다."

  이날 폭우는 밤새도록 쏟아졌다. 병사들은 막사 안에서 다치고 지
친 몸을 쉬었다. 특히 사라마유 장수들이 한숨을 돌렸다. 그렇다 해
도 그들에게는 쉴 시간도 없었다. 장수들은 곧장 회의를 열어 폭우
가 멈춘 뒤 어떻게 이노아 군을 상대할 것인지 의논을 거듭했다. 그
들의 얼굴은 하나같이 밝지 못했다.

  그때 라아크리가 왕의 거처를 방문하고 돌아오자 다른 장수들이
다투어 물었다.

  "폐하께서는 아직도 깨어나지 않으셨습니까?"

라아크리가 고개를 끄덕이자 모두들 실망했다. 아비뉴아 왕은 벌써 이틀째 깨어나지 않고 있었다.

폭우는 다음날 저녁에야 완전히 멎었다. 일단 비가 멈추자 구름 한점 없이 맑게 개인 밤하늘이 모습을 드러냈다. 그러나 하늘과 대조적으로 땅의 모습은 처참하기 그지없었다. 병기와 시체들의 일부는 빗물에 휩쓸려 강에 떠내려갔으나 남아 있는 시체들이 썩어가는 악취가 코를 찔렀다.

아비뉴아는 그날 저녁 깨어났다. 그가 깨어나자마자 기다리고 있던 신하들이 왕에게 달려왔다. 그러나 아비뉴아는 그들 모두를 일단 밖에서 기다리게 했다. 그의 몸도 마음도 부서질 듯 고통스러웠다. 기절하기 직전 겪은 고통을 생각하니 소름이 끼쳤다. 두 번 다시 겪고 싶지 않은, 아니 떠올리기조차 싫은 고통이었다.

'일발의 차이다. 운이 좋아 간신히 목숨을 구했을 뿐이야. 도대체 그 무기는 무엇이지? 내가 그 무기를 든 아즈나를 상대할 수 있을까?'

아즈나가 사용하던 차크라를 생각하자 마음이 싸늘해졌다.

'아즈나는 비슈누의 아스트라를 사용하지 않았다. 그 무기 자체가 비슈누의 아스트라와 동격의 힘을 가지고 있는 것이다. 그렇게밖에 설명할 수 없다.'

그는 자리에 누운 채 자신의 두 팔을 들어서 바라보았다. 지금에서야 아비뉴아는 자신이 경솔했음을 알았다. 그는 비참한 기분으로 생각했다.

'나는 아즈나가 손을 자른 그 순간부터 내가 우위에 있다고 생각했다. 그러나 이제야 알겠다. 그것이 얼마나 어리석은 생각이었는지. 아즈나를 죽이지 않는 이상 결코 이 전쟁에서 승리할 수 없다.'

아비뉴아는 간신히 일어서서 자리에 앉았다. 그 대수롭지 않은 행동에도 온몸이 타들어가듯 아파왔다. 두 위대한 힘이 충돌했다. 그힘들을 견디어내기에는 너무도 연약한 인간의 육체였다.

이제 아비뉴아는 아즈나에게 활을 쏘기 직전, 자신을 엄습했던 그감정에 대해 생각했다. 그것은 두려움이었다. 그와 자신이 한 영혼이라는 사실을 알게 되었을 때 자동적으로 떠오른 공포감이었다.

'나는 지금 아즈나를 죽이는 것이 두렵다. 그를 죽인다는 행위는나 스스로를 죽이는 행위와 마찬가지. 그때 그 망설임만 없었더라도아즈나를 죽일 수 있었을지도 모른다. 스스로 선택한 망설임이 결코아니다. 내 혼이 내 육체를 지배한 결과이다.'

아비뉴아는 빈손으로 허공을 움켜쥐며 중얼거렸다.

"지금 나는 그를 죽일 수도 없고, 죽이고 싶지도 않은 것이다."

온몸이 부들부들 떨렸다. 그는 주먹을 쥔 채 고개를 떨구었다.

'이제 어떻게 해야 좋을까? 내 마음의 두려움을 없앤다 해도 차크라를 든 아즈나는 강하다. 결코 그를 이길 수 없을 것이다. 이는 용기의 문제가 아니다. 설령 시바의 아스트라를 쏜다 하여도 나에게는승산이 없다.'

"머저리 같은 녀석."

아비뉴아는 스스로를 비웃었다.

'그가 순순히 죽어주지는 않을 거라는 걸 익히 알면서도 네가 당연히 살아남을 것이라 생각했느냐? 아비뉴아, 네 이름만을 믿은 것이냐? 그가 지금 가진 힘의 대가가 죽음이라면 나의 대가는 무엇이지? 그리 편하게 생을 얻을 수 있다 생각한 것이 오산이다.'

그때 문득 옛이야기가 머리를 스쳤다. 그것은 두 개의 머리를 가진 새 이야기, 먼 옛날 이노아의 왕자 카르타가 들려주었던 이야기였다.

'아즈나, 네가 원하는 것은 너와 나 둘 모두의 죽음이냐?'

갑자기 마음이 가라앉았다. 아비뉴아는 쓰러지듯 자리에 누웠다.

'아니, 결코 그럴 리는 없다. 아즈나, 아즈나, 나는 누구보다도 너의 마음을 안다. 네가 나의 마음을 알 듯, 우리는 결코 그녀를 홀로 이 세상에 내버려두지는 않아. 아비뉴아, 그를 죽이는 것만 생각해라. 이 전쟁에서 이기는 것만을 생각해라. 더이상의 물러섬은 없다. 선택받은 자라면 이름에 걸맞게 행동해라. 그의 고통을 생각해서라도 나는 그를 죽여야만 한다.'

"카르타에게 가자."

아비뉴아는 중얼거리며 아즈나의 형을 떠올렸다. 옛날 아쉬바메다의 제물을 되찾으러 국경을 넘어 이노아의 진영에 쳐들어갔을 때의 기억이 떠올랐다. 당시 그가 자신과 아즈나 사이를 가로막았을 때 받았던 느낌을 되새겼다. 모닥불에 비친 카르타의 붉은 얼굴과 미소를 생각했다. 카르타는 시바의 아스트라조차 통하지 않는 상대였다. 자신은 본능적으로 그 사실을 알았다.

'그러면 나의 의문을 해소해줄 수 있을 것이다. 이제야 나는 카르타가 누구인지 알 것 같다. 아마도 그는 최고의 신, 그 자신일 것이다.'

여기에 생각이 미쳤을 때 실타래가 풀리듯 생각이 풀려나가기 시작했다. 분명 리무의 이야기 속에 위대한 유지의 신 비슈누가 등장했다. 그가 아즈나의 영혼을 환생시켰다.

"비슈누, 그는 세상의 모든 생명과 법칙, 운명을 유지시키는 신, 그 어떤 생명도 그의 위대함에 앞설 수 없다. 그는 세상의 정의가 깨어질 때 모습을 나타내고 일어나야 할 모든 일들이 일어나도록 연결

짓는다. 그것이 그의 위대함."

아비뉴아는 천천히 일어섰다. 그의 눈이 결심으로 빛났다.

"그래, 그를 만나보는 게 좋겠다."

이후 그의 허락이 떨어지자 신하들이 막사 안으로 들어왔다. 아비뉴아는 그들에게 전쟁의 상황을 들었다. 모든 것이 사라마유에게 불리하게 돌아가고 있었다. 자신이 정신을 잃은 사이 아즈나가 얼마나 큰 활약을 했을지는 보지 않아도 뻔한 일이었다.

라아크리가 여기에 암울한 예측을 덧붙였다.

"폐하, 다만 쏟아진 폭우가 우리 편이 되어주었습니다. 그렇다 해도 떨어진 사기는 돌이킬 수 없고 당장 내일 다시 전투가 시작되는 것이 두려울 뿐입니다. 이대로 패배가 이어진다면 그 결과는 돌이킬 수 없는 것이 될 것입니다."

아비뉴아는 무거운 표정으로 그의 말을 들었다. 그는 장수들을 돌아보다가 물었다.

"탄타마사의 왕자들은 어디에 있느냐?"

이에 한 장수가 둘째 왕자 마호다니의 죽음과 넷째 왕자 다나의 죽음을 왕에게 고했다. 그들의 죽음을 알게 되자 아비뉴아는 참담한 기분이 들었다.

"아즈나 왕이 마호다니 왕자에 이어 다나 왕자까지 죽였구나."

그는 자신의 손이 가볍게 떨리는 것을 느꼈다.

'결국 이 손으로 리무의 오빠들을 지키지 못했다.'

그때 아비뉴아는 데바누와 눈이 마주쳤다. 데바누는 위로하듯 고개를 끄덕여 보였고 이에 아비뉴아는 다소나마 기분이 가라앉았다.

'아즈나, 그러나 이걸로 끝이다. 이제 단 한 명도 너의 손에 잃지 않을 것이다. 내일 해가 뜨는 대로 맹세할 것이다. 너의 죽음을!'

아비뉴아는 천천히 입을 열었다. 그는 지금부터 자신이 할 말이 신하들에게 줄 여파를 알고 있었다.

"나는 지금부터 이노아의 막사에 가서 한 사람을 만나려 한다. 곧 돌아올 테니 나를 기다려라."

당연히 모두가 놀랐다. 신하 중 몇몇은 왕이 머리를 다친 것은 아닌지 의심스러운 눈으로 아비뉴아를 바라보았다. 모두가 말렸으나 아비뉴아는 한 마디로 일축해버렸다.

"반드시 만나야 할 사람을 만나는 것이다. 명하니 누구도 반대하지 마라! 나는 이제부터 홀로, 이노아의 진영으로 갈 것이고 다르마에 따라 누구도 무기를 가지지 않은 나를 해칠 수는 없을 것이다!"

그러나 왕의 강경한 발언에도 불구하고 이번만큼은 신하들의 반대도 거셌다. 라아크리가 굳은 얼굴로 나서서 엎드리니 모든 신하들이 그를 따랐다. 라아크리는 한때 아비뉴아의 스승으로 왕인 그라 할지라도 함부로 대할 수 없는 상대였다.

아비뉴아는 이에 속으로 쓴웃음을 지었다.

'이럴 생각은 없지만 외할아버님을 사라마에 모셔두실 잘했다. 외할아버님마저 내 앞을 막으셨다면 아마 내가 뜻을 굽혀야 했을지도 모르겠다. 사실 내가 그르고 그들이 옳은 거다. 이런 상황에 적진에 가겠다는 것이 미친 생각으로 보이는 것이 당연하겠지. 다르마가 가장 무시되는 곳이 바로 전쟁터가 아닌가.'

아비뉴아는 스스로에게 실소했다.

'우스운 일이다. 이런 상황에서 나는 아즈나가 다르마를 지키리라 믿고 있다. 아즈나의 형인 카르타가 나에게 동생을 죽일 가르침을 주리라 생각하고 있다.'

그는 일어섰다. 늘 허리에 차고 있는 검을 풀어 바닥에 던지며 냉정하게 외쳤다.

"나는 갈 것이다. 나의 권위에 반하는 자는 목을 베겠다! 아니, 그 이전에 왕을 믿지 못하는 자들이 여기에 있을 필요가 없다."

아비뉴아는 엎드린 라아크리의 몸이 부들부들 떨리는 것을 보았다. 그는 조금 부드러운 목소리로 덧붙였다.

"나를 믿어라, 너희의 왕을 믿어라."

아비뉴아는 천막을 빠져나가다 말고 데바누와 눈이 마주쳤다. 데바누는 그의 신하가 아니기에 그의 앞에 엎드릴 필요가 없었다. 아비뉴아를 바라보는 그의 시선에는 짙은 의문이 가득 차 있었다. 아비뉴아는 그의 앞을 지나다 말고 멈춰 서서 입을 열었다.

"데바누 왕자, 하바라의 군사를 얼마나 잃으셨습니까?"

데바누가 천천히 대답했다.

"절반을 잃고 아직 절반이 남았습니다."

"더는 그대가 소중한 사람들을 잃지 않도록 하겠습니다. 약속드립니다."

아비뉴아는 그에게 고개를 숙여 보이고 천막을 나섰다.

이후 아비뉴아는 아군의 진영을 빠져나와 적의 진영을 향해 홀로 나아갔다.

아비뉴아 왕이 이노아의 막사에 모습을 드러냈을 때 이노아 인들이 얼마나 놀랐는지는 굳이 설명할 필요가 없을 것이다. 망을 보던 카담 소년이 자신의 눈을 의심하며 소리쳤다.

"아비뉴아 왕이다!"

막사 안에 긴장의 물결이 흐르며 장수들이 일제히 뛰쳐나왔다. 그들이 아무런 제지 없이 아비뉴아가 이노아의 진영 안으로 들어오도록 내버려둔 것은 이 상황이 도저히 이해가 되지 않아서였다.

아니, 이해가 가능한 단 하나의 상황이 있긴 있었다. 그것은 아비뉴아 왕이 사라마유의 패배를 인정하기 위해 홀로 적진에 왔다는 예측이었다. 그 상황이 이해될 정도로 이노아는 이제까지 줄곧 사라마유를 상대하여 승기를 잡고 있었다. 당장 내일 이노아의 승리가 목전에 있다고 해도 과언이 아닐 정도였다.

그러나 아무리 보아도 아비뉴아 왕은 너무나 당당해 보였다. 전쟁터에서 아비뉴아가 얼마나 무시무시한 존재였는지 모르는 이노아인은 하나도 없었다. 그들은 더이상 아비뉴아가 진영 안으로 들어서지 못하도록 앞을 막으면서 끊임없이 그를 탐색했다. 그들 모두가 아비뉴아를 두려워하고 있었다.

그러나 그들 중 한 명은 전혀 꺼려하는 기색 없이 살기를 띄고 벼락처럼 외쳤다.

"무엇 하러 왔느냐?"

무투라는 이름의 장수는 이유시크 왕에게 아버지를, 아비뉴아 왕에게 아들을 잃은 장수였다. 아비뉴아를 보는 그의 시선에는 거센 분노와 고통이 어려 있었다. 그는 당장이라도 손에 든 창을 고쳐 쥐고 덤벼들 기세였다.

그러나 아비뉴아는 담담히 입을 열었다.

"나는 손님으로, 무기를 가지지 않고 이곳에 왔다. 다르마를 아는 자들이라면 나를 손님의 예로 맞으라."

그때 이노아의 양축을 이루고 있다 할 만한 두 명의 장수가 동시에 등장했다. 나라얀과 샤마였다. 그들 또한 뜻밖의 사태에 매우 당혹스러워하고 있었다. 그들은 흡사 괴물을 보듯 뚫어질 듯한 눈으로 아비뉴아를 바라보며 이 일을 어찌 판단해야 좋을지 고심하는 표정이었다.

몇 차례의 눈빛이 오고 간 끝에 나라얀이 입을 열었다.

"사라마유의 아비뉴아 왕이시여, 이곳에 무슨 일이십니까?"

아비뉴아는 다시 한번 같은 말을 좀전보다 분명하게 반복했다.

"나는 무기를 가지지 않고 이곳에 왔으며 아즈나 왕의 형, 카르타를 만나기를 원한다."

이에 나라얀과 샤마는 서로 눈길을 주고받았다. 나라얀과 샤마, 두 사람 모두 아비뉴아를 의심스런 눈길로 살피고 있었다. 나라얀보다 샤마의 눈빛 쪽이 좀더 날카로웠다. 샤마는 전부터 그의 주군인 아즈나의 손이 잘린 것이 아비뉴아의 소행이 아닌가 의심하고 있었다. 아즈나가 그에 대해서는 일절 언급을 금했기에 의문을 풀 수는 없었지만 왕이 스스로 자신의 손을 잘랐다는 소문보다는 신빙성이 있지 않은가 생각했다. 사실, 그런 샤마의 생각은 당연한 것이기도 했다.

"사라마유의 왕이시여, 몹시도 놀라운 행동을 하시는군요."

다소 빈정거리는 어투를 섞으며 샤마는 말을 이었다.

"아즈나 폐하께 허락을 받아야 합니다. 왕께 여쭙고 오겠습니다."

샤마가 지시하자 아까 처음으로 아비뉴아를 발견한 소년이 아즈나 왕의 처소를 향해 나는 듯 달려갔다.

그때 아즈나는 아티마와 함께 있었다. 그는 어린 소년에게 크샤트리아의 권리와 의무에 대해 설명하고 있었다.

"모든 인간은 태어날 때부터 자신의 카르마 안에서 이루어놓은 행적에 따라 권리와 의무를 가지게 된다. 누구도 권리를 포기하지 않는 이상 그 의무를 피할 수 없다. 그러나 권리를 포기한다면 고행을 통해 그를 벗어날 수 있겠지.”

아즈나는 잠시 말을 멈췄다가 이었다.

“나는 권리를 누리며 의무 또한 결코 피하지 않는다.”

아티마는 아즈나의 이야기를 듣다가 물었다.

“폐하, 왜 이런 이야기를 제게 손수 들려주십니까?”

아즈나는 대답했다.

“너는 아버지가 없지 않느냐?”

아티마는 그만 고개를 숙였다. 아즈나는 담담히 그를 바라보았다.

“너는 아버지를 가지지 못했지만, 신의 은총을 받은 자이기도 하다. 네가 이 전쟁의 증인이 되어다오. 내가 이곳에서 이 전쟁을 지배했음을 모두에게 이야기해다오. 나의 존재를 이 세상에 남겨다오.”

아즈나가 막 말을 마쳤을 무렵 카담 계급의 소년이 와서 왕에게 아비뉴아 왕이 찾아왔음을 알렸다. 아티마는 놀라움에 낯빛이 변했으나 아즈나는 그저 싸늘하게 물을 따름이었다.

“그가 자신이 온 이유를 밝히더냐?”

카담 소년은 송구스러워하며 대답했다.

“그는 카르타를 만나겠다고 합니다.”

“그렇다면 그를 카르타에게 안내해라.”

그리고 아즈나는 고개를 돌려버렸다. 카담 소년은 너무도 쉽게 나온 대답에 어안이 벙벙하여 그만 되묻고 말았다.

“그저…… 그를 카르타에게 안내합니까?”

이에 아즈나는 소년을 바라보았다.

“그가 무기를 들고 왔느냐?”

“아닙니다.”

"오늘밤 단 한 사람이라도 이노아 인을 해쳤더냐?"

"아닙니다."

"그렇다면 다르마에 따라 아무리 전쟁중이라 할지라도 그는 손님이다. 또한 그가 카르타를 찾아왔다면 나의 손님도 아니다. 그를 카르타에게 안내해라. 카르타가 그를 만나고 싶다면 그를 만날 것이고, 그를 만나려 하지 않는다면 그를 물리칠 것이다. 그의 선택대로 두어라. 모든 장수들과 병사들에게도 나의 뜻을 일러라. 오늘 밤, 다르마에 어긋난 행동을 하는 자는 모두 목을 베어버리겠다."

카담 소년은 이에 그저 머리를 조아리고 서둘러 밖으로 나갔다.

아티마는 어쩐지 마음이 불안하였다. 그는 왕을 향해 머리를 조아렸고 아즈나는 잠시 뜻밖이라는 듯 소년을 보았으나 이윽고 상대의 머리를 가볍게 쓰다듬어 주었다.

"무엇을 걱정하느냐?"

"도대체 왜 적의 왕이 이곳에 와서 카르타 님을 찾는 것일까요?"

소년의 걱정스러운 물음에 아즈나는 대꾸했다.

"나도 모른다. 그가 카르타를 만나고 싶다면 만나게 놓아두면 되는 것이다."

왕은 갑자기 일어서서 주위를 몇 바퀴 맴돌았다. 아즈나의 목소리는 냉정했으나 아티마는 그의 목소리가 다소 가라앉아 있음을 느꼈다.

"폭우는 그쳤으니 내일은 내가 그와 싸울 것이란 사실은 변하지 않을 거다."

한편, 아비뉴아는 아즈나의 대답이 도착하기를 조금은 초조한 기분으로 기다리고 있었다.

왕의 허락을 받은 카담이 도착하여 왕의 뜻을 알리자 샤마와 나라얀은 조금은 실망하여 서로를 바라보았다. 나라얀은 밤의 차고 건조한 바람이 목에 걸리기라도 한 듯 잠시 기침을 한 후 입을 열었다.

"카르타 님은 강변에 계십니다. 사라마유의 왕이시여, 나를 따라오십시오."

아비뉴아는 잠자코 그의 뒤를 따랐다. 막사를 나와 어둠을 걷는 내내 깊은 침묵이 두 사람 사이를 채웠다.

강변은 더없이 조용하고 달빛만이 강의 표면 위를 미끄럼치고 있었다. 그들이 강변에 다가감에 따라 신을 찬양하는 노랫소리가 가까이 들려왔다. 어두운 강변에 두 그림자가 앉아 있었다. 카르타와 벙어리 소녀였다. 벙어리 소녀는 카르타의 오른쪽에 앉아 아름다운 음성으로 노래를 부르고 있었다. 나라얀과 아비뉴아, 두 사람이 다가가자 그녀는 입을 다물었다.

카르타가 아비뉴아에게 고개를 돌렸다. 어둠 속에서 아비뉴아를 알아보았을 때 떠오르는 햇살 같은 미소가 그의 얼굴에 떠올랐다.

"사라마유의 왕이시여, 적의 진영에 있는 나를 찾아오셨습니까? 놀라운 일이군요. 무슨 일로 오셨습니까?"

아비뉴아는 복잡한 심정으로 카르타를 보았다. 닻빛 아래, 어둠 속 그의 모습이 더없이 평화로워 보였다. 아비뉴아는 그가 자신의 군사들을 사정없이 죽여나가던 모습을 생각하며 자신도 모르게 입술을 깨물었다.

나라얀이 카르타에게 인사한 후 자리를 비켜주었다. 아비뉴아는 카르타의 왼쪽에 앉았다. 그는 카르타를 뚫어질 듯 보다가 입을 열었다.

"카르타, 당신은 위대한 비슈누 그 자신이지요. 그렇습니까?"

카르타는 부인하지 않았다. 그는 시원스럽게 고개를 끄덕이며 대꾸했다.

"그렇습니다. 나는 카르타라는 이름을 가진 아홉번째 화신입니다."

이에 아비뉴아는 물었다.

"비슈누시여, 왜 아즈나에게 신의 무기를 주셨습니까?"

카르타가 잠자코 있는 사이 아비뉴아는 계속해서 말을 이었다.

"위대한 신이시여, 저는 이미 그를 이겼어야 합니다. 아즈나는 그의 손을 자른 그날 밤, 이미 죽은 것입니다. 그러나 당신은 그에게 무기를 주었고 그로 인해 그는 강해졌습니다."

아비뉴아는 꼽추의 얼굴을 똑바로 보며 한마디 한마디 또박또박 입을 열었다.

"위대한 유지의 신이시여, 저는 이 말씀을 드리기 위해 왔습니다. 인간의 일에 더이상 끼어들지 마십시오. 저는 그를 죽여야 합니다. 그를 위해 당신은 그 언젠가 두 개의 머리를 가진 새의 이야기를 들려주시지 않았습니까? 일어날 모든 일을 바로 이끌기 위해, 당신은 이 세상에 현신하신 것이 아닙니까?"

낯선 침묵이 흘렀다. 카르타는 이윽고 온화하게 입을 열었다.

"파멸의 아들이여, 그것은 나의 탓이 아닙니다. 다만 아직까지 유지가 파멸에 의해 깨어질 때가 되지 않았을 뿐입니다."

아비뉴아가 침묵하자 카르타는 말을 이었다.

"그대는 나를 비난하실 수 없습니다. 나는 동생의 소망을 위해 신의 무기를 주었습니다. 그러나 나의 절대적인 공정과 신의 정의에는 변함이 없습니다. 그 무기는 단지 나의 동생 아즈나의 소망을 돕기 위해 쓰일 뿐입니다."

아비뉴아는 힘을 주어 입을 열었다.

"그렇다면 당신의 무기를 깰 수 있는 방법을 나에게 가르쳐주십시오."

카르타는 아비뉴아의 시선을 피해 강물을 바라보았다. 그의 눈이 한순간 쓸쓸하게 빛났다.

벙어리 소녀가 그를 보고 꼽추의 손을 잡아 자신의 얼굴에 문질렀다. 카르타는 그녀의 손을 다정히 잡고 입을 열었다.

"그렇군요. 그리 물으신다면 대답하지 않을 수 없습니다. 당신은 그녀가 당신을 선택한 순간 동시에 얻게 된 것을 손에서 놓지 않아야 합니다. 그 어떤 순간이 다가오더라도 그것을 손에서 놓지 마십시오. 파멸은 창조와 손을 잡을 때에야 본연의 힘을 발휘하게 됩니다. 유지는 그 순간에 저절로 깨어질 것입니다."

아비뉴아는 줄곧 입술을 깨문 채 카르타의 말을 듣고 있었다. 카르타의 말은 풀기 힘든 수수께끼마냥 그의 머리를 채웠다. 그는 돌연 물었다.

"한 가지만 더 대답해주십시오. 이 모든 생은 누구의 뜻입니까?"

카르타는 온화하게 대답했다.

"이 모든 생은 아비뉴아, 당신의 뜻으로 살아가는 자신의 생이 아닙니까? 둘로 나뉘어진 이 생 자체가, 찢겨진 아픔 모두가 당신의 선택이었다고 한다면 당신은 아마 믿지 못하겠지요. 그러나 결국 이 세상에 자신이 선택 못할 것이란 존재하지 않습니다. 모든 행동의 원인도, 결과도 카르마라는 거대한 운명의 순환 속에 존재하는 것이지요."

말을 마친 카르타는 강물에 손을 담갔다가 꺼내어 아비뉴아를 축복해주었다.

"선택받은 자여, 결국 당신은 이 세상을 살아가게 될 것입니다."

축복이 끝난 후 그는 아비뉴아에게서 얼굴을 돌려버렸다. 아비뉴아는 더이상 그와 대화할 수 없음을 알고 일어섰다. 그는 그대로 강변을 걸어 사라마유의 진영으로 되돌아왔다.

돌아오는 내내 아비뉴아는 카르타가 말한 이야기를 몇 번이고 되새겨보았다.

'리무가 나에게 준 것이 무엇이지? 창조와 손을 잡은 파멸이란 무엇을 뜻하지?'

사라마유의 진영에 도착할 쯤에야 아비뉴아는 깨달았다. 리무의 스바얌바라 이후 자신의 것이 된 것이 무엇인지.

그것은 야나가, 제왕 쉬카르데의 활이었다.

왕이 무사히 진영으로 돌아오자 모든 사라마유 인들이 안도의 한숨을 내쉬었다. 아비뉴아는 돌아가자마자 바로 야나가를 찾았다. 그것은 스바얌바라가 끝난 후 리무에게서 건네받은 그대로 붉은 천에 곱게 쌓여 있었다.

'나의 생각이 짧았다. 분명 그녀가 이것을 내게 준 것에는 이유가 있었을 터인데.'

과연 그녀는 무슨 생각으로 쉬카르데의 활을 나에게 주었는가. 아비뉴아는 생각하며 활을 살펴보았다. 아무리 보아도 그것은 그저 크고 낡은 활에 불과했다.

'이것이 비록 권위이고 영광이라 할지라도 실상은 낡은 활에 불과하다. 아직까지 존재한다는 것 자체가 신기할 뿐.'

그는 활을 손에 쥐어보았다. 닳아서 매끄러운 활대의 촉감이 낯설었다.

"야나가, 도대체 너는 무엇이지? 너는 그와 나 사이에서 어떠한 역할을 하는 것이지?"

그러나 이날 밤 아비뉴아는 결국 아무런 결론도 내리지 못하고 활을 쥔 채 잠들었다.

7장 창조와 손잡은 파멸

다음날 새벽, 아비뉴아는 뜻밖의 손님을 맞이하게 되었다. 새벽에 눈을 뜨고 자신의 머리맡에 앉아 있는 낯선 이를 발견했을 때 좀처럼 당황하지 않는 그라 해도 놀라지 않을 수 없었다.

그 기묘한 손님은 어린 소년이었다. 나이는 열 살가량으로 눈매가 부드럽고 지혜로워 보였다. 입고 있는 옷은 구름 빛을 띠고 피부에는 붉은빛이 감돌고 있었다. 새벽의 희미함 속에 소년은 구름을 뚫고 나온 한 줄기 빛인 듯 광채에 둘러싸여 있었다.

비록 놀라긴 했지만 아비뉴아가 아무런 두려움 없이 일어나 앉을 수 있었던 것은 그 소년이 자신을 바라보는 눈빛 때문이었다. 그 눈빛에는 절대적인 평온과 다정함이 담겨 있었다. 그는 아비뉴아에게 다정하게 미소지으며 입을 열었다.

"결국 이리 너와 만나게 되었구나."

이 말에 아비뉴아의 마음이 오히려 가라앉았다. 그는 심호흡을 한 후, 조용히 입을 열었다.

"모든 존재의 아버지이신, 창조의 신 브라흐마여."

소년이 고개를 끄덕였다. 아비뉴아는 그를 바라보다가 자신이 아직까지 활 야나가를 손에 쥐고 있음을 알았다.

"제가 이리 당신을 만나뵐 수 있게 된 것이 이 활 때문입니까? 창조의 신이시여?"

그의 물음에 소년은 다시 한번 고개를 끄덕이며 부드럽게 말했다.

"그래, 그 활은 쉬카르데의 활이었고 너는 쉬카르데, 그 자신이니 그 활을 가진 너를 만나러 온 것이다. 너와의 약속을 지키기 위하여."

"그 약속이 무엇입니까?"

"그 활을 가진 너에게 나의 힘을 빌릴 수 있는 아스트라의 주문을 가르쳐준다는 약속이다. 먼 옛날 내가 너에게 아스트라의 주문을 알려준 그때처럼."

창조신 브라흐마의 온화한 목소리에 아비뉴아는 고개를 숙였다.

브라흐마, 모든 존재의 근원인 그에게서 느껴지는 것은 따뜻함과 부드러움뿐이었다. 그에게서는 끝없는 애정과 관용만이 느껴졌다.

아비뉴아는 옛날 스승 라아크리에게서 세상에서 가장 위대한 세 명의 신, 창조와 유지와 파괴의 신에 대해 배울 때 브라흐마에 대해 들었던 이야기를 떠올렸다.

'왕자님, 이 세상에 우리에게 가장 깊은 애정을 주시는 신은 단연 브라흐마이십니다. 그러나 어찌보면 그분만큼 잔인한 신도 이 세상에 없습니다. 파멸의 시바보다 두려운 분일지도 모릅니다. 이유를 아시겠습니까? 그분은 모든 생명을 사랑하십니다. 그렇기에 자신에게 진심으로 기도하는 자는 그 어떤 존재라 할지라도 그 기도를 들어주십니다. 설령 그것이 세상을 파괴할 힘을 원하는 락샤샤라 할지라도 말입니다.

또한 그분은 스스로 만드신 모든 존재를 너무나도 사랑하여 그 어떤 생명도 죽이지 못하십니다. 브라흐마의 마음에는 선악도, 미추도 없습니다. 그분은 그저 끝없는 사랑, 그 자체이십니다.'

아비뉴아는 마음을 가라앉히고 물었다.

"창조의 신이시여, 제가 당신의 힘을 빌릴 수 있다 말씀하십니까? 제가 그 힘을 얻는다면 가장 먼저 타인을 죽이는 데 사용할 텐데도요?"

브라흐마는 대답했다.

"아비뉴아, 그는 타인이 아니다. 너 자신이다."

"아비뉴아는 가만히 고개를 끄덕였다."

"나는 영원한 생명을 창조하기 위해 비슈누가 만들어낸 '죽음'의 존재를 받아들였다. 모든 것은 순리대로이다. 너 또한 '죽음'으로서 영혼의 진화를 이루어낸 것이다. 기억나지 않느냐, 쉬카르데?"

브라흐마는 빙긋 웃으며 말을 이었다.

"내가 너에게 아수라의 왕을 죽이라 권유했던 사실을."

아비뉴아는 고개를 저었다.

"모르겠습니다. 저에게는 쉬카르데의 기억은 없습니다. 그가 어떠한 생각을 가지고 살아갔는지, 무슨 생각을 하며 죽었는지 저는 기억하지 못합니다. 그저, 그가 남긴 단편의 감정을 가지고 때로는 두려워하고 고통스러워할 뿐입니다."

브라흐마는 다정하게 아비뉴아의 손을 잡았다.

"아비뉴아, 무엇을 두려워하느냐. 그저 네 생을 위해 앞으로 나아가거라. 고통도 슬픔도, 그저 있는 그대로 받아들여라. 옛날 내가 들려주었던 이야기를 떠올려봐라. 행복이라는 것은 불행이 없으면 존재할 수 없는 것이다. 악이 없이는 선이 존재할 수 없듯, 불운이 없으면 행운이 존재할 수 없듯이 모든 것이 빛과 그림자가 있는 법이다. 이런 모든 모순이 존재하지 않는다면 세상에는 가장 엄청난 형벌인 무료함만이 존재할 것이기 때문에. 나는 그래서 너희를 위해 이러한 생을 만들었다, 쉬카르데."

아비뉴아는 고개를 저었다.

"그러나 저는 아비뉴아입니다. 쉬카르데의 기억은 없습니다. 당신께서 들려주셨다는 이야기도 떠오르지 않습니다. 신이시여, 저는 지금 오직 아즈나를 죽일 것만을 생각합니다. 그를 죽일 수 있도록 당신의 힘을 빌려주십시오. 아스트라의 주문을 가르쳐주십시오."

이에 소년은 부드러운 눈길을 보내며 손을 뻗어 아비뉴아의 손을 잡았다.

"이미 너는 그 활로 나의 힘을 빌려 루드라조차 네 앞에 무릎 꿇리지 않았느냐. 그저 그 활을 잡고 시위를 당겨라. 나는 네 곁에 있다. 이제 그 무엇도 너의 앞길을 막을 수는 없을 것이다."

폭우가 끝난 이날 새벽, 어디를 보나 맑은 하늘이 높다랗게 펼쳐져 있었다. 희미하게 동이 터오르기 시작할 무렵에는 시원하고 깨끗한 바람이 불어오기 시작했다. 그러나 전쟁터의 모습은 비참했다. 부패한 시체들의 썩은 냄새는 땅 밑바닥에 깔려 좀처럼 사라지지 않았다. 날이 밝음에 따라 하늘에서 독수리들이 원을 그리며 내려와 구더기들이 눈을 파먹고 있는 부패한 시체를 향해 모이기 시작했다.

이날 날이 밝기 전, 아즈나는 홀로 나와 강변을 거닐다 카르타와 마주치게 되었다. 카르타는 어젯밤의 모습 그대로 강변에 앉아 강물에 부드러운 시선을 던지고 있었다. 그의 품에는 벙어리 소녀가 안겨 잠들어 있었다. 카르타는 강물을 바라보던 그 시선 그대로 아즈나를 보았다.

형의 시선은 아즈나의 마음을 무겁게 만들었다. 아즈나는 시선을 피하며 카르타가 바라보고 있던 강으로 고개를 돌려버렸다.

"쉬카르데의 모든 기억을 되찾았어. 그것이 무엇을 뜻하는지는 형에 더 잘 알겠지."

아즈나는 잠시 입을 다물었다가 조용히 말했다.

"나는 오늘 죽는다, 이 강변에서."

두 형제 사이에서 침묵이 흘렀다. 이윽고 카르타가 벙어리 소녀를 가볍게 강변에 눕히고 일어섰다. 그는 아즈나에게 다가가 동생을 껴안았다. 아즈나는 그의 품에 안긴 채 입을 열었다.

"형을 사랑했어."

그는 생각하다가 중얼거렸다.

"형제들도 가능하면 죽이고 싶지 않았어."

카르타는 나직이 속삭였다.

"알고 있단다. 너는 마음이 여린 아이였지."

이윽고 주위가 밝아오기 시작하자 아즈나는 군사들의 막사로 발길을 돌렸다. 카르타는 벙어리 소녀를 안아들었다. 그러자 소녀는 곧 잠에서 깨어나 카르타의 얼굴을 바라보았다. 카르타는 그녀가 옷자락으로 자신의 얼굴을 문지르는 것을 알고 부드럽게 말했다.

"그렇군요. 나도 알고 있습니다. 내가 울고 있다는 것을요."

이날 맑게 갠 하늘 아래 사라마유와 이노아, 두 나라의 전투가 다시 시작되었다. 시바의 삼지창 형태의 진을 편 사라마유나, 줄곧 비슈누 차크라 진을 고수하고 있는 이노아나 진의 형태나 전술 면에서는 폭우가 쏟아지기 전과 조금도 새로울 것이 없었다. 그러나 군사들의 사기는 이틀 사이에 매우 달라져 있었다.

사라마유는 이제 물러설 곳이 없었다. 군사들은 하나같이 오늘 전투를 승리하여 신의 가호를 사라마유로 되돌려놓겠다는 굳은 의지를 되새기고 있었다. 이노아의 군사들 또한 승리에 대한 집착은 마찬가지였다. 폭우만 아니었다면 벌써 끝났을지도 모를 전쟁이었다. 이번에야말로 승리를 확고히 굳히겠다는 결심은 대단했다.

그러나 무엇보다도 놀라운 것은 양국의 왕인 아비뉴아와 아즈나의 맹세였다. 전투가 시작되기 전 아즈나 왕은 사라마유의 진을 바라보며 입을 열었다.

"오늘 사라마유의 아비뉴아 왕을 죽이겠다."

그때 아비뉴아 또한 돌연한 맹세로 모든 사라마유 인들을 놀라게 만들고 있었다.

"오늘 아즈나를 죽이지 못한다면 내 스스로 목숨을 끊겠다."

아즈나가 맹세를 입 밖에 내고 전차에 올라탈 때, 아티마가 그에게 달려왔다. 소년의 얼굴이 걱정으로 하얗게 질려 있었다.

"폐하, 무사히 돌아오십시오."

아즈나는 가만히 소년을 내려다보았다. 소년의 단정한 얼굴을 보자 아르나는 당부했다.

"아티마, 내가 너에게 어제 한 말을 절대 잊지 말아라."

일출과 동시에 왕의 전차가 앞으로 나아갔다. 시작부터 세찬 전투가 시작되었다. 이노아는 이전의 전투 이상으로 세차게 사라마유를 몰아세웠다. 사라마유 또한 물러설 곳이 없음을 알고 있는 힘을 다해 반격에 나섰다. 양측은 팽팽히 맞선 채 승기는 좀처럼 한쪽으로 기울지 않았다.

이날 정오, 비자야의 시각에 아비뉴아의 전차를 몰고 있던 아반티가 멀리 흙먼지 속에서 아즈나 왕의 전차를 발견했다. 마호다니와 다나, 두 형제를 죽인 장본인을 발견했을 때 짙은 슬픔으로 아반티의 몸이 떨려왔다. 그는 말라붙은 혀를 움직여 비명과도 같은 소리를 냈다.

"그가 있습니다!"

아비뉴아 또한 동시에 아즈나의 전차를 발견했다. 그는 자신의 떨림과 아반티의 흥분을 알았다. 그는 가능한 침착하게 입을 열었다.

"그를 향해 전차를 몰아주십시오."

아반티는 고삐를 힘껏 들었으나 그대로 손을 멈춘 채 좀처럼 말들을 몰려하지 않았다. 그가 손을 멈추자 전차의 말들도 걸음을 멈췄다. 그는 고개를 저으며 슬픔과 고통의 눈으로 아비뉴아를 보았다.

"아비뉴아, 아즈나를 상대한다면 당신 또한 죽을지도 모릅니다. 나는 당신이 죽지 않기를 바랍니다. 어쩌면 그것은 마호다니 형과 다나를 잃어버린 것보다 더 깊은 슬픔을 리무에게 줄 겁니다."

아비뉴아는 이에 조용히 대꾸했다.

"아반티, 전차를 몰아주시오. 나는 그와의 승부를 피할 수 없습니다. 그것이 설령 나의 죽음으로 끝난다 해도요."

그는 잠시 묵묵히 있다가 덧붙였다.

"나는 결코 죽지 않을 것입니다."

아비뉴아는 야나가를 쥔 자신의 손을 내려다 보며 자신에게만 들릴 작은 목소리로 중얼거렸다.

"이제 필요한 것은 오직 절대적인 믿음뿐."

아반티는 아비뉴아의 명에 따랐다.

마침내 아즈나와 아비뉴아, 두 사람의 전차가 마주쳤다. 양쪽 모두 예상했던 만남이었다. 아즈나는 왼손에 차크라를 든 채 아비뉴아를 바라보았다. 아반티가 몰고 있는 전차에 탄 아비뉴아를 본 순간, 섬뜩하고도 잔인한 느낌이 아즈나의 마음을 찔렀다.

'시간이 다가왔는가? 약속된 순간이 다가온 것인가?'

아즈나는 손에 든 원반을 바라보았다. 그 표면에 비친 햇빛이 눈에 닿자 아즈나는 눈을 감았다.

아비뉴아가 그 사이 아즈나 앞으로 나왔다. 아즈나는 곧 눈을 뜨고 아비뉴아를 바라보았다. 둘의 시선이 오랫동안 공중에서 얽혔다. 먼저 입을 연 것은 아즈나였다.

"오늘 너는 야나가를 들고 있구나."

그의 얼굴에 문득 쓴웃음이 스쳤다.

"활을 들어라, 아비뉴아."

아비뉴아가 멈칫하자 아즈나는 되풀이해서 말했다.

"야나가를 들어라. 그것이 더이상 너의 것이 아님을 내가 증명하마."

아비뉴아는 낡고 커다란 적색의 활 야나가를 들었다. 그가 그 활에 시위를 맨 순간 이상한 소리가 울려 퍼졌다. 그것은 마치 여인의 울음 소리처럼 애달프게 하늘을 울렸다. 동시에 시위를 당긴 순간 시위는 그대로 끊어져버렸다. 아비뉴아는 흠짓 야나가를 내려다보았다.

그 모습을 지켜보며 아즈나는 중얼거렸다.

"그 활의 생명은 끊났다. 파우라바의 마지막 왕 쉬카르데가 이미 죽은 것처럼."

아비뉴아는 시위가 끊어진 활을 내려다보며 순식간에 샘솟는 불안과 의심으로 가슴이 터질 듯했다.

'시위가 끊어졌다. 그렇다면, 그렇다면 나는 무엇으로 그를 상대할 수 있는가?'

카르타의 목소리가 떠올랐다.

'그 어떤 순간이 다가오더라도 그것을 손에서 놓지 마십시오.'

아비뉴아는 야나가를 쥔 손에 힘을 준 채 고개를 들었다. 놓지 않으리라. 설령 그 끝이 죽음이라 해도.

'이것은 나에게 닥친 시험이며 나에게 주어진 선택의 순간이다.'

아즈나는 아비뉴아의 눈을 보았다. 아비뉴아의 눈은 굳은 결심을 담고 흔들림이 없었다. 아즈나는 그 눈을 통해 과거의 일을 떠올렸다. 마치 어제의 일처럼 떠오르는 기억이었다. 스스로의 가슴에 검을 찌르고 어두운 강물 속으로 가라앉는다.

아즈나는 원반을 들어올렸다. 세상 모든 것을 베어버릴 수 있는 신의 무기, 그것을 든 그의 눈이 한순간 눈물로 빛났다. 그가 위대한 신의 무기를 치켜든 순간 찢겨질 것을 두려워한 바람이 자취를 감추었다. 태양조차 두터운 구름 뒤로 숨었다. 리무 강변은 삽시간에 어두워지며 바람소리 한점 없이 사방이 고요해졌다. 모든 천신들이 자취를 감춰버린 이곳에 남아 있는 것은 오직 죽음의 야마뿐이었다.

비슈누의 차크라가 하늘로 솟아올랐다. 허공에 커다란 반원을 그리며, 먹이를 노리는 매처럼 쏜살같이 아비뉴아를 향해 날아왔다. 그를 보며 아비뉴아는 활을 들었다. 순간 뱀의 껍질로 이루어진 활대가 꿈틀거렸다. 손끝에 여인의 검은 머리카락으로 이루어진 시위가 또렷하게 느껴졌다.

아아, 그렇다. 그는 이 활로 천신 루드라를 무릎 꿇렸다. 그녀가 원했다면 이 활과 함께 그는 이 세상 누구하고라도 싸웠을 것이다. 자신의 목숨을 지키기 위해.

"세 개의 눈을 가진 마하데바여, 생명, 계율, 이 세상조차 파괴할 수 있는 대천신 시바여, 춤추는 자들의 왕이여, 날개 달린 사자 사르베사여, 창조를 있게 하는 멸망이여. 신조차 반할 수 없는 당신의 절대적인 의지를 나에게 부여하소서!"

시바의 아스트라, 맹렬히 타오르는 태양보다 더 뜨거운 파괴의 힘이 흘러나왔다. 그리고 그것이 끝이 아니었다.

파괴는 언제나 새로운 창조와 이어지는 것, 파괴의 아스트라가 참다운 힘을 발휘하기 위해 동반되는 아스트라의 주문이 저절로 입 밖으로 흘러나왔다.

"창조의 빛이여, 당신의 육체는 대지, 당신의 머리는 하늘, 당신의 광명은 천국이며 당신의 어둠이 지옥이 되리라. 그대의 손에서 이루어진 모든 것은 결코 그대에게서 벗어나지 않으리, 이 세상의 모든 존재를 창조한 그대의 이름을 걸고!"

그것은 브라흐마의 아스트라, 창조의 힘이었다. 창조를 약속한 멸망, 그만이 유지의 힘을 깨버릴 수 있다. 그 절대적인 법칙의 힘이 시위를 놓은 아비뉴아의 손끝에서 날아올랐다. 파괴의 날과 창조의 날개를 단 힘, 시바의 힘과 브라흐마의 힘을 동시에 받은 최고의 아스트라가 세상에 퍼져나갔다.

사방이 대낮처럼 환해지며 모든 그림자와 어둠이 사라졌다. 세상에 존재하는 것은 태양처럼 강렬하고 강물처럼 부드러운 빛뿐. 끝없이 거룩하고 위대한, 모든 존재를 채우고 모든 만물을 포용하는 힘이 시간과 공간을 채웠다.

아비뉴아와 아즈나, 둘 모두의 몸이 전차 위에서 동시에 쓰러졌다. 그들뿐이 아니었다. 그 빛은 계속해서 퍼져나가 강변 전체를 뒤덮었다. 일출이 강변을 덮듯, 아니 그 이상의 신성함이 전쟁터를 덮었다. 그 빛 안에서 살아 있는 모든 생명들이 땅에 쓰러지고 끝없는 고요만이 남았다.

아즈나는 생의 끝이 다가왔음을 알았다. 그는 손을 가슴에 가져가고 길이를 알 수 없는 화살이 자신의 심장을 관통한 것을 알았다. 더 이상 몸은 자신의 생각대로 움직이는 것이 아니었다.

그저 기억만이, 마치 어제의 일처럼 떠오르는 기억만이 그의 몸을 채웠다. 그것은 모든 일의 결과이며 시작이었다.

'변화를 원합니다.'

그것은 자신의 소망이었다.

'저는 그녀와 함께 살아가기를 원합니다.'

창조의 신 브라흐마의 온화하고 부드러운 눈이 자신 앞에 있었다.

'인간의 왕 쉬카르데여, 너는 그 소망을 위해 그만큼의 고통과 죽음을 마주해야 할 것이다. 그리할 수 있겠느냐? 너는 그것을 선택하겠느냐?'

위대한 신이 가르쳐준 미래는 끝이 보이지 않는 고독과 슬픔이었다.

'너는 앞으로 참을 수 없이 괴로운 죽음을 맞을 것이다. 그녀가 너를 찾아 너의 죽음을 원할 것이다. 그때 네 스스로 죽을 수 있겠느냐? 끝도 없는 어두운 강물 속으로, 영원히 빠져나올 수 없을 듯한 절망 속에 스스로 몸을 던질 수 있겠느냐?'

결국 몇 번이고 자신의 선택은 변하지 않았다.

'그렇다 해도 저는 변화를 원합니다.'

아비뉴아가 깨어났을 때 석양이 세상을 덮고 있었다. 그는 눈을 뜨고 처음 바라보듯 자신의 얼굴 위로 떨어지는 붉은 석양에 시선을 던졌다. 그는 천천히 일어섰다.

이처럼 신성한 세상을 본 적은 없었다. 신의 힘이 스쳐 지나간 자리에 남은 것은 오로지 끝없는 경건함뿐이었다. 그 자신 외에 세상에는 서 있는 존재가 없었다. 신의 거대한 힘 아래 모든 존재들이 쓰러졌다.

처음에는 아무것도 생각할 수 없었다. 그는 끝없는 세상만을 보았다. 부드러운 바람에 머리카락이 눈앞을 가리자 손을 들어올렸다. 그 손이 자신의 생각대로 움직여지는 것이 신기했다. 그 행동으로 그는 이 자리에 서 있는 자신의 육체를 기억해냈다.

그리고 그때부터 기억은 한꺼번에 물밀 듯 의식의 표면 위로 떠올랐다. 자신이 누구인지, 이 자리에서 무엇을 하고 있었는지, 왜 그 행동을 했는지, 모든 것을 깨달았다.

그는 걸음을 옮겼다. 잠시 후, 그는 땅에 쓰러져 있는 아즈나의 곁에 있었다. 신처럼 고귀했던 아즈나의 얼굴은 이제 창백해져 있었다. 아비뉴아는 무릎을 꿇고 죽은 아즈나의 얼굴을 가만히 쓰다듬었다.

"너는 나였구나. 정말로 나였구나. 결국 이번 생에서도 나는 나 자신을 죽이고 말았다."

호흡이 별안간 가빠지고 뜨거워졌다. 아비뉴아는 차게 식은 아즈나의 얼굴에 자신의 얼굴을 맞대고 소리없이 울었다.

'네가 기억하는 쉬카르데의 기억이 나에게 가르쳐준다. 처음부터 이 생은 나의 선택, 변화를 원한 나의 마음이 빚은 결과였구나. 그러니 원망할 수도 분노할 수도 없겠지.

아즈나, 다만 슬픔이 내 안에 남았다. 나는 모든 죽음의 끝에 남겨졌다. 죽어간 네 앞에서 내가 나의 고통을 호소할 수 있을까. 그러나 고통스럽다. 너의 슬픔과 고통 모두가 이제는 나의 것이 되었다. 너의 기억은 나의 기억이 되었다. 이 모든 것을 받아들여야 하는 나는 고통스럽다. 자신을 죽였고, 자신에게 죽임당했다. 아아, 아즈나, 아

즈나.'

잠시 뒤, 아비뉴아는 비틀거리며 일어섰다. 그는 진홍빛으로 물드는 강변으로 걸어들어갔다. 물이 허리까지 찼을 때 그는 멈춰섰다. 그 안에서 그는 멀리 해가 지는 광경을 바라보았다.

해가 떨어짐에 따라 슬픔은 차가운 물처럼 그의 내부에서 맴돌았다. 처음으로 리무를 만났을 때 들은 그녀의 이야기를 떠올렸다. 그녀는 자신에게 슬퍼하지 말라고 말하며 망각의 축복을 받아들이라 말했다. 결국 그녀의 말이 옳았다.

'나는 이대로 남은 생을 살아갈 것이다. 모든 것을 망각할 것이다. 먼 옛날 그녀가 가르쳐주었듯 망각은 남은 자들을 위한 것이기에.'

그렇게 그는 예전에 한 번 죽었던 강물에 몸을 맡긴 채 오랫동안 그곳에 서 있었다.

강변에 있던 쓰러진 장수들은 밤이 어두워진 후에야 깨어났다. 가장 먼저 깨어난 것은 탄타마사의 왕자들이었다. 그들 셋은 거의 동시에 정신을 차렸다. 아반티는 깨어나서 주위에 쓰러진 말, 코끼리, 사람들을 보며 놀랐다. 아비뉴아 왕의 모습도 보이지 않자 그는 마음이 급해졌다. 그는 어둠 속을 헤매며 아비뉴아와 자신의 형제들을 찾아 헤매었다.

그는 얼마 후 역시 자신을 찾고 있던 사바르니와 아반티를 만났다. 그들은 보자마자 서로에게 물었다.

"무슨 일이 일어난 것이냐?"

그러나 질문을 던지는 사람만이 있고 그에 대답하는 사람은 없었다.

시간의 흐름에 따라 하나 둘씩 사람들이 깨어 일어났다. 모두들 자신들이 어째서 쓰러져 있는지 몰라 어리둥절하였다.

쓰러진 아즈나 왕을 발견한 것은 그의 전차사였다. 그는 왕의 심장에 꽂혀 있는 화살을 발견하고 미친 듯 비명을 질렀다. 그의 비명에 이노아 인 모두가 놀랐다. 모두들 왕의 전차 주위로 모여들었다.

왕은 죽어 있었다. 그의 몸 길이만 한 화살이 심장을 꿰뚫고 몸은 어둠 속에 돌처럼 굳어 있었다. 뿌리가 베어져 쓰러진 나무처럼 그에게는 더이상의 생명이 없었다.

왕의 죽음이 확인되었을 때 모든 이노아 인이 울었다. 그들은 이 믿기지 않는 사실을 어떻게 받아들여야 할지 몰랐다. 아즈나, 이노프와의 막내로 태어나 왕 중의 왕 이유시크를 죽이고 이노아의 영광을 이룩한 왕…… 그가 죽었다는 것은 말도 안 되는 현실이었다.

샤마를 비롯한 모든 브라흐마나들이 달려왔다. 그들은 어떻게든 몸을 빠져나간 영혼을 되돌리기 위해 애썼다. 성스러운 강물로 몇 차례씩 죽은 왕의 얼굴을 씻고 길고 긴 기도문을 외웠다. 그러나 왕은 죽었다. 그 사실은 결코 변하지 않았다. 싸늘한 몸이 다시 따뜻해질 리 없었다.

결국 그들은 슬픔과 고통에 가득 차 힘없이 막사로 돌아왔다. 그들은 카르타에게 왕의 시신을 전했다. 카르타는 죽은 동생을 안아들고 핏기가 빠져나가 하얗고 창백한 동생의 얼굴에 자신의 얼굴을 문질렀다. 그는 아즈나를 껴안고 속삭였다.

"네가 죽었구나. 나는 네가 태어났을 때부터 너와 함께였다. 네가 갓난아기였을 때 나는 요람 속으로 들어가는 뱀을 목 졸라 죽였지. 네 머리 위로 철로 만들어진 코끼리 상이 떨어졌을 때도 내가 그것을 받아들었다. 그러나 너는 이리 죽었구나. 마치 너와 함께하던 시간이 처음부터 아무 소용이 없던 것마냥 그리 죽었구나."

눈물 흘리며 꼽추는 계속해서 속삭였다.

"그러나 그것들은 소용이 없는 것이 아니다. 맹세컨대 너의 이름은 이 세상에 남을 것이다. 결코 사라지지 않을 것이다. 나의 이름으로 그것을 약속한다, 나의 동생아."

다음날 새벽 이노아는 왕의 장례를 치렀다. 강변에 장작이 쌓이고 길상초가 깔렸다. 그 위에 왕의 시신이 올려졌다. 젊은 왕은 마치 잠든 것처럼 보였다. 이노아 군사들은 죽은 왕을 위하여 노래를 불렀다. 그 노랫소리와 함께 브라흐마나들이 붙인 성화가 밤새도록 타올랐다.

아티마는 카르타의 옷자락을 잡고 서서 울고 또 울었다. 너무 울어 더이상 눈물이 나오지 않을 때 카르타는 그에게 입을 열었다.

"이노아는 왕을 잃었다. 그러나 이노아가 사라지는 것은 아니다. 아티마, 이제 그 책임은 어린 너의 어깨에 놓여졌구나. 아마의 마지막 후손이여……."

처음의 아티마는 카르타의 말뜻을 이해하지 못했다. 그가 그 말뜻을 이해했을 때 카르타는 타오르는 장작 속으로 담담하게 걸어들어가고 있었다. 누가 말릴 틈도 없이 한순간에 일어난 일이었다.

"카르타 님!"

이곳저곳에서 놀람의 고함이 터졌다. 그 고함이 가라앉기도 전에 또 한 사람이 불 속으로 쏜살같이 뛰어들었다. 카르타가 늘 데리고 다니던 벙어리 소녀였다.

아티마는 너무도 큰 충격을 받고 쓰러졌다.

그가 다시 일어났을 때 그는 카르타의 말대로 아마 왕의 피를 이은 마지막 사람이 되어 있었다.

사라마유의 입장에서 볼 때 아즈나의 죽음은 신의 축복과도 같았다. 그러나 장수들은 환호하기에 앞서 왕을 찾아 헤매어야 했다. 그날 밤새도록 그들은 횃불을 들고 전쟁터를 헤매며 왕을 찾았다. 그러나 아비뉴아의 모습은 그 어디에도 없었다.

다음날 어김없이 태양은 떠올랐다. 두 왕의 부재 속에서도 전투는 시작되었다. 이노아는 아즈나와 카르타를 동시에 잃었다. 그들은 지도자의 부재 속에도 최선을 다해 싸웠다. 나라얀과 샤마가 왕이 사라진 이노아 군을 이끌었다.

두 왕이 부재한 전쟁터에서 장수 라아크리가 가장 뛰어난 용맹을 발휘하였다. 그는 아비뉴아가 분명 어딘가에 살아 있음을 굳게 믿었다.

'승리의 함성으로 폐하를 맞이해야 하지 않겠는가.'

그의 아스트라가 하늘을 채우니, 수많은 이노아 장수들이 야마의 부름을 받았다.

이에 샤마가 나서서 그를 상대했다. 그는 뛰어난 궁술 실력을 발휘하여 싸웠으나 어느 순간이 되자 더이상 라아크리를 막아낼 수 없음을 알게 되었다. 샤마는 주위를 살펴보았다. 왕을 잃고 사기가 떨어진 이노아 장수들 중 누구도 라아크리를 상대해내지 못했다. 결국 샤마는 결심했다.

'설령 이 자리에서 내가 함께 죽더라도 그를 죽일 수밖에 없겠구나.'

그때 라아크리의 전차가 땅에 쓰러진 이노아 병사를 밟고 지나갔다. 불가피한 일이었으나 샤마는 일어난 부정을 놓치지 않았다. 그가 다르마파사의 주문을 외우며 밧줄을 던지니 라아크리가 밧줄에 묶인 채 전차에서 떨어져 땅을 굴렀다.

그러나 라아크리는 곧 일어나 불의 신 아그니의 주문을 외우며 법의 밧줄을 끊으려 했다. 그를 본 샤마는 활의 시위를 당겨 움직일 수 없는 라아크리의 머리를 날려버렸다.

샤마가 라아크리를 죽이자 병사들이 환호하며 이노아의 사기가 되살아났다. 그러나 그때부터 아다르마의 반작용이 샤마에게서 눈의 빛과 팔의 힘을 빼앗아갔다. 일단 모든 생기가 사라진 눈과 팔은 더이상 다른 사람의 목숨을 취할 수 없었다. 샤마의 활은 더이상 목표를 맞추지 못했다.

이노아의 장수 비두라가 샤마를 보호하려 했다. 그러나 라아크리의 뒤를 이어 사라마유 전차 부대의 선두에 나선 데바누가 샤마를 놓치려 하지 않았다. 그는 먼저 비두라를 죽이고 샤마에게 화살을 날렸다. 결국 데바누의 화살이 샤마를 죽였다.

그외에도 양측 모두에서 수많은 사람들이 죽었다. 이노아는 왕의 죽음에 충격을 받았으나 아직은 건재했고 사라마유는 적의 왕을 쓰러뜨렸으나 그동안의 패배를 만회하는 데 시간이 필요했다. 그들의 왕 아비뉴아의 부재 또한 사기를 꺾었다. 꼬리에 꼬리를 문 죽음이 계속해서 이어졌다. 이날, 피내음 속에 햇빛이 완전히 사라진 후에야 어느 쪽에게도 승리를 주지 않은 전투가 끝을 맺었다.

아비뉴아 왕은 그 다음날 새벽 사라마유의 진에 나타났다. 왕의 귀환에 사라마유 인 모두가 환호했다. 왕은 지쳐 있었다. 그는 찬양의 노래를 부르는 신하들에게 잠시 미소지었으나 곧 고개를 떨구며 자신의 슬픔을 감췄다. 이틀 동안 어디에 있었는지를 묻는 신하들의 조심스러운 질문에도 그는 그저 머리를 흔들며 입을 열었다.

"정신을 잃고 있었다. 더는 묻지 말아라. 지금은 다시 힘을 되찾았으니 전투에 나갈 것이다. 나의 전차를 끌고 와라."

그때 그의 전차사 아반티가 걸어나왔다. 그는 잠자코 아비뉴아의 발 아래에 가죽으로 된 말채찍을 내려놓았다.

"왕이시여, 제가 이제 더이상 당신의 전차를 몰 수 없게 되었습니다. 당신께 다나의 목숨이라는 빚을 지었지요. 엊그제 그 빚이 사라졌습니다."

말을 하는 아반티의 목소리에서 더할 수 없는 격한 슬픔이 묻어나왔다. 그는 고개를 숙이고 말을 이었다.

"당신께서 저의 원수를 갚아주신 일에 감사드립니다. 그동안의 전투에서 언제나 저를 보호해주신 일 또한 감사드립니다. 이제 저는 스스로 전차를 타고 싸워 승리를 이끌어 당신에게 보답하고 싶습니다. 그리해도 좋겠습니까?"

아비뉴아는 아반티를 물끄러미 보며 고개를 끄덕였다.

"저야말로 당신께 은혜를 입었습니다. 이제 원하신다면 당신의 전차를 몰아 싸우십시오."

왕은 그대로 자신의 오른편에 서 있던 한 신하에게 명했다.

"앞으로 네가 나의 전차사가 되어라."

신하는 즉시 머리를 숙여 왕의 명에 복종했다.

아디토야는 이미 전차에 올라 있었다. 그는 아비뉴아 왕이 무사히 돌아온 것에 안도하다가 아반티가 전차사의 역할을 그만두는 것을 보고 놀랐다. 그는 불길한 느낌을 자신만이 느끼는 것인지 의심하며 사바르니를 돌아보았다.

사바르니는 아반티가 새로운 전차에 활과 무기를 싣는 모습을 잠자코 지켜보고 있었다. 막내의 시선과 마주쳤을 때 아반티는 그저 천천히 고개를 저어보였다.

"아디토야, 어린 시절부터 다나는 아반티를, 아반티는 다나를 너무도 좋아했지. 둘은 한시도 떨어져 있으려 하지 않았다."

사바르니의 가라앉은 목소리에 아디토야도 두 쌍둥이 형들이 얼마나 서로를 아꼈는지 기억했다. 사바르니는 말을 이었다.

"둘이 억지로 떨어진 것은 이게 두번째구나. 옛날 어머니께서 억지로 둘을 떼어놓아 다나는 마호다니 형과, 아반티는 나와 살게 만드셨지. 지금에서야 어머니께서 왜 그리 하셨는지 알 것 같다."

그는 막내에게는 들리지 않게 뒷말을 삼켰다.

'아디토야, 그러나 결국 너와 나는 아반티의 마음을 바꿀 수 없을 것이다. 고국에서 기다리고 있을 잔드라 형이라 할지라도 가능하지 않겠지.'

낡이 밝자 전투가 시작되었다. 아비뉴아는 선두에서 사라마유 군사들을 이끌었다. 이때부터 사라마유는 승세를 잡기 시작했다. 아즈나가 죽은 지금 이노아에서 아비뉴아의 앞을 가로막을 사람은 없었다.

이날, 아반티가 아비뉴아 왕 못지 않은 활약을 펼쳤다. 그의 화살은 야마의 부름이 되어 이노아 장수들의 목숨을 앗아갔다. 아반티는 자신의 생명을 돌보지 않고 적진 한가운데에 서서 적을 죽여나갔다.

그는 적의 목을 베며 잃어버린 형제를 생각했다.

'다나, 나는 네가 죽은 이곳에서 죽을 것이다.'

다나가 죽었을 때부터 이미 아반티의 마음 또한 죽은 것이나 진배없었다. 그 순간 바로 죽지 않은 것은 다나의 복수 때문이었다. 지금, 그 자신이 직접 죽인 것은 아니나 이미 복수의 대상이 사라졌다.

사실 아반티는 몇 번이고 살아야 한다고 마음을 다잡았다. 그는

사바르니를 생각했다. 언제나 자신을 아껴주었던 형이었다. 아디토
야, 착하고 귀여운 막내동생. 또한 멀리서 자신의 귀환을 기다리고
있는 잔드라 형도 있었다. 부모님의 얼굴도 떠올렸다.

그러나 소용없었다. 이미 생을 포기한 마음은 아반티, 그 자신조
차 돌려놓을 수 없었다.

오후로 접어들었을 때 아반티는 이노아의 장수 나라얀와 마주쳐
격렬한 싸움을 벌였다. 아반티의 전투는 조금도 자신을 보호하지 않
을 정도로 격렬하고 무모했다. 결국 나라얀은 왼쪽 팔과 오른쪽 눈을
잃고 물러서고 말았다. 그러나 아반티 역시 부상이 만만치 않았다.

적어도 스무 대 이상의 화살이 그에게 크고 작은 상처를 남겼다.
그러고도 그는 상처를 치료하려 하지 않았다. 전차사의 만류도 듣지
않았다. 멀리서 사바르니가 그를 부르고 있다는 것을 알았지만 싸움
을 멈추려 하지 않았다. 그는 계속해서 세 명의 이노아 장수들과 싸
웠다. 결국 그들 중 한 장수의 창이 아반티의 가슴에 치명적인 상처
를 남겼다.

사바르니의 전차가 달려왔을 때 아반티는 이미 숨을 거둔 후였다.
사바르니는 울지 않았다. 그는 그저 원망의 눈으로 죽은 동생을 바
라보며 속삭였다.

"너는 결국 이렇게 가는구나. 결국엔 다나와 똑같이 우리의 간청
을 저버리고 우리를 떠나는구나."

그는 싸늘히 식어가는 시체를 자신의 전차로 옮겨 막사로 향했다.

그날부터 사바르니는 더이상의 전투를 거부했다. 그는 자신의 활
을 분질러버리고 막사에 남았다. 그날 밤 아디토야는 돌아와 아반티
의 죽음을 알고 깊은 슬픔에 잠겼다.

'결국 형이 죽었구나.'

형제들은 하나하나 자신을 떠나가고 있었다. 그때 사바르니가 입을 열었다.

"아디토야, 이제부터 나는 싸우지 않겠다. 처음부터 나의 무예는 형제들 중 가장 약했지. 이대로 계속 싸우다가는 나 또한 죽을 거다. 그러나 나는 죽고 싶지 않아. 너는 어찌하겠느냐?"

아디토야는 사바르니가 더이상 싸우지 않겠다는 선언을 하자 마음속으로 안도했다. 그러나 그 자신은 이렇게 대답했다.

"나는 아비뉴아를 돕겠다고 약속했지. 형을 대신해서라도 나는 전쟁터에 남겠어."

사바르니는 고개를 끄덕였다.

"그래, 너의 뜻이 그렇다면 그렇게 해라."

셋째는 잠시 침묵했다가 덧붙였다.

"아디토야, 너만은 죽지 마라. 죽음도 고통도 너무나 충분하다. 너마저 죽는다면 나 또한 죽을지 모른다. 잔드라 형에게 아무도 돌아가지 않는 일만은 생기지 않게 하자."

아디토야는 몇 번이고 고개를 끄덕이며 눈물을 닦았다. 다음날부터 전쟁터에는 형제들 중 아디토야만이 홀로 남아 슬픔을 억누르고 끝까지 최선을 다해 싸워나갔다.

이후 전투는 열흘 동안 지루하게 이어졌다. 왕의 죽음으로 구심점을 잃은 이노아 군은 천천히 무너져갔다. 비슈누 차크라 진은 이미 이전에 그 위력을 잃었다. 이노아는 이어지는 전투에서 단 한 차례도 승리하지 못했다. 그에 반해 사라마유 군은 시체를 갉아먹는 벌레처럼 상대의 사기를 갉아먹으며 하루하루 승리를 더해갔다.

마침내 이노아는 열흘 후, 무너졌다. 이 열흘 사이에 이노아에 남아 있는 대부분의 크샤트리아가 죽었다. 승패는 갈라졌다. 이제 남은 것은 아무런 의미도 가지지 못하는 공허한 죽음뿐이었다. 결국 몇몇 남지 않은 이노아의 크샤트리아들이 이노아의 패배를 인정했다.

이노아를 대표해 패배를 선언한 것은 어린 소년이었다. 아티마는 아마의 남은 혈통으로서의 임무를 다했다. 그는 전투의 마지막 날, 이노아의 신하들과 함께 나아가 아비뉴아 왕의 앞으로 나아가 허리를 굽히고 말했다.

"이노아의 패배를 선언합니다."

그러나 어린 소년은 눈물을 참으며 마음속으로 다른 맹세를 하고 있었다.

'결코 이것이 이노아의 마지막이 되지는 않을 것이다.'

아비뉴아는 상대를 보며 그의 마음을 알았다. 그는 잠시 묵묵히 전장을 돌아보았다. 이날까지 그는 너무도 많은 부하들을 잃었고 너무도 많은 사람들을 죽인 그 자신 또한 매우 지쳐 있었다. 시체의 산과 피바다를 바라보며 그는 문득 사라마유 장수 하나를 돌아보며 물었다.

"이 전쟁이 무엇이라 불리겠는가?"

그러자 질문받은 장수가 대답하기도 전에 아티마가 대답했다.

"처음부터, 그리고 마지막까지 이 전쟁은 아즈나라 불릴 것입니다."

모든 사람들이 당황하였으나 아비뉴아는 어린 소년을 향해 고개를 숙여 보였다.

"나의 생각 또한 같다. 이미 불리어진 이름은 되돌릴 수 없지."

이 날로 사라마유와 이노아 사이의 전쟁이 종결되었다. 아즈나 전쟁은 끝났다. 그 끝은 어느 한쪽의 일방적인 승리가 아니었다. 양국 모두 절반 이상의 군사를 잃고 죽음과 고통을 안았다.

이노아가 패배를 선언한 직후, 탄타마사의 형제들이 아비뉴아 왕을 찾았다. 다섯이 참가했던 전쟁에서 셋이 죽고 이제 남은 것은 사바르니와 아디토야뿐이었다. 그들은 아비뉴아에게 승리를 축하한 후 탄타마사로 돌아갈 의사를 표했다. 아비뉴아는 그들에게 말했다.

"원하시는 대로 하십시오. 형제 분들의 죽음을 애도합니다. 여러분들께 지울 수 없는 은혜를 입었습니다. 가까운 시일 내에 마하사라마에 와주실 수는 없겠습니까?"

아디토야가 서글픈 얼굴로 입을 열었다.

"그러지요. 저희는 탄타마사에서 위령제를 마친 후 마하사라마의 위령제 또한 참석하겠습니다."

누구보다도 뛰어난 화술을 자랑하던 사바르니는 이제 더는 말이 없었다.

그러나 떠나기 전 그는 돌연 입을 열었다.

"왕이시여, 탄타마사와 사라마유가 싸우던 전투가 기억납니다. 그때 우리 형제들은 아무도 죽지 않았고, 어쩌면 그것으로 우리 형제들은 당신에게 빚을 진 것이겠지요. 이 전쟁을 끝으로 우리와 당신 사이에는 남는 것이 없습니다."

사바르니는 말을 끊었다가 다시 이었다.

"리무를 잘 부탁합니다. 이제 그 부탁 외에는 드릴 것이 없군요."

형제들이 떠나기 전 데바누가 아디토야를 찾아왔다. 전쟁은 승리로 끝났지만 참혹한 전쟁이 마음을 어둡게 만들어 그의 안색 또한 함께 어두웠다. 데바누는 아디토야가 형제들을 잃은 것을 위로하였다. 아디토야는 가만히 고개를 저었다.

"나는 형제들과 영원히 헤어졌다고 생각하고 싶지 않습니다. 마호다니 형은 죽기 전에 수수께끼와도 같은 말을 남겼습니다. 그는 우리가 루드라의 여섯 아들들이라 하였습니다. 나는 그 말 뜻을 우리들의 인연이 이번 생으로 끊어진 것이 아니란 것으로 받아들이려 합니다."

그러나 아디토야는 결국은 슬픔이 앞서는 듯 괴로운 표정으로 말을 이었다.

"마호다니 형은 나에게 두려워하지 말라고 하였습니다. 두려움에 가득 찬 시간에는 끝이 존재하지 않고 가장 두려운 것은 바로 두려움 그 자체이니까요. 그러나 나는 여전히 내게 남겨진 이별의 고통을 두려워합니다."

그는 데바누에게 물었다.

"당신은 어떻습니까? 당신의 형제가 언제고 당신의 앞에 나타나리라 믿으십니까?"

데바누가 대답했다.

"모르겠습니다. 그러나 당신의 말을 들으니 이상한 기분이 드는군요. 가장 두려운 것이 두려움 그 자체일까요? 나는 가끔씩 사랑했던 형이 나타나 나에게 활을 쏘는 두려운 꿈을 꿉니다. 형이 나타나든 그러지 않든 영원히 그 두려움을 안고 살아갈 것 같습니다."

아디토야가 대답했다.

"나는 당신에게 약속을 했고 언젠가 그 약속이 이루어질 날이 오겠지요."

둘은 서로를 축복한 후 헤어졌다.

훗날 아디토야는 데바누의 나라를 방문하고 그 나라에서 죽게 되나 이것은 아직은 먼 훗날의 이야기이다.

아디토야와 헤어진 데바누는 아비뉴아를 방문하여 승리를 축하하

며 자신도 이제 고국으로 돌아갈 뜻을 밝혔다. 아비뉴아는 그에게
깊은 감사의 뜻을 표했다. 곧 데바누는 하바라의 군사들을 데리고
떠났다.

　얼마 후, 아비뉴아는 남은 사라마유 군을 이끌고 마하사라마를 향
해 북으로 떠났다.

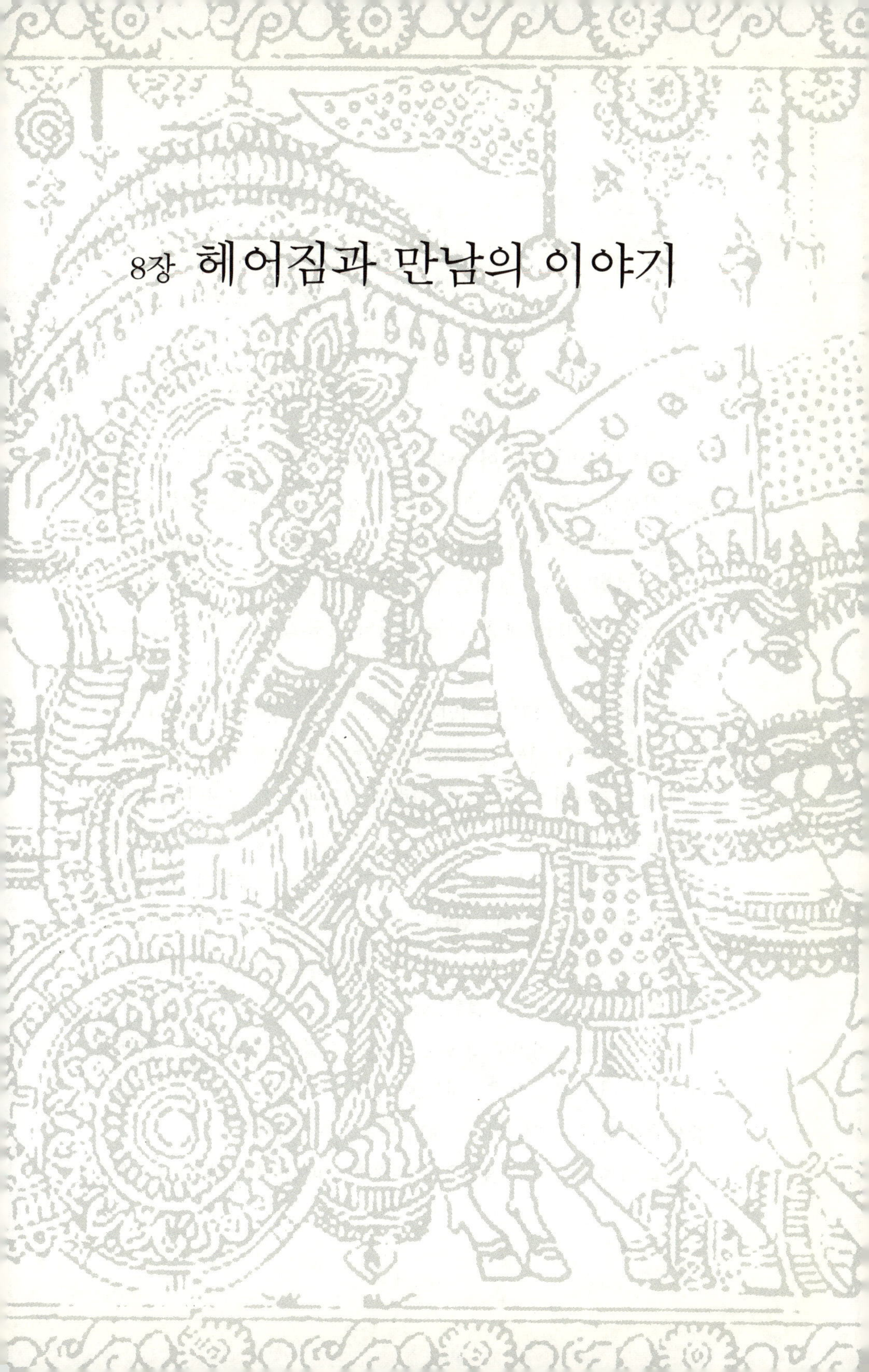

8장 헤어짐과 만남의 이야기

탄타마사에서는 아두르타자스 왕을 비롯하여 모든 왕실 식구들이 전쟁에 나간 왕자들을 기다리고 있었다. 기다림은 고통스러운 것으로 왕제 바수와 그의 아내 야요드얀의 얼굴에서는 미소가 사라진 지 오래였다. 누구보다도 맏이 잔드라의 불안과 고통이 가장 컸다. 동생들을 떠나보낸 후 그는 음식의 맛도 모르고 잠의 포근함도 잊었다.

어느 날, 맏이는 피투성이인 동생들의 시체를 껴안고 목놓아 우는 불길한 꿈을 꾸고 더는 긴 기다림을 참을 수가 없게 되었다.

'이대로 기다리지 못하겠다. 차라리 그들과 함께 전쟁터에 나가는 편이 좋았을 텐데.'

맏이는 책임이 자신의 발을 묶은 그 순간을 계속해서 후회했다. 마침내 그는 수도를 떠나 탄타마사 내에 있는 여러 신의 신전을 돌며 동생들의 안전을 기원하기로 결심했다. 그는 그 길로 곧장 왕실 어른들에게로 가 자신의 결심을 밝혔다.

"아무래도 마음이 떨리고 불안합니다. 피를 나눈 형제들은 전장에 나가 있는데 홀로 호의호식하는 이 생활을 감당해낼 수가 없습니다. 잠시동안 성지 순례를 떠나려하니 허락해주십시오."

왕실 어른들도 그의 결심을 축복해주어 떠날 날이 하루하루 다가

오게 되었다.

마지막 날, 왕비 수와얌프라바가 잔드라를 따로 불렀다. 그녀는 홀로 떠나는 여행은 위험하니 반드시 조심하라는 당부를 하고 이런 말을 덧붙였다.

"리무 강을 따라 남으로 내려가다 보면 폭풍의 신 루드라의 성지가 나오지. 만일 가능하다면 그곳의 신전에서 기도를 드려주렴."

잔드라가 의아해하며 물었다.

"백모님, 제가 어떤 기도를 올리는 것이 좋겠습니까?"

이에 수와얌프라바는 잔드라를 다정히 어루만지며 말했다.

"한때 이 세상은 내게 천국과도 같았단다. 폐하의 사랑을 받으며 예쁜 딸을 낳고 자랑스러운 여섯 아들들을 두었지. 참으로 행복하여 잠시 이 세상에 내려온 이유조차 잊었단다. 내가 벌을 받기 위해 이곳에 왔다는 사실을 말이다."

잔드라는 놀랐다.

"그게 무슨 말씀이십니까?"

"나는 실은 폭풍의 신 루드라의 막내딸이다."

수와얌프라바의 고백에 잔드라는 당황하여 고개를 떨구었다. 그 또한 이 아름다운 백모가 신의 딸이라는 소문이 진작부터 돌고 있음은 알고 있었다. 그렇다 해도 이렇게 직접 듣게 되니 충격일 수밖에 없었다.

그러고 보니 언뜻 기억나는 일도 있었다. 짧은 시간 동안 잔드라는 옛 기억을 더듬었다. 어린 시절의 기억이었다. 아두르타자스 왕이 어린 리무에게 피리를 깎아주며 이야기해주었다.

"리무, 나는 옛날에 너의 어머니를 얻기 위해 수백 수천 번 이상 그물질을 되풀이했단다. 매일매일 반복되는 그 지겨운 그물질이 어찌나 행복하던지. 강에 석양이 지는 모습은 너의 어머니를 닮아 그지없이 아름답게 빛났단다. 비록 고생은 좀 하였지만 그것이 무슨 대수겠느냐. 지금 나는 신의 딸을 아내로 맞고 이처럼 행복한데."

그때 리무는 한발한발 아장아장 걸으며 왕의 이야기를 듣는 척도 하지 않았다. 그 옆에서 아디토야가 엉금엉금 기어다니고 있었다. 그 자리에는 아버지도 있었다. 아버지는 잔드라 자신과 마호다니에게 활 쏘는 법을 가르쳐주며 속삭였다.

"나는 이 활로 뱀 세계의 왕 바수키를 쏘는 것은 두렵지 않았지만 너희 백부에게 '제발 부탁이오니 결혼을 해주시옵소서'라고 말하는 것은 정말로 두려웠단다. 지금은 너희 백모에게 다정하기 짝이 없는 너희 백부는 실은 지독한 결혼 불신자였거든. 결국은 신의 딸을 아내로 맞았으니 운명이란 참으로 공교로운 것이구나."

잔드라는 그때의 대화가 지금에서야 완전히 이해되는 것을 느꼈다. 그는 백모의 손을 잡으며 고개를 끄덕였다.

"이제야 이해가 됩니다. 백모님, 하지만 어째서 이 세상에 내려오신 겁니까?"

수와얌프라바는 대답했다.

"나는 한때 큰 실수를 했고 그 실수로 인해 벌을 받아 인계에 내려오게 되었지. 그러나 이 세상에서 십여 년 동안 행복만을 느끼며 벌을 받고 있다는 사실조차 잊었단다. 결국 사랑하는 어린 딸과 이별한 후에야 덜컥 슬픔을 알게 되었지. 이별, 그것은 내가 한 번도 겪어본 적 없는 고통이었다. 그 슬픔을 알게 되자 앞으로 계속해서 다가올 더 깊은 괴로움이 무섭고도 무섭구나. 이제는 언제 이 모든 슬픔이 끝날 지 알고 싶단다."

수와얌프라바는 슬픈 얼굴이 되었다.

"그러니 잔드라, 네가 나를 대신하여 인간을 벌하는 징벌의 신에게 기도 드리고 여쭈어다오. 얼마나 더 많은 아픔이 내게 남았는지, 어느 정도의 슬픔을 더 겪어야 하는지 말이다."

"알겠습니다."

잔드라는 복잡한 심정으로 대답하고 일어섰다. 그는 왕성 안의 모든 사람들에게 인사를 마친 후 홀로 여행을 떠났다.

그는 그대로 몇 달간 여러 성지를 떠돌아다녔다. 형제들의 안전을 비는 그의 정성에는 모든 신들이 감복할 정도였다. 그는 성지를 찾아 그 어떤 험한 길도 통과하고 온갖 고생을 감수했다. 그는 바루나, 야마의 성지를 거쳐 브라흐마의 신전에서 기도를 올렸다.

그러던 하루, 잔드라는 활의 시위가 이유없이 끊어져 있는 것을 발견했다. 불길한 징조에 심장이 두근거리며 두려움의 눈물이 솟았다. 그는 끊어진 활을 어루만지며 가장 가까이에 있는 신전으로 발걸음을 서둘렀다. 그는 열흘 만에 불의 신 아그니의 신전에 닿았다.

도착하자마자 잔드라는 아그니의 성화를 향해 정성을 다해 기도 드린 후 형제들의 안전을 기원하며 공물을 바쳤다. 먼저 자신의 예복과 아소카 나무로 만든 활, 머리를 감싸는 천을 공물로 바쳤다.

그 외에도 자신의 귀에서 귀걸이 두 개를 빼어 성화 속에 던져넣었다. 그리고도 잠시 망설이다가 어린 시절 어머니 야요드얀에게서 받았던 붉은 끈을 손목에서 풀어 활활 타오르는 불길 속에 던졌다.

성화는 공물을 모두 받아들인 후 뜨겁게 타오르다가 천천히 사그러들었다. 잔드라는 불길이 완전히 꺼진 후 떨리는 마음으로 아그니가 자신이 바친 공물들을 모두 받아들였는지 하나하나 확인했다.

놀랍게도 활과 두 개의 귀걸이가 조금도 타지 않은 채 잿더미 속에 남아 있는 것이 아닌가. 활에는 그을린 자국도 없고 보석 달린 귀걸이는 여전히 영롱했다.

잔드라는 그만 왈칵 눈물을 쏟았다.

'분명 나의 형제들에게 무슨 일이 생겼구나.'

잔드라는 한참만에야 평정을 되찾고 눈물을 씻고 힘없이 아그니의 신전을 물러나왔다.

날씨는 화창하고 세상은 아름다웠지만 잔드라의 마음은 무거웠다. 그는 형제들을 생각했다. 그들을 잃는 두려움을 생각하니 삶의 의욕이 사라졌다. 그는 괴로운 마음을 억누르고 왕비 수와얌프라바의 말을 떠올리며 루드라의 신전을 찾아 떠났다.

루드라의 신전은 국경의 남쪽에 있었다. 잔드라는 리무 강에 인접한 루드라의 성지를 간신히 찾아냈으나 그곳에는 수와얌프라바가 말한 폭풍신의 신전은 존재하지 않았다. 부서진 돌벽으로 이루어진 폐허만이 남아 있을 뿐이었다. 잔드라가 크게 놀라 주위를 망연히 바라보았다.

'성스러운 신전이 이렇게 부서져 있다니.'

그가 당황하여 폐허 가운데 우뚝 서 있는데 갑자기 멀리 강에서 뭔가가 푸른빛으로 빛났다. 잔드라는 의아한 마음에 그 빛을 쫓아 강변으로 달려갔다. 햇빛에 반사된 강물은 유유히 흘러가고 강물 위에서는 물새들이 한가롭게 노닐고 있었다.

잔드라가 그 아름다운 풍경에 넋이 나가 있을 때 갑자기 그를 부르는 소리가 들렸다. 그는 푸른빛이 흘러나오는 듯한 차림새를 한 노인이었다. 그의 발 밑에는 커다란 자라가 한 마리 웅크리고 앉아 주인이 시선을 던지는 곳을 향해 자신의 큰 눈을 꿈벅거리고 있었다. 잔드라를 부르는 노인의 목소리에서는 알 수 없는 위엄이 느껴졌다.

"너는 이곳에서 무엇을 하고 있느냐?"

잔드라는 자신도 모르는 사이 낯선 노인을 향해 머리를 조아리고 있었다. 노인은 엄하면서도 인자한 눈을 하고 있었다. 그는 잔드라를 바라보며 다시 한번 물었다.

"어째서 이곳에 온 것이냐?"

잔드라는 떨리는 목소리로 대답했다.

"저는 루드라의 신전을 찾아 왔습니다, 어르신."

"여기에는 더이상 루드라의 신전이 존재하지 않는다. 신전은 수십 년 전 옛날, 루드라 자신이 의도하지 않은 갑작스러운 폭풍으로 폐허가 되었다. 헛수고를 하였구나. 돌아가거라."

잔드라는 노인의 말을 듣다 말고 눈물을 뚝뚝 떨구었다. 노인은 잠자코 다가와 잔드라의 머리에 손을 얹으며 물었다.

"너는 왜 우는 것이냐?"

잔드라가 눈물을 닦으며 대답했다.

"저에게는 목숨보다 소중한 형제들이 있습니다. 아무래도 그들에게 무슨 일이 생긴 듯하여 마음이 놓이지 않습니다. 저는 루드라 신께 그들의 안전을 기원하려 하였습니다. 그분은 두려운 폭풍의 신이나 예전에 저희 형제들의 기도에 작은 기적을 안겨주셨습니다. 그러나 신전이 사라졌으니 어디에서 루드라께 기도를 드리는 것이 좋겠습니까?"

노인은 꾸짖듯 입을 열었다.

"신은 언제나 너의 곁에 있는 것이다. 원한다면 어디에서든 기도를 올리려무나."

이에 잔드라는 노인의 말대로 그 자리에 무릎을 꿇고 리무 강 쪽을 향해 긴 기도를 올렸다.

'부디 제 형제들을 지켜주십시오. 제가 가진 이 불안과 고통을 사라지게 해주십시오.'

노인은 잔드라의 기도가 끝나길 기다려 물었다.

"만일 이미 너의 형제들이 죽어 신조차 너의 소원을 들어줄 수 없다면 어찌하겠느냐?"

잔드라는 애닲은 심정으로 대답했다.

"제가 그들을 잃는다면 왕이 되어 무엇하겠습니까? 저는 장남으로 책임감 때문에 부모님 곁에 남았으나 지금은 형제들과 함께 전쟁터에 나가지 않은 것이 후회될 뿐입니다."

"어리석구나. 어째서 한 번의 헤어짐을 영원한 것으로 받아들이는 것이냐?"

노인의 준엄한 어조에 잔드라는 대답했다.

"설령 그것이 영원한 헤어짐이 아님을 안다 해도 헤어짐의 긴 시간이 두렵기 때문입니다."

그러자 노인이 말했다.

"두려움에 가득 찬 시간에는 끝이 존재하지 않는다. 가장 두려운 것은 바로 두려움 그 자체이다. 네가 두려워한다면 죽음으로 인한 모든 헤어짐이 참기 어려운 고통이 될 수밖에 없다. 두려움을 버려라. 그리고 죽음이 가져다주는 헤어짐을 받아들이거라."

노인의 말에 잔드라는 가슴이 사무치도록 떨리는 것을 느꼈다. 그는 정신없이 노인을 바라보았다. 바라보면 바라볼수록 설명할 수 없는 어떤 감정이 솟구쳤다. 그는 저도 모르게 물었다.

"당신은 누구십니까?"

노인은 인자한 눈으로 잔드라를 바라보며 대답했다.

"나는 루드라, 바로 이 리무 강의 신이다. 또한 폭풍의 신이며 징벌의 신이다."

이 말에 잔드라는 즉시 무릎을 꿇고 정신없이 머리를 조아렸다.

"위대한 천신이시여, 부디 저에게 알려주십시오. 제 형제들은 무사합니까? 모두가 살아서 저에게 되돌아오겠습니까?"

그러자 노인은 고개를 저었다.

"그것은 불가능하다. 세 명이 죽었다. 그러나 남은 두 명은 너에게 돌아올 것이다."

잔드라는 그만 슬픔에 눈앞이 캄캄해졌다. 그는 그 자리에서 쓰러질 뻔했으나 간신히 정신을 추스렸다. 노인은 눈물 흘리는 잔드라를 보며 낮은 목소리로 꾸짖었다.

"내가 너에게 말하지 않았느냐. 두려움을 버리고 죽음이 가져다주는 헤어짐을 받아들이거라."

이에 잔드라는 억지로 눈물을 씻으며 생각했다.

'신이시여, 그러나 제가 다시 그들과 만날 수 있으리라는 보장이 어디 있습니까?'

맏이는 잠시 후 조금이나마 마음이 진정되자 입을 열었다.

"신이시여, 여쭙고 싶은 것이 있습니다. 수와얌프라바 왕비가 정말로 당신의 딸입니까?"

그러자 노인은 손을 들어 주위의 폐허를 가리켰다.

"그렇다. 그녀는 내가 사랑하는 막내딸이었다. 그러나 그녀는 폭풍을 잘못 풀어놓는 실수를 저질렀고 그 벌로 인계로 쫓겨났다. 이 일대 또한 그녀의 폭풍으로 폐허가 된 것이다."

"신이시여, 그녀가 당신의 사랑하는 딸이라는 사실을 기억하십시오. 그녀는 이제까지 깊은 슬픔과 아픔을 겪었습니다. 이제 그녀는 얼마나 더 많은 고통이 자신에게 남았는지를 알고 싶어합니다."

그러자 노인은 빙긋이 웃었다.

"그녀를 감싸는 것을 보니 너는 정말 조금도 달라지지 않았구나, 잔드라."

이름을 부르는 노인의 어투에는 알 수 없는 부드러움이 배어 있었다. 잔드라는 이유를 몰라 당황하면서도 머리를 숙였다.

노인이 말했다.

"그녀는 인간의 왕과 결혼하기로 선택했으니 인간에게 준 마음이 다할 때까지 인계에 남아 있어야 한다. 또한 그녀가 인간으로서 살아가는 이상 고통과 슬픔은 그녀의 것일 수밖에 없다. 그러나 나는 그애가 고통과 슬픔만을 겪었으리라고는 생각하지 않는다. 그녀는 그만큼의 행복을 누렸겠지. 그렇지 않느냐?"

잔드라는 수와얌프라바의 얼굴을 떠올리며 고개를 끄덕였다. 확실히 백모는 리무가 사라마유로 떠나기 전까지는 언제나 행복했다. 왕궁이 그녀의 미소로 밝고 행복하지 않았던가.

그러자 노인은 고개를 끄덕였다.

"슬픔과 행복은 언제나 함께 존재하는 것이다. 하나가 존재하지 않으면 다른 하나도 존재할 수 없지. 폭풍의 신이 없이는 강의 신이 존재하지 않는 것과도 같은 이치이다. 그렇지 않느냐, 나의 아들아?"

잔드라는 놀란 나머지 그 자리에서 튀어오르듯 일어섰다. 노인은 부드러운 눈으로 그를 지켜보며 말했다.

"기억하지 못하느냐? 잔드라, 마호다니, 사바르니, 다나, 아반티, 아디토야…… 너희 여섯은 나의 아들로 각각 리무의 여섯 물줄기를 이루는 존재들이었다. 수와얌프라바가 죄를 짓고 인계에 갔을 때 너희는 그애를 감싸다가 나의 노여움을 입고 함께 인계로 쫓겨났지.

그러나 시간이 지나고 생각하니 너희의 일이 언제나 마음에 걸렸다. 너희는 단지 사랑하는 여동생을 감싸주었을 뿐인데, 아버지인 내가 너희에게 너무 심하게 군 것은 아닌가 생각하였다."

노인은 몸을 굽혀 잔드라를 안아주었다.

"이제 마호다니와 다나, 아반티가 한 발 앞서 나의 품으로 돌아왔다. 너와 사바르니와 아디토야 역시 언제고 나에게 돌아올 것이다. 그러니 잔드라, 그들의 죽음을 슬퍼하지 말아라. 인간에게 죽음은 빠르든 늦든 반드시 찾아오지. 그들은 단지 본연의 자리로 돌아왔을 뿐이다. 너는 슬퍼하지 말고 남은 생을 행복하게 보내고 남은 형제들을 위로해주어라."

잔드라는 노인의 품에 안겨 고개를 숙인 채 눈물을 쏟았다. 그는 신의 말을 듣는 순간부터 자신의 마음속에 있던 두려움이 강물에 씻긴 듯 사라지는 것을 느꼈다.

'리무의 여섯 물줄기, 나는 언제고 나의 형제들과 다시 만나는구나.'

잔드라가 눈물을 닦고 고개를 들었을 때 노인은 사라지고 없었다. 다만 노인의 발밑에 있던 검은 자라가 잔드라를 향해 그 큰 눈을 꿈벅거리다가 강물 속으로 들어가버렸다.

잔드라는 그 모습을 지켜보다 일어섰다. 그는 루드라의 말을 몇 번이고 되새겼다. 이제 더이상 그는 슬프거나 고통스럽지 않았다.

'왕궁으로 돌아가자. 돌아가서 사바르니와 아디토야를 기다리자.'

그의 형제들은 분명 깊은 슬픔에 젖어 돌아올 것이다. 그런 그들을 안고 이야기해주어야 한다.

언제고 모두가 다시 만날 것임을, 그렇기에 슬퍼할 필요가 없음을.

신과의 만남으로 탄타마사의 첫째 왕자, 잔드라의 여행은 끝났다.

사라마유와 이노아 사이에 있었던 전쟁의 이야기는 사실상 여기에서 매듭을 짓는다. 다만 탄타마사의 왕녀로 태어나 사라마유의 아비뉴아 왕과 결혼한 리무의 이야기는 아직 남았다.

리무는 아비뉴아가 떠난 뒤 임신한 것을 알았다. 남아 있는 모든 사람들을 기쁘게 해주는 소식이었다. 이후 그녀는 기억 속에 아스란히 남아 있는 여신 사라스와티의 노래를 뱃속의 아기에게 불러주며 전쟁이 끝나고 남편이 돌아올 날을 기다렸다.

그런 그녀에게 어느 날 한 손님이 찾아들었다. 리무가 정원의 나무 아래에 앉아 있을 때 부드럽고 지혜로운 눈매를 가진 어린 소년이 와서 그녀에게 인사했다. 리무는 그의 붉은 피부와 성스러운 광채를 알아보았다.

그는 바로 창조의 신 브라흐마였다. 그는 부드러운 눈으로 리무를 바라보며 입을 열었다.

"파멸이 창조와 만났으니 유지의 끝이 다가온 듯하구나."

브라흐마의 말에 리무는 지금 이 순간 아즈나가 죽었음을 알았다. 그녀는 슬픔을 누르기 위해 고개를 떨구었지만 눈물이 떨어지는 것은 어쩔 수 없었다. 소년은 리무의 곁에 앉아 다정하게 그녀를 안아주었다.

"나는 항상 너희 모두를 똑같이 사랑하지. 슬퍼하지 말아라. 세상 모두가 어쩔 수 없이 죽어가는 듯 보이나 그것은 계속해서 이 세상을 살아가기 위한 그들의 선택이란다. 네가 유한한 이번 삶을 계속해서 슬퍼하는 까닭을 나는 알 수 없구나."

리무는 모든 존재의 근원을 향해 떨리는 목소리로 입을 열었다.

"창조의 신이시여, 만약 아즈나가 스스로의 선택으로 죽을 수 있었다면 저는 이렇게 슬프지 않았을 테지요. 그러나 그는 그 기회를 박탈당하였습니다. 그리하여 저는 끝없이 슬픕니다. 아비뉴아의 얼굴조차 저를 슬프게 만들 정도로, 이는 잊혀지지 않는 기억이 되어 끝없이 저를 괴롭게 할 것입니다."

브라흐마가 이에 미소지으며 대답했다.

"리무, 선택하지 못하는 생이란 없단다. 단지 살아 있는 동안에는 깨달을 수 없을 뿐, 그렇기에 인간이란 신의 정의를 끝없이 의심하는 존재가 되지."

"신이시여, 그가 스스로 선택했다고 말씀하십니까?"

"그렇다, 리무. 쉬카르데는 분명 스스로 이 모든 고통을 선택했다."

브라흐마의 목소리는 꿈결처럼 아득히 리무의 귀에 울려 퍼졌다.

"조금은 옛날의 일이구나. 인간의 왕이 나에게 물었다.

'어떻게 해야 영원히 처음의 감정을 갖고 자라지 않는 그녀를 자라나게 만들 수 있습니까? 슬픔의 뒤만 좇는 일을 멈추게 할 수 있습니까? 어찌해야 제가 그녀의 동반자가 되어 영원히 함께 있을 수 있습니까?'

나는 대답했다.

'그녀가 가진 처음의 감정이 사라진다면 그녀는 다른 모든 존재들처럼 자라날 것이다.'

그러자 그는 말했다.

'그렇다면 그 일을 할 수 있는 기회를 제게 주십시오.'

그의 눈은 굳은 의지 아래 빛나고 있었지. 그래서 나는 그에게 선택하도록 했다.

'언제고 스스로 이 생을 포기하겠느냐? 자살이라는 고통스러운 방법을 선택할 수 있겠느냐? 그 죽음 후에 겪어야 할 새로운 생 또한 더없이 괴로운 시험장이 될 것이다. 그리하여도 좋겠느냐?'

그는 그리하겠다 답했다. 그리고 결국 그는 그의 뜻대로 죽음을 맞았다. 그가 죽던 순간을 너도 기억하겠지."

리무는 천천히 고개를 끄덕였다.

"어떻게 잊을 수 있겠습니까?"

리무는 쉬카르데를 생각했다. 그는 죽어달라는 말에 조금도 놀라지 않았다. 그저 자신의 뜻을 들어주었다.

'쉬카르데, 당신은 처음부터 어떻게 당신이 죽을지 알았군요.'

슬픔에 찬 리무를 향해 브라흐마가 다정하게 말했다.

"오늘 그는 다시 한번 죽었다. 두 개의 영혼으로 나뉘어져 받았던 고통은 끝났다. 그의 영혼은 이제 신으로 거듭났다. 이 생이 완전히 끝난 후 그는 시바와 사티의 아들로, 아비뉴아라는 위대한 신이 되어 영원히 살게 될 것이다. 리무, 너와 함께!"

리무의 눈에서 눈물이 넘쳐 흘렀다.

"그렇습니까? 모든 것이 그의 선택이었습니까? 그의 고통의 대가일까요? 이제 저는 영원히 그와 함께이군요."

리무는 북쪽의 하늘을 바라보았다. 그녀는 그리운 시선을 던진 채 잠시 말이 없었다.

"창조의 신이시여, 대답해주십시오. 아즈나에게 그 자신만의 소망은 없었습니까? 쉬카르데의 의지가 아닌, 반쪽의 영혼인 그만의 의지가 있었습니까?"

브라흐마가 고개를 끄덕이자 리무는 다시 물었다.

"그 소망은 이루어졌을까요?"

성스러운 신이 대답했다.

"이미 이루어졌으며, 앞으로 이루어질 것이다. 리무, 아즈나의 모든 기억과 감정은 아비뉴아와 하나로 합쳐졌다. 그가 이루지 못한 소망은 이제부터 아비뉴아가 이루어낼 것이다."

그의 이야기에 리무는 마음의 슬픔이 천천히 씻겨 내려가는 것을 느꼈다.

'결국 나는 아즈나, 당신과도 언제나 함께입니다.'

리무는 브라흐마를 향해 가만히 미소지었다.

"신이시여, 감사합니다. 당신께서 저를 찾아와주셔서 저의 슬픔은 사라졌습니다. 저는 몹시도 행복합니다."

이에 브라흐마는 손을 뻗어 리무의 손을 잡았다.

"리무, 내가 왜 지금 이 모든 이야기를 너에게 들려주었는지 아느냐?"

리무는 잠시 대답이 없었다. 그녀는 이윽고 브라흐마를 향해 경건히 머리를 숙였다.

"알고 있습니다. 제 죽음의 때가 가까이 다가온 것이지요."

리무는 머리를 들며 말을 이었다.

"리시프얀의 기억이 되살아났을 때부터 알고 있었습니다. 전생의 기억을 떠올리는 것은 가까운 시일의 죽음을 의미한다는 것을, 남은 생에 더이상 충실할 수 없는 제 영혼이 강이 마르듯 죽어가겠지요."

그녀는 말을 마치고 다시금 북쪽을 향해 시선을 던졌다. 애틋한 그리움이 그녀의 마음을 채웠다.

"저는 그가 돌아올 날까지 살 수 있을까요?"

리무의 물음에 브라흐마가 고개를 저으며 대답했다.

“너는 그가 돌아오는 것을 기다릴 수 없을 것이다.”

리무는 조용히 그 사실을 받아들였다.

“그러나 당신께서 제게 오신 이상 적어도 제 아이는 태어나겠지요. 창조의 신이시여, 그것만으로도 저는 기쁩니다.”

말을 마치고 그녀는 몸을 일으켰다.

그녀가 완전히 일어섰을 때 소년의 모습이 조용히 사라졌다. 리무는 성스러운 신이 사라진 자리를 향해 몇 번이고 머리를 숙였다. 기도를 마치고 그녀는 나무에 기대어 북쪽 하늘을 바라보았다.

하늘을 흐르는 강처럼 푸르고 아름다웠다.

이 세상에는 처음부터, 그리고 앞으로도 영원히 리무 강이 흐른다. 자신은 언제고 그 강에서 그를 만나게 될 것이다.

리무는 허공에 대고 조용히 속삭였다.

“아비뉴아, 나는 곧 죽습니다. 당신과 만나지 못하고 죽어야 한다는 사실도 안타깝지만 그보다 더 안타까운 일이 있습니다. 당신에게 전하지 못한 말이 있습니다.”

리무의 입에서 더할 수 없이 부드러운 속삭임이 울려 퍼졌다.

“아비뉴아, 나는 행복했습니다. 처음으로 진정한 행복을 느낀 생이었습니다. 많이 슬프고 아팠으나 기쁨은 슬픔이 없으면 존재할 수 없는 것이지요. 그렇기에 아즈나가 가르쳐 준 웃음만큼이나 당신이 가르쳐준 눈물 또한 저의 행복이 되어주었습니다.”

리무는 마치 말을 떠나보내려는 듯 양손을 들어올리며 계속해서 속삭였다.

“그러나 언젠가 저는 당신을 다시 만납니다. 당신의 귀에 제가 행복했음을 이야기할 수 있는 날이 온다는 것을 압니다. 당신도 그 날을 기다려주시겠지요?”

그녀는 그대로 미소지으며 오랫동안 그 자리에 서 있었다.

아비뉴아 왕이 마하사라마를 되찾고 사라마에 되돌아온 것은 떠난 지 한참 지난 뒤에나였다. 수도를 되찾은 뒤에, 나라를 정비하다 보니 일이 많아졌고 결국은 일 년이 되어서야 다시 사라마로 돌아갈 수 있었다.

왕은 승전을 알리는 북소리, 왕의 귀환을 축하하는 물결 같은 환호성과 함께 궁으로 돌아왔다. 일 년 전 출병할 때의 엄숙함 대신 승전의 기쁨으로 가득했다. 밤새도록 환한 횃불이 대낮처럼 어둠을 밝히고 흥겨운 음악이 거리에서 흘러나왔다. 신의 도시를 되찾고 돌아오는 왕을 맞아 사라마 전체가 흥분했다. 거리에는 꽃이 흩뿌려지고 노랫소리가 울려 퍼졌다.

그러나 아비뉴아는 승리의 기쁨을 제대로 누릴 틈이 없었다. 어머니 소마사가 홀로 그를 맞이했다. 엄숙한 표정으로 어머니가 소식을 전했다.

"아비뉴아, 리무가 죽었다. 네가 떠난 그날부터 그 아이는 마치 강이 마르듯 약해져갔지. 누구도 그 아이의 죽음을 늦출 수 없었단다."

아들의 슬픔을 아는 어머니의 목소리가 떨려나왔다.

"그러나 리무가 너에게 남긴 게 있다."

아비뉴아는 침묵으로 어머니의 말에 답했다. 어머니가 건네주는 작은 아기를 받아 안고 그는 묵묵히 아기의 작은 얼굴을 바라보았다.

리무의 죽음은 믿어지지 않았다. 그는 딛고 있는 발밑이 무너지는 듯한 허탈감과 고통을 느꼈다. 자신은 홀로 남았다.

‘그녀는 자신의 의무를 끝냈기에 죽은 것인가. 이 생에서의 의미는 그뿐이었을까.’

고통은 천천히 몸안으로 퍼져나갔다. 이윽고 아기의 부드러운 살결 위에 눈물이 떨어졌다. 아비뉴아는 그 눈물을 닦아주며 입을 열었다.

“이 아이의 이름은 아즈나라고 부르겠습니다. 이 아이의 이름을 듣는 모든 사람들이 그의 이름을 잊지 못하도록요.”

‘아이를 원했지. 사라지지 않는 이름을 남기기 위하여, 이것으로 아즈나의 소망은 완성되는 것이다.’

마치 리무는 자신의 소망을 들어주려는 듯 작은 아기를 남겨주었다.

아비뉴아는 아기를 다시 어머니에게 건넸다.

그날 밤새도록 그는 고통을 참으며 생각하고 또 생각했다.

‘선택받은 자라는 의미는 홀로 남는 자를 뜻하는 것인가? 나는 슬픔을 참고 살아가야 하는 것일까?’

결국 그는 생각을 접었다.

‘그래, 생명이 붙어 있는 한 살아가야 한다. 죽음이 아즈나의 의무였듯 삶이 나의 의무일 테니.’

이듬해 봄, 왕은 사라마의 백성들을 이끌고 마하사라마로 떠났다.

그가 리무의 세번째 물줄기 사바르니를 건널 때였다. 어디선가 강바람에 실린 나직한 목소리가 들려왔다. 그것은 정다운 속삭임과도 같고 눈물 섞인 위로와도 같았다.

아비뉴아는 자신을 부르는 소리를 찾아 고개를 돌렸다. 그러나 그 자리에는 성스러운 강이 부드럽게 빛나고 있을 뿐이었다.

‘리무.’

그는 그녀와 같은 이름의 강을 응시하였다.

그러자 그에 화답하듯 햇살이 보석처럼 빛났다. 잔잔한 바람이 그의 뺨을 부드럽게 쓸었다. 아바뉴아는 눈부신 빛이 미끄럼치는 아름다운 강을 보며 생각했다.

'당신입니까?'

바람에 섞인 목소리가 대답하였다. 왕은 멀리 강변에서 언뜻 소녀의 그림자를 보았다. 그녀는 당장은 손에 닿지 않으나 틀림없이 그 자리에 있었다. 그는 그녀의 미소를 느꼈고 그것이 왕의 슬픔을 사라지게 했다.

'당신은 행복하군요. 행복하게 나를 기다리고 있군요. 그렇지요?'

그는 스스로 질문의 대답을 알았다.

이제 아비뉴아는 더이상은 슬프지 않고 고독하지 않았다. 그녀는 마지막으로 했던 약속처럼 언제나 그를 기다리고 있었다. 자신 또한 그녀를 처음 만난 이 강에서 다시 그녀와 만나는 순간을 기다릴 것이다.

그는 마지막으로 강을 향해 물었다.

"리무, 우리는 다시 만나서 영원한 행복을 가지게 될 것입니다. 그렇지 않습니까?"

바람에 실린 대답소리가 들려왔다. 확신이 그의 마음에서 천천히 퍼져나갔다. 아비뉴아는 빛나는 강을 향해 미소지었다.

"나 역시 그 사실을 압니다."

이날, 신의 영혼을 가진 왕은 슬픔을 접었다. 그리하여 그는 훗날 파괴의 신 시바의 아들로 되돌아간다. 옛날 시바가 그를 보내며 했던 예언처럼 영원한 동반자를 얻게 되는 것이다. 그의 이야기를 끝으로 리무 강을 둘러싼 모든 이야기를 매듭짓는다.

에필로그

옛날 여섯 물줄기의 리무가 있는 이 땅에 사라마유라는 대국이 있었다. 어느 날 유명한 화가 하나가 사라마유를 방문하게 되고 사라마유의 왕 아즈나는 그에게 그의 돌아가신 어머니의 모습을 그림으로 그려줄 것을 청한다.

이에 화가는 아즈나 왕에게 어머니의 얼굴 모습과 생의 모습을 함께 묻고 아즈나 왕은 이에 부모의 대에 일어났던 대전쟁 아즈나에 대해 이야기한다.

아즈나는 성스러운 리무 강의 권위를 둘러싸고 일어난 대전쟁을 뜻한다. 사라마유, 이노아, 탄타마사, 스얌바라, 하바라, 스바라를 비롯한 리무 강 주위의 대부분의 나라들이 이 전쟁에서 피를 흘리고 이 대전쟁은 전설로 남아 오래도록 사람들의 입에 오르내렸다.

아즈나 왕의 이야기가 끝나자 화가는 그림을 그려 왕에게 바친다. 왕은 그림을 보고 크게 기뻐하며 어머니의 이름을 따 그 그림의 이름을 리무라 붙인다. 성스러운 리무 강이 말라버리지 않는 것처럼 리무라 이름 붙여진 그림 역시 사라마유에 대대로 내려오게 된다.

야나가

먼 옛날, 스얌바라 호수 근처에 작은 왕국이 하나 있었다. 그 왕국의 왕자는 파우라바라는 자였다. 그는 어려서부터 특출나게 뛰어난 무예와 총명함으로 이름이 드높았다. 그는 어릴 적부터 꽤 당찬 야심을 품고 있었다.

'나는 이 작은 왕국에 만족하지 않아. 언젠가 반드시 리무 강을 차지하여 제왕의 지위에 오를 테다.'

그러던 어느 날 왕자는 숲속에 사냥을 나갔다. 스얌바라 호수 근처에서 사슴을 한 마리 쫓고 있는데, 갑자기 호수 근처에서 여인의 가느다란 비명 소리가 울리는 것이었다. 왕자는 놀라서 비명 소리가 난 방향을 향해 달려갔다. 그가 도착했을 때 호숫가에서는 놀랄 만한 광경이 펼쳐지고 있었다. 한 아름다운 처녀가 땅에 쓰러진 채, 안간힘을 다해 호수로 기어가고 있는 것이 아닌가.

처녀는 아름다울 뿐 아니라 우아한 기품마저 흐르고 있었다. 몸에 걸친 푸른빛의 사리만으로도 고귀한 가문의 출신임을 한눈에 알아볼 수 있었다. 그 처녀의 뒤에 금빛 갑옷을 입은 젊은이 하나가 손에

든 활을 처녀에게 겨누고 있었다. 이 젊은이 또한 고귀한 아름다움과 기품이 전신에 넘쳐 흐르고 있었다. 처녀는 이미 여러 대의 화살로 몸에 큰 상처가 났는지 옷이 온통 피로 물들어 있었다.

젊은 왕자 파우라바는 이 광경을 보고 크게 놀라며 동시에 분노했다.

'어떤 자가 저토록 가냘픈 아가씨를 괴롭힌단 말이냐.'

그는 바로 뛰쳐나가 자신의 활에 시위를 메겼다. 왕자의 활 솜씨는 역시 뛰어나서 이제껏 백발백중 한 번도 목표를 놓쳐본 일이 없었다. 파우라바는 시위를 메긴 채 금빛 갑옷의 젊은이에게 소리쳤다.

"당장 아가씨를 겨누고 있는 그 활을 치우시오. 어찌 저 가냘픈 아가씨를 해하려 한단 말이오."

그러자 금빛 갑옷을 입은 젊은이가 파우라바를 돌아보았다. 그는 갑옷만 금빛인 게 아니라 온몸의 살결마저 전부 금빛으로 빛나고 있었다. 특히 금빛 머리카락은 허리까지 드리워진 채 눈부신 빛을 발했다. 젊은이는 냉담하게 입을 열었다.

"당신과 상관없는 일이니 물러나시오. 주제넘게 이 일에 나선다면 결국 당신 자신을 파멸로 몰아넣게 될 것이오."

그러나 젊은 왕자는 쓰러져 있는 아름다운 아가씨를 보았다. 그 가냘픔과 애처로움이 젊은 왕자의 마음을 울렸다. 파우라바는 상대의 충고에 대답하는 대신, 활시위를 당겼다가 놓았다. 그의 화살은 빗나갈 리가 없었다. 그러나 금빛 갑옷의 젊은이는 놀랍게도 파우라바의 화살을 너무나도 손쉽게 피해버리는 것이 아닌가. 파우라바가 충격을 느낄 사이도 없이, 젊은이는 어쩔 수 없다는 양 혀를 차며 입을 열었다.

"이건 당신이 스스로 택한 운명이니, 그 누구도 원망할 수 없을 것이오."

이 말을 남겨놓고 금빛 갑옷의 젊은이는 울창한 숲 안으로 모습을 감추었다. 파우라바는 그 젊은이의 뒤를 쫓았다. 그러나 왕자가 숲 안으로 들어섰을 때 그 젊은이는 마치 새가 되어 날아가버린 양, 아무 흔적도 남기지 않고 감쪽같이 사라져버렸다. 다만 웬 황금빛 깃 하나만이 땅에 떨어져 있었다. 왕자는 그것을 주워서 살펴보았다. 아무래도 그 젊은이의 화살에 꽂혀 있던 깃이 떨어진 듯싶었다.

놀람도 잠시, 그는 서둘러 쓰러진 아가씨에게로 향했다. 아가씨는 그때까지도 안간힘을 다해 호수로 기어가고 있었다. 몇 발자국만 더 가면 호수 속으로 빠질 듯 보였다. 파우라바는 깜짝 놀라 이를 말리며, 쓰러져 있는 처녀를 안아 올렸다.

"이제 적은 사라졌습니다. 안심하십시오."

그 말에 안심한 듯 처녀는 왕자의 품안에서 기절했다. 파우라바는 처녀를 소중히 안고 궁으로 돌아와 궁의 의사와 시녀들에게 최선을 다해 그녀를 보살필 것을 명했다. 그 자신도 매일 처녀를 방문하여 상처가 나아가는지를 살폈다.

그렇게 열흘이 흘렀다. 계속해서 심하게 앓던 처녀는 열흘째 되는 아침에야 정신을 차렸다. 왕자는 기뻐서 어쩔 줄 몰라하며 처녀에게 말했다.

"아름다운 아가씨, 당신이 이렇게 깨어나서 얼마나 기쁜지 모르겠습니다."

"저의 생명을 구해주신 은혜, 무엇으로 보답해야 좋을지 모르겠습니다."

모습뿐 아니라 목소리까지도 구슬이 굴러가듯 아름다운 처녀였다. 왕자는 그만 정신 없이 상대의 모습을 우러러보다가 제발 이름을 가르쳐 달라고 졸랐다. 그러자 처녀가 대답했다.

"부디 저를 스얌바라 호수로 데려다주시지 않으시렵니까. 그곳에서 모든 걸 말씀드리겠습니다."

왕자는 물론 처녀의 청을 들어주었다. 호숫가에서 처녀는 왕자에게 무한한 감사가 담긴 눈길을 던지며 입을 열었다.

"제 이름은 야나가라 하며 사실 인간이 아닙니다. 저의 아버지께서는 스얌바라 호수의 주인으로 이 호수를 다스리시지요. 저는 아버지의 외동딸로 줄곧 이 호수 안에서 살아왔습니다. 호수 안에 사는 사람은 그 누구도 저의 아버지 허락 없이 호수 밖으로 나와선 안 된답니다. 그러나 저는 호수 밖 세상에 대한 궁금증을 참을 수가 없었습니다. 나중에 큰 벌을 받더라도 바깥 세상을 구경해봐야겠다고 마음먹고 며칠 전, 아버지의 눈을 피해 몰래 호수 밖으로 나왔지요. 처음으로 본 바깥 세상은 정말로 아름다웠답니다. 눈부신 햇살, 아름다운 꽃과 나무들…… 저는 처음에는 호수에서 머리를 내밀고 바깥 세상을 살짝 엿보기만 할 생각이었는데, 그만 세상의 아름다움에 취해 호수 밖으로 나가게 되었습니다. 꽃향기에 취해 즐거운 시간을 보낼 때였습니다 그때 갑자기……."

야나가는 지금도 공포가 되살아나는 듯 눈물을 글썽이며 말을 이었다.

"그때 갑자기 온몸이 금빛인 청년이 나타났습니다. 저는 그만 혼비백산해서 그로부터 달아났습니다. 그 청년에 대해 저는 어릴 적부터 줄곧 주의를 받아오며 자랐습니다. 그는 수백 명의 우리 일족을 죽인 자로 아버지의 원수였습니다. 혼자 몰래 호수 밖에 나왔을 때 그를 맞닥뜨리게 되자, 이제 죽었구나 하는 생각에 눈앞이 캄캄해졌습니다. 그런데 그때……."

말을 잠시 멈추고 처녀는 진정 감사하는 빛을 띠고 젊은 왕자에게
미소를 던졌다.

"당신이 나타나셔서 저를 구해주셨습니다. 당신은 저의 생명의 은
인이시니 제가 어떻게 감사를 드려야 좋을지 모르겠습니다."

야나가의 미소에 젊은 왕자는 혼이 빠져나가는 듯했다. 그는 취한
듯 홀린 듯 아름다운 처녀의 모습을 바라보다가 입을 열었다.

"제발…… 저의 아내가 되어주십시오."

왕자의 말에 순간 처녀의 얼굴이 발그스름해졌다. 야나가는 부끄
러워서 어쩔 줄 몰라하다, 잠시 뒤 눈을 내리깔며 슬프게 고개를 저
었다.

"저희 일족은 인간과 결혼을 할 수 없답니다. 누구보다도 저의 아
버지께서 용서하시지 않을 거예요. 게다가 저희 일족에게는 호수 밖
에서 살면 반드시 불행해진다는 저주도 있답니다."

그러나 젊은 왕자는 그런 말에는 귀를 기울이지 않았다. 그는 젊
은 피가 솟구쳐 이렇게 외쳤다.

"야나가, 나는 절대 당신을 불행하게 만들지 않겠습니다. 언제나
한마음, 한뜻으로 당신을 사랑하고 아낄 것이니 부디 나를 믿어주십
시오."

야나가는 얼굴만 발그스름하게 붉힐 뿐 대꾸하지 않았다. 그러나
젊은 왕자의 달콤한 말이 계속 이어지자 결국 야나가는 수줍게 입을
열었다.

"당신은 저의 생명의 은인이시니 제가 어떻게 거절할 수 있겠습니
까. 만일 당신께서 저와의 약속을 한 가지 지키실 수 있다면……."

젊은 왕자는 너무나도 기뻐 한 가지가 아니라 백 가지라도 당장

약속을 하겠노라 서둘러 말했다. 그러나 야나가는 웃으며 고개를 저었다.

"한 가지면 충분합니다. 오늘 밤 그 약속을 가르쳐드리지요. 우선 그러기에 앞서 저는 아버지께 당신과의 결혼을 허락받아야 합니다. 저와 함께 호수로 들어가주실 수 있으신지요."

이 말에 파우라바는 잠시 당황했다. 그는 호수를 바라보며 우물쭈물했다. 호수는 너무나도 깊어서 한 번 빠지면 도저히 살아 돌아올 수 없을 듯했다. 그는 고개를 저으려던 중 야나가의 얼굴을 보았다. 야나가는 근심스러운 눈으로 자신을 보고 있었다. 젊은 왕자의 마음은 금새 호기로 불타올랐다.

'내가 이까짓 일에 주저앉는다면 어떻게 야나가와 결혼할 수 있겠는가.'

이렇게 생각하고 파우라바는 호수로 들어갈 것을 승낙했다. 야나가는 얼굴에 몹시 기쁜 빛을 띠었다. 그녀는 품 안에서 이상한 물빛 구슬 두 개를 꺼내놓았다.

"이 구슬 하나는 손에 쥐면 누구나 물속에서 저희 일족처럼 자유롭게 숨을 쉴 수 있게 해준답니다. 다른 하나는 다른 사람이 자신의 모습을 볼 수 없도록 사라지게 만들지요. 제가 태어났을 때 아버지께서 저에게 주신 귀한 물건입니다만, 이것을 기꺼이 당신에게 드리겠습니다."

야나가의 말에 파우라바는 몹시 기뻐했다. 그는 이제 백 번이라도 호수로 들어갈 듯 용기가 충천해서 외쳤다.

"숨만 쉴 수 있다면 언제든지 호수로 들어갈 수 있소."

그러나 야나가는 고개를 저었다.

"아니오. 당신이 호수로 들어가는 것은 이번이 처음이자 마지막이 될 것입니다. 그리고 호수로 들어가기 전에 먼저 할 일이 있지요."

야나가는 미소를 지으며 파우라바의 눈 위에 입을 맞췄다. 파우라바가 황홀해 있는 사이, 처녀는 두개의 구슬을 그의 손에 쥐어주며 주의를 주었다.

"당신이 이 구슬을 쥐고 계신 동안엔 저도 당신의 모습을 볼 수 없다는 것을 아셔야 합니다. 만일 당신 혼자 길을 잃어버리시면 위험하니까 조심해서 저를 따라오세요."

야나가는 자신이 먼저 호수 속으로 천천히 걸어들어가며 파우라바의 손을 잡아 끌었다.

몸이 점점 깊은 호수 안으로 빠져들어가자 파우라바의 마음은 긴장으로 떨려왔다. 깊은 물속을 향해 한걸음 한걸음을 내딛을 때마다 심장이 쿵쿵 소리를 내며 뛰었다.

'정말로 내가 물속에서 숨을 쉴 수 있을까.'

그러나 그때 야나가가 자신을 바라보며 아름답게 미소짓자 젊은 왕자는 그만 황홀해 용기백배해졌다.

'그래. 까짓것 죽기밖에 더 하겠는가.'

발이 닿지 않는 물속으로 빠진 순간 파우라바는 애써 마음을 다잡았다. 처음에 그는 감은 눈을 감히 뜨지 못했다. 하지만 잠시 뒤, 정말 조금도 숨이 가빠오지 않는다는 사실을 깨달았다. 눈을 떠보니 이미 호수 안이었다. 머리 위로 푸른 물이 넘실거리고 물 너머로 눈부신 햇빛이 빛나고 있었다. 처음 보는 아름다운 광경에 넋을 잃었다.

'내가 정말로 호수 안으로 들어왔구나.'

파우라바가 감탄하고 있는 사이 야나가가 그의 손을 잡아 끌었다. 그는 그제야 정신을 바짝 차리고 야나가를 따랐다. 야나가는 점점 더 깊은 물속을 향했다. 왕자는 그 뒤를 쫓으며 동시에 물속의 세계를 구경하느라 여념이 없었다. 가도가도 주위는 온통 물뿐이었고 물고기 한 마리 보이지 않았다. 왕자는 마음 속으로 이를 이상하게 생각하며 야나가의 뒤를 부지런히 따랐다.

얼마나 오랜 시간이 흘렀을까. 갑자기 왕자의 눈앞이 밝아지며, 커다란 궁성이 모습을 드러냈다. 궁성의 웅장함과 아름다움은 상상 이상의 것이었다. 궁성 전체에서 밝은 빛이 뿜어져 나와 눈을 뜨기 힘들 정도였다. 파우라바는 처음엔 너무 놀라 입만 딱 벌린 채 할말을 잊었다.

한참만에야 그가 정신을 차리고 자세히 살펴보니, 궁성의 기둥이며 지붕에 온통 커다란 야광주가 박혀 빛을 발하고 있었다. 어두운 물속에서 스스로 빛을 내는 구슬의 모습은 정말이지 아름답기 그지없었다. 그 야광주의 빛을 받아 호화롭고 아름다운 궁전의 모습이 장려하게 펼쳐졌다. 건물들은 모두가 미백색으로 빛났고 온통 산호와 진귀한 보석들로 장식되어 있었다. 거리에는 수많은 사람들이 바삐 움직이고 있었는데 그 사람들 하나하나가 어찌나 아름다운지 파우라바는 잠시 자신이 천상계에 온 것은 아닐까 의심이 들 정도였다.

그 아름다운 사람들은 야나가의 모습을 발견하고는 모두가 기뻐하며 다가와 말을 건넸다.

"공주님, 이제 돌아오셨습니까. 왕께서 얼마나 걱정을 하셨는지 짐작이나 하십니까."

야나가는 사람들에게 적당히 응대를 해주고 파우라바의 손을 끌었다.

"이제부터 저의 아버님을 뵈러가야 한답니다. 아버지께서는 제가 몰래 빠져나간 일로 몹시 화가 나셨을 거예요. 저는 아버지께 가서 오랫동안 용서를 빌 것입니다. 그 사이 당신은 절대로 입을 열거나 움직이거나, 한숨조차 쉬시면 안 됩니다. 아버지께서 화를 푸시고 당신과 저의 사이를 인정해주신 다음에는 모를까. 그렇지 않고 당신이 들켜버린다면 아버지께서는 당신을 죽일지도 몰라요."

그녀의 얼굴은 매우 불안해 보였다. 파우라바는 야나가의 말에 충실히 따를 것을 굳게 약속했다. 야나가는 간신히 안심을 하고 속삭였다.

"제가 얼마나 큰 결심을 하고 당신과 결혼하려 하는지 기억해주세요."

그녀의 애처로움이 파우라바의 가슴을 울렸다. 파우라바는 다시 한번 굳게 약속했다.

"절대 들키지 않도록 주의하겠소."

그제야 야나가는 앞장섰다. 궁성의 가장 깊은 곳으로 들어가자 웅장하고 화려한 건물이 눈에 들어왔다. 야나가는 파우라바에게 속삭였다.

"여기서부터 조심해서 저를 따라 들어오세요. 절대 누구에게도 들키시면 안 됩니다."

야나가는 파우라바의 손을 슬그머니 놓고 궁성 안으로 들어갔다. 왕자는 주위에 지나가는 사람들에게 부딪치지 않도록 조심하며 그 뒤를 따랐다. 사실 그럴 필요도 없었다. 야나가의 모습을 본 사람은 누구나 걸음을 멈추고 공손하게 허리를 숙인 채, 그녀가 그 자리를 지날 때까지 가만히 서서 기다렸던 것이다.

마침내 파우라바는 큰 방으로 들어서게 되었다. 그 방의 호화스러움과 아름다움은 이제까지의 그 어떤 광경보다도 아름다운 것이었다. 황금의 기둥들로 떠받쳐진 천장에는 찬란한 야명주가 빛을 발하고 바닥엔 황금 비단이 깔려 있었다. 파우라바는 그 아름다움에 정신이 팔려 있다가 한참만에야 방 한가운데에 앉아 있는 늙은 노인의 모습을 발견했다. 노인은 백색 비단옷을 입고 정좌를 한 채 눈을 감고 있었다. 피부는 혈색이 하나도 없이 은빛으로 빛났으며 머리카락도 수염도 모두 상아처럼 하얀 빛깔이었다. 야나가는 달려가 늙은 노인의 발밑에 엎드려 흐느껴 울었다.

"아버지, 제가 돌아왔습니다."

파우라바는 속으로 상당히 의아해했다. 야나가가 그동안 몹시 겁을 냈기에, 그는 그녀의 아버지인 호수의 신이 몹시도 무서운 사람이지 않을까 생각하고 있었던 것이다. 그러나 눈앞의 노인은 그저 평범하고 온화한 얼굴을 하고 있었다.

'신이라기보다는 그저 보통 노인이 아닌가.'

그 사이 야나가는 아버지의 발밑에 엎드려 몰래 바깥 세상에 나간 일의 용서를 빌고 있었다. 늙은 왕은 딸의 어깨를 두드리며 온화한 얼굴로 입을 열었다.

"나가서 상처를 입고 돌아왔구나. 됐다, 나는 너에게 화를 내지 않을 것이다. 내가 굳이 화를 내지 않아도 너는 스스로 깨닫는 일이 있을 게다."

그러나 야나가의 사죄는 거기에서 끝나지 않았다. 그녀는 안타까운 얼굴로 몇 번이나 같은 말을 되풀이했다.

"몰래 나갔을 뿐 아니라 저는…… 저는……."

야나가는 같은 말을 되풀이할 뿐 아무리 시간이 지나도 그 뒷말을 잇지 못했다. 이를 지켜보는 젊은 왕자의 마음은 안타깝기 그지없었다. 그만 파우라바는 참지 못하고 저도 모르게 탄식했다.

"아아……."

그 순간이었다. 노인의 눈에 순간적으로 노한 기색이 떠올랐다. 갑자기 노인은 다른 사람이 된 듯했다. 아까와는 전혀 다른 표독스럽고도 잔인한 표정이 노인의 얼굴에 떠올랐다. 그 눈은 파우라바가 있는 곳을 향했다. 순간 젊은 왕자는 엄청난 공포를 느꼈다. 노인의 입 안에서 길게 둘로 갈라진 혀가 튀어나온 것이다. 새빨간 선홍색의 혀였다. 어찌나 놀랐던지 파우라바는 질끈 눈을 감아버렸다.

'나는 지금 환상을 보는 건가.'

갑자기 숨이 막혀왔다. 온몸이 서서히 마비되는 것을 느끼며 파우라바는 정신을 잃고 말았다.

……얼마나 오랜 시간이 지났을까.

파우라바가 가까스로 정신을 차려보니 야나가가 자신의 몸을 껴안고 흐느껴 울고 있었다.

"아버지, 이 사람은 비록 인간이긴 하나 저의 목숨을 구해주었습니다. 저는 이미 이 사람에게 목숨을 맡길 것을 결심하였기에 그 마음을 버릴 수 없답니다. 아버지께서 저를 용서하지 못하시겠다면 저를 죽이세요. 하지만 이 사람을 해하셔서는 안 됩니다."

노인의 탄식도 함께 들려왔다.

"네가 나이가 어려 세상일을 잘 몰라서 하는 소리다. 지금은 저 젊은이가 너에게 정을 두고 있다고 하나 그 마음이 얼마나 오래 가겠느냐. 만일 내가 바깥 세상에서 저 젊은이에게 버림을 받는다면 세상에 오직 너 홀로, 누가 너를 도와주고 거두어줄 수 있겠니. 너는 스스로 네 무덤을 파고 있는 거란다."

파우라바는 처음에는 식은땀에 젖은 채 제정신이 아니었다. 이윽

고 그는 아까의 일이 모두 호수의 신이 자신에게 보여준 무서운 환상
이라 짐작하였다. 그가 눈을 감은 채 부녀의 이야기를 듣고 있자니,
아버지는 딸의 마음을 돌이키려 애쓰고 있는 것이 아닌가.

"야나가, 저 젊은이는 언제고 너를 배신할 것이란다."

파우라바는 이런 말을 들으니 더는 참을 수가 없었다. 그는 벌떡
일어나 외쳤다.

"나는 절대 야나가를 버리지 않겠습니다. 일생 야나가만을 사랑할
것입니다. 이 맹세를 깬다면 난 부모의 손에 죽어도 좋고 자식이 태
어난다면 자식의 손에 죽어도 좋습니다."

노인은 이미 파우라바가 정신을 차린 것을 알고 있었던 듯 보였
다. 노인의 눈이 파우라바를 향했다. 파우라바는 아까 보았던 노인
의 무서운 표정이 기억나자 순간 소름이 확 끼쳤으나, 꾹 참고 노인
의 얼굴을 마주보았다.

노인의 눈은 조금 부드러워져 있었다. 동시에 이렇게 탄식했다.

"어쩔 수 없구나. 예로부터 자식을 이길 수 있는 부모는 없다 하더
니만……."

노인의 말이 떨어지자마자 파우라바와 야나가는 기뻐 어쩔 줄 몰
라했다. 노인은 한숨을 쉬며 둘을 축복해주었다.

"너희 둘의 결혼을 허락하마. 단 하나, 조건이 있으니 야나가는 일
년에 한 번은 이곳으로 돌아와야 한다. 그 이유는 야나가 스스로가
잘 알 것이다."

야나가는 고개를 숙이고 나지막하게 대답했다.

"예, 잘 알겠어요."

노인은 이번에는 파우라바를 향해 입을 열었다.

"네가 야나가를 사랑하고 보호하는 한 언제나 너에게 나의 축복이

함께할 것이다. 너의 활과 칼은 전쟁터에서 결코 적을 놓치지 않을 것이고, 네가 다스리는 나라는 언제나 풍년일 것이다. 너는 끝없이 강해지고 강해져서 다른 모든 왕들을 굴복시키고 최강의 왕이 되어 최고의 대국을 이룩할 수 있을 것이다."

이렇게 축복을 내려주고 노인은 둘에게 즉시 이곳에서 떠날 것을 명했다. 둘은 얼른 노인에게 인사를 올리고 그 자리에서 물러났다. 야나가는 파우라바의 손을 이끌고 왔던 길을 되돌아갔다.

마침내 둘은 호수를 빠져나왔다. 호수 밖은 보름달이 뜬 깊은 밤이었다. 수면으로 솟구친 순간 두 사람의 눈에 어둠을 밝히는 보름의 달빛이 들어왔다. 그 아름다운 달빛을 맞으며, 두 사람은 잠시 크나큰 행복에 싸였다. 그때, 야나가가 아름다운 눈에 눈물을 글썽거리며 왕자에게 말했다.

"부디 이 행복이 영원할 수 있도록 저와 한가지 약속을 해주세요. 저는 이제부터 인간이 될 터이니 제가 이 호수에서 살았다는 사실을 잊어주세요. 오늘 호수 안에서 보신 모든 일 또한 잊어주세요. 앞으로 절대 이 호수와 관련된 그 무엇도 입에 담지 않겠노라 약속해주세요."

파우라바는 기꺼이 야나가의 부탁을 승낙했다. 서로를 바라보는 눈길에는 끝없는 애정이 넘쳐흘렀다. 이 순간, 두 사람은 자신들이 삼계에 걸쳐 가장 행복한 사람이라 생각했다.

궁으로 돌아간 파우라바는 부모의 허락을 구한 후, 야나가를 자신의 아내로 맞이했다. 이듬해, 그녀는 아름답고 튼튼한 아들을 낳았

다. 왕자의 기쁨은 이루 말할 수 없었다. 두 사람의 행복 속에서 세월은 빠르게 흘러 어느덧 십 년의 세월이 흘렀다. 그 사이 왕이 죽고 파우라바는 왕위를 계승했다.

왕이 된 파우라바는 어떤 전쟁에서도 지지 않았고 왕국의 영토를 끝없이 넓혀갔다. 그는 본디 강한 인간이었으되, 야나가와 결혼한 이후 행운이 계속 뒤따랐다. 그는 그것이 신의 축복이라 생각하고 무한히 감사했다. 왕국은 점점 더 강성해져 십 년의 세월이 지났을 무렵 성스러운 리무 강의 상류는 모두가 파우라바의 차지가 되었다.

드디어 대국을 이루게 되자, 파우라바 왕은 새롭게 나라 이름을 정할 것을 결심했다. 그 자신의 이름을 따 새 대국의 이름을 파우라바라고 했다. 파우라바 왕국은 점점 더 강성해지고 영토는 넓어져 갔다.

야나가가 낳은 아들은 사나라는 이름을 받았다. 사나는 착하고 효심이 깊었다. 아버지를 닮아 어려서부터 모든 무예에 통달하니 파우라바는 이 아들을 몹시도 자랑스럽게 여기며 항상 강조해서 말했다.

"너는 내 뒤를 이어 모든 나라를 네 발밑에 꿇리고 파우라바를 대국 중의 대제국으로 만들려무나."

또한 파우라바는 야나가와 누구보다도 사이좋은 부부였다. 야나가는 수년 동안 사나를 돌보는 일에만 전념한 채, 궁에서 나오는 일이 거의 없었다. 단, 일 년에 한 번은 항상 호수로 사라졌다가 일 주일이 지난 후 다시 돌아오곤 했다. 호수에 들어갔다 나올 때마다 야나가는 얼굴에 화색이 돌며 더욱더 젊어지는 듯 보였다.

여러 해 동안 왕은 아내와의 약속을 충실히 지켰다. 아내가 일 년에 한 번씩 호수로 사라질 때마다 친정에 다녀온다고 생각하고 기쁘게 보내주었다. 고귀한 신의 딸을 아내로 맞은 사실이 그는 여간 자랑스럽지 않았다. 야나가를 아내로 맞은 이후, 모든 일이 순조롭게 풀리고 전쟁에서 패하지 않으니, 그는 아내와 만난 일이 얼마나 행운이었던가를 항상 감사한 마음으로 생각했다.

그러나 세월이 지날수록 딱 한 가지 그의 마음 속에 싹트는 소망이 있었다. 처음에 그는 그 마음을 억누르려 애를 썼다. 그러나 세월이 지나면 지날수록 그 마음은 점점 강해졌다. 그는 단 한 번이라도 좋으니 물속 궁성을 다시 한번 구경해볼 수 있기를 원했다. 그 호수 깊은 곳에 있던 아름다운 왕궁, 아름다운 사람들, 그 모습이 눈 앞에 아른거려 한시도 잊혀지지 않았다.

결국 십 년이 지난 어느날, 파우라바는 아내가 어느 해처럼 일 주일간의 외출을 준비하는 것을 지켜보다가 큰 마음을 먹고 입을 열었다.

"야나가, 부디 이번 한 번만 나도 함께 호수의 왕국으로 갈 수 없겠소?"

그로서는 정말로 어렵게 꺼낸 부탁이었음에도 불구하고, 야나가는 펄쩍 뛰며 잘라 거절했다.

"무슨 말씀이세요. 절대로 안 됩니다. 약속을 잊으셨습니까."

야나가가 딱 잘라 거절하며 오히려 자신을 책망하자 파우라바는 몹시 기분이 불쾌해졌다. 그는 속으로 생각했다.

'내가 그곳에 가지 못할 이유가 무엇이란 말이냐. 아내가 내게 준 구슬이 여전히 있으니 그 구슬만 가지고 있으면 어디든 갈 수 있는 게 아니던가. 내가 다시 물속 왕국의 아름다움을 구경하고 싶어한 게 그렇게 큰 잘못이란 말인가.'

생각할수록 기분이 나빠졌다.

그는 아내가 채비를 끝내고 나가는 동안 성난 얼굴로 배웅조차 하지 않았다. 야나가는 남편이 이렇게 화를 내는 모습에 마음에 근심이 가득 찼다. 걱정스러운 눈으로 못내 남편을 돌아보며 그녀는 호수로 향했다. 아내가 떠난 후 파우라바는 곧 구슬을 찾아 꺼내어 아내의 뒤를 쫓았다. 아내와의 굳은 약속은 십 년의 세월에 희미해진 지 오래였다. 마음속에 희미한 죄책감이 들기는 했으나 그 정도는 매우 미미했다. 오히려 만약 구슬이 효력을 잃기라도 했으면 어쩌나 하는 불안감이 더 컸다.

그러나 일단 호수 안으로 들어가자 옛날과 마찬가지로 자유롭게 숨을 쉴 수 있는 것이 아닌가. 파우라바는 몹시 기뻐 옛날의 기억을 더듬어 깊은 물속으로 향했다. 한참을 가니 기억에 남아 있던 대로 아름다운 궁성이 모습을 드러냈다. 어두운 물속에서 빛을 발하는 야광주를 다시 보게 된 기쁨은 이루 말할 수 없었다. 꿈에서라도 얼마나 이 광경을 그리워했던가.

그런데 궁성은 여전히 눈부시도록 아름다웠으나 이상하리만치 사방이 조용했다. 파우라바는 어쩐지 불안한 생각이 들었다. 조심스럽게 궁성에 들어서던 그는 궁성의 화려한 출입문에서 뜻밖의 광경을 보고 소스라치게 놀랐다. 그의 기억 속에 이 출입문은 눈부신 검은 갑옷을 입은 씩씩하고 아름다운 두 젊은이가 지키고 서 있었다. 그러나 지금은 그들의 모습이 온데간데 없이 사라지고, 대신 문의 양기둥에 그 기둥만큼이나 크고 굵은 뱀이 칭칭 몸을 감고 있었다. 어두운 검은 비늘 하나하나가 소름 끼치도록 생생하게 눈에 들어왔다. 왕은 그 무섭고도 구역질 나는 광경에 몸서리를 쳤다.

'이게 무슨 일이란 말인가. 어째서 저런 흉측한 것들이 궁성의 문에 또아리를 치고 있단 말인가.'

구슬을 가진 덕에 뱀의 눈에 띄지 않은 것을 다행으로 여기며 파우라바는 궁성 안으로 들어갔다.

그러나 궁성에 들어선 순간 왕은 아까 이상으로 소스라치게 놀라고 말았다. 궁성의 거리에는 전에 보았던 아름다운 사람들은 전부 사라지고 뱀들만이 움직이고 있는 것이 아닌가. 하나같이 거의 사람보다 훨씬 크고 굵은 뱀들이었다. 파우라바는 너무 놀라 도저히 거리를 걸을 엄두조차 내지 못했다.

'도대체 여기 사람들은 다 어디로 갔단 말인가.'

그는 시험 삼아 한 집의 동정을 살펴보았다. 창 너머로 아기의 요람이 보였다.

'그래, 사람이 있기는 있구나.'

그가 안도감을 느끼며 좀더 가까이 다가가자 요람 속의 아기가 눈에 들어왔다. 순간 파우라바는 구역질을 하며 몸을 돌렸다. 요람 안에는 새끼 뱀이 똬리를 치고 있었던 것이다. 주위의 모든 움직이는 것이 무섭고 추한 뱀들뿐이었다.

파우라바는 눈앞의 광경을 믿을 수가 없었다. 그는 문득 이런 생각이 들었다.

'이 뱀들은 아무래도 나가가 아닐까? 나가는 물속에 살며 뱀의 모습이라지. 아니면 혹시 이 물속의 왕국이 나가들에 의해 멸망한 것은 아닐까.'

여기까지 생각이 미친 그는 자신의 부인의 안위가 몹시도 걱정스러워졌다. 그는 서둘러 왕궁으로 향했다. 그곳에서 그는 이곳저곳을 돌아다니며 아내의 모습을 찾았다. 방마다 뱀의 그림자가 보일 뿐이었고, 파우라바의 구역질은 점점 심해져만 갔다. 그러다 그는 마침내 한 방에서 아내의 모습을 발견했다. 침대에 누워 잠든 아름다운 여인은 분명히 자신의 아내 야나가였다. 그는 얼른 창을 통해 방으로 뛰어들었다. 아내는 침상에서 이불을 덮고 곤히 잠들어 있었다.

'다행이다. 야나가는 무사했구나.'

아내가 무사한 모습에 파우라바의 기쁨은 이루 말할 수 없었다. 그는 아내를 흔들어 깨우려 했다. 그러나 팔을 내밀다 말고 그는 갑자기 주춤했다. 뭔가 이상하다는 생각이 들었던 것이다.

'야나가는 어떻게 뱀이 득실거리는 이런 궁성에서 편히 잠들어 있을 수가 있는 걸까?'

이런 의심이 솟구치며 동시에 꼬집어 말할 수는 없어도 희미한 불안감이 그의 마음에 감돌았다. 파우라바는 일단 침대의 기둥 뒤에 서서 동정을 살펴보기로 결심했다.

얼마나 시간이 지났을까, 이윽고 아내가 눈을 뜨며 사뿐히 상반신을 일으켰다. 아내의 긴 머리카락이 침상 위에 아름답게 늘어지며 동시에 그녀가 덮고 있던 이불이 침대에서 떨어졌다.

순간 파우라바는 심장이 멈추는 듯했다. 그의 몸이 와들와들 떨려왔다. 눈앞에 있는 아내의 몸은 가슴 아래부터 모두 뱀의 형상을 하고 있는 것이 아닌가. 아내의, 아니 뱀의 몸이 침대의 기둥을 칭칭 감더니 그 몸에서 서서히 허물이 벗겨지기 시작했다. 헌 껍질이 떨어져나가고 새 껍질이 드러났다. 그 몸서리쳐지는 광경을 바라보는 파우라바의 마음은 찢어지는 듯 괴로웠다. 그는 드디어 모든 것을 깨달았다.

'나의 아내가 바로 나가였구나. 이곳이 바로 나가의 왕국이었구나.'

파우라바는 생각하면 할수록 모든 것이 참혹하리만치 완벽하게 맞아떨어지는 것을 느꼈다.

'저 뱀은 허물을 벗기 위해 이곳으로 돌아와 일 주일을 보냈던 거

다. 나는 내 아내가 나가인 줄도 모르고 십여 년을 함께 살아왔구나.'

배신감과 혐오감이 하나가 되어 그의 정신을 혼미하게 만들었다. 그러나 잠시 후 파우라바는 정신을 바짝 차렸다.

'지금 이러고 있을 때가 아니지. 어서 이 흉물들의 왕국에서 빠져나가야 한다.'

아내는 허물을 반쯤 벗고는 다시 잠이 들었다. 그 틈을 타 그는 방을 몰래 빠져나갔다. 그리고 나가의 왕국을 벗어나 미친 듯 호수 밖으로 향했다.

결국 파우라바는 호수 밖으로 무사히 빠져나왔다. 눈부신 햇살이 비추고 있는 지상의 땅 위에 한참 동안 쓰러져서, 그는 끊임없이 통곡을 했다. 사랑하는 아내가 그 끔찍한 나가이고 이제껏 자신이 그런 괴물에게 속아왔다니.

'나는 속은 것이다. 난 이제까지 줄곧 속아온 것이다.'

몇 번이고 땅을 쳤기에 그의 손에 피가 맺혔다. 깨문 입술에서 핏방울이 흘러내렸다.

그러나 마침내 그는 냉정을 되찾았다.

'이러고 있을 때가 아니다. 저 괴물이 호수에서 나오기 전에 죽여야 한다.'

그는 즉시 궁으로 돌아가 궁성 안의 뛰어난 궁수들을 모두 불러모았다. 자신도 자신의 활을 손질했다. 그러다가 왕은 문득 옛날 야나가를 금빛 갑옷의 젊은이에게서 구해냈을 때 그 청년이 떠난 자리에 떨어져 있던 금빛 깃털을 떠올렸다. 그는 지금에서야 모든 사실을 짐작할 수 있었다.

'십여 년 전 야나가를 죽이려 하던 온몸이 금빛인 그 젊은이는 분명 뱀의 쓸개를 먹고 살아가는 천상의 새 가루라였을 것이다. 내가 주운 것이 가루라의 깃털이었구나. 빛의 새 가루라의 말이 맞았다. 난 눈앞에 보이는 것만을 사실로 믿고 괴물 나가에게 현혹된 것이었어.'

그는 즉시 그 깃털을 찾아내어 자신의 화살 끝에 꽂았다.

'나가의 껍질이 아무리 단단하더라도 가루라의 깃을 단 화살을 막아내지는 못하겠지.'

마침내 일 주일이 지나고 아내가 인간 세상으로 돌아올 날이 되자 파우라바는 궁 안의 모든 궁수들을 데리고 스얌바라 호수로 향했다. 숲속 곳곳에 궁수들을 배치시켜놓고 그는 아내가 호수에서 나오기만을 기다렸다.

해가 질 무렵 마침내 아내가 호수에서 걸어나왔다. 금빛 석양이 스얌바라 호수의 수면에 부딪쳐 반짝이고 물결은 잔잔했다. 금빛 물 속에서 천천히 걸어나오는 야나가는 완벽한 인간의 모습이었다. 아름답고 신성해 보이기까지 했다. 어디에서도 뱀의 허물 따위는 찾아볼 수 없었다. 그러나 파우라바는 그 아름다움에 오히려 더 큰 증오를 느꼈다.

'저런 거짓된 모습에 속아서 뱀을 아내로 맞은 것이 아닌가.'

그는 즉시 군사들에게 활을 쏠 것을 명했다. 왕의 명에 따라 수백 명의 궁수들이 활을 쏘았다. 물속에서 아무 의심 없이 걸어나오던 야나가의 몸에 순식간에 수백 개의 화살이 비처럼 떨어졌다. 그러나 화살은 그녀의 피부를 뚫지 못했다. 야나가는 몸에 털끝만치의 상처조차 입지 않았으나, 갑작스러운 일에 몹시도 놀랐다. 이윽고 그녀는 자신에게 활을 겨눈 남편의 모습을 발견하고 놀라 부르짖었다.

"왕이시여, 저는 당신의 아내 야나가입니다. 저를 어찌하여 죽이려 하십니까?"

그러나 파우라바는 들은 척도 하지 않고 재차 궁수들에게 활을 날릴 것을 명했다. 왕의 명령을 받은 궁수들이 또다시 화살을 날렸다. 그 화살들은 야나가의 몸을 뚫지는 못했지만 하나하나가 그녀의 마음을 찢어놓았다. 야나가는 절망에 싸여 눈물을 흘리며 남편에게 애원했다.

"저는 당신의 충실한 아내로서 항상 당신을 공경하고 받들어 그 정성에 조금의 부족함도 없었습니다. 어째서 당신이 제게 이러실 수가 있단 말입니까."

그러나 파우라바는 싸늘하게 대꾸할 뿐이었다.

"너의 추한 본 모습을 드러내는 것이 좋을 것이다. 네가 나가라는 사실을 그동안 잘도 감추고 살았구나. 너에게 속은 십 년의 세월이 안타까울 뿐이다."

파우라바의 말에 야나가는 분노로 몸을 떨었다.

"그렇습니다. 저는 나가입니다. 저의 본 모습을 보셨군요."

말이 떨어지기가 무섭게 야나가의 모습이 변했다. 얼굴과 상반신은 그대로 있었으나 가슴 아래쪽은 푸른빛이 도는 뱀의 형상으로 바뀌었다. 석양 아래에서 뱀의 비늘이 반짝였다.

이제껏 왕의 군사들은 왕비에게 화살을 날리라는 왕의 명에 의아해하며, 명이기에 억지로 활을 쏘고 있었다. 그러나 지금 눈앞에 드러난 거대한 뱀의 모습을 보자 모두가 송골이 모연해졌다. 이제는 왕의 명이 없어도 그들 모두 섬뜩한 마음에 자진해서 활을 날렸다. 수천의 화살이 야나가에게 날아들었다. 그러나 모든 화살은 그녀의 뱀 비늘을 뚫지 못하고 그대로 미끄러질 뿐이었다. 야나가는 자신에게 날아오는 화살을 아랑곳하지 않고 남편인 파우라바를 바라보았다. 그 눈은 원망과 고통으로 가득 차 있었다.

"당신은 저와의 약속을 어기셨군요. 제 뒤를 밟아 호수로 들어오셨군요. 저는 이날 이때껏 당신이 저와의 약속을 지켜주시리라 굳게 믿고 살아왔습니다. 전 항상 당신의 충실한 아내였고 당신께 아들을 낳아드렸습니다. 그뿐인 줄 아십니까. 저의 아버지께서는 당신을 축복하시어 당신에게 강력한 힘을 주셨습니다. 당신은 이제껏 나가의 축복을 받아 모든 전쟁에서 이기고 강력한 대국을 이룩할 수 있었던 것입니다. 당신이 이룬 모든 일에는 나가의 힘이 있었습니다. 그런데 당신은 지금 제가 나가라는 이유로 절 죽이려 하십니까? 저의 뱀비늘이 추하다고요? 당신의 은혜를 모르는 마음이 훨씬 더 추합니다. 제가 나가인 사실이 혐오스럽다고요? 굳은 약속을 어긴 당신의 행위가 훨씬 더 혐오스러운 것입니다."

그러나 왕은 피를 토하듯 절규하는 아내의 목소리에 조금도 귀를 기울이지 않았다.

그는 노해서 소리쳤다.

"내가 너의 거짓 모습에 현혹되어 네 목숨을 살려준 것이 후회스럽기 그지없다. 당장 죽여라."

파우라바는 드디어 자신이 직접 아내에게 활을 겨누었다. 그가 시위에 건 것은 바로 가루라의 깃을 단 화살이었다. 그가 시위를 놓자 가루라의 깃을 단 화살은 바람을 타고 날아가 야나가의 몸을 꿰뚫었다.

순간 야나가의 비명이 하늘을 올렸다.

"아아악!"

석양이 지는 호수 위로 뱀의 피가 뿌려졌다. 파란 피가 어둠이 깔려가는 호수 표면을 뒤덮었다. 몸에 화살을 맞고 야나가는 고통스럽게 죽어가기 시작했다. 그녀의 눈에서 파란 눈물이 흘러내렸다. 파우라바는 그녀가 아직 완전히 숨이 끊어지지는 않았으나 치명상을 입어 얼마 못 가 숨을 거둘 것임을 알았다. 그 사실을 알자 그는 더 이상 저런 추한 괴물을 보고 싶지 않았다. 그는 땅에 침을 뱉고 궁수들을 이끌고 왕궁으로 돌아가버렸다.

한편, 왕궁에는 그의 아들이 홀로 외롭게 부모를 기다리고 있었다. 그는 아버지가 궁성을 나선 것이 어머니를 마중 나간 걸로만 알고 있었다. 그런데 아버지가 혼자 돌아오자 어린 아들은 이를 매우 이상히 여겼다.

"아버지, 어머니는 어디 계세요?"

그러자 왕은 자신의 아들조차 혐오스러운 눈으로 바라보며 내뱉듯 말했다.

"너의 어머니는 호수에서 활에 맞아 죽었다. 그런 줄로 알고 썩 내 앞에서 물러가거라."

아들은 아버지의 차가운 말에 큰 충격을 받았다. 어린 소년은 울면서 궁성을 나와 스얌바라 호수로 향했다. 어머니가 돌아가셨다는 이야기는 도저히 믿기 어려웠다.

울면서 어머니를 찾아 헤매던 어린 아들은 문득 발밑에 이상한 감촉을 느끼고 바닥을 내려다 보았다. 어두컴컴한 밤이라 잘 보이지 않았다. 그러나 자세히 살펴보니 놀랍게도 자신이 인간의 머리카락을 밟고 서 있는 것이 아닌가. 그러나 그보다 더욱 자신을 놀라게 만든 사실이 있었다. 그가 밟고 있는 머리카락은 바로 어머니, 야나가의 머리카락이었던 것이다. 어머니는 온몸이 피로 뒤덮여 호숫가에 쓰러져 있었다. 그녀는 하반신은 물속에 잠긴 채, 상반신만을 간신히 물 밖으로 내밀고 있었다. 사나는 너무나도 처참한 어머니의 모습에 소리 내어 울었다.

"어머니, 이게 무슨 일이에요? 누가 어머니를 이렇게 만들었어요?"

야나가는 아직 죽지 않은 상태였다. 사랑하는 아들의 목소리를 듣자 그녀는 간신히 정신을 차리고 팔을 들어 아들을 껴안았다.

"애야, 잘 보렴. 네 어머니는 사실 나가 일족의 딸이란다. 나의 하반신은 뱀으로 이루어져 있단다. 내가 끔찍하지 않니?"

사나는 이 말을 도저히 믿을 수가 없었다. 소년은 물속에 잠긴 어머니의 하반신을 보았다. 정말로 뱀 비늘로 뒤덮인 몸뚱이가 거기에 있었다. 너무나도 무섭고도 놀라 어린 소년은 울음을 터뜨렸다.

'이게 어떻게 된 일이지. 어머니가 뱀이 되어버리다니.'

한참을 울고 나서야 소년은 마음을 조금이나마 추스렸다.

'내가 잡고 있는 손은 부드러운 어머니의 손이야. 어떤 모습을 하시더라도 어머니는 어머니잖아.'

어린 아들은 겉모습으로 모든 것을 판단하는 자신의 아버지와는 달랐다. 그는 눈물을 닦으며 어머니를 위로했다.

"어머니, 어머니는 어떤 모습을 해도 저의 어머니예요. 제가 도와드릴 테니 이 호수에서 나오세요."

야나가는 어린 아들의 말에 순간 가슴에서 뜨거운 무엇인가가 솟구치는 것을 느꼈다. 그녀는 눈물을 흘리며 팔을 뻗어 어린 아들을 껴안았다.

"가루라의 깃으로 만들어진 화살이 내 가슴을 뚫었단다. 이제는 죽을 수밖에 없어. 네가 이제 날 위해 해줄 수 있는 일은 하나밖에 없단다. 부디 날 이렇게 만든 사람을 죽여 원수를 갚아주렴."

어린 아들은 울면서 맹세했다.

“무슨 일이 있어도 어머니를 이렇게 만든 사람을 죽여 어머니의
원수를 갚을게요.”

사나가 맹세를 끝내자 야나가는 그제야 자신을 이렇게 만든 사람
이 바로 자신의 남편이자 사나의 아버지인 파우라바임을 밝혔다.

“네가 복수해야 할 상대는 바로 너의 아버지 파우라바이다.”

그녀는 자신이 남편과 처음 만났을 때부터 시작하여 모든 이야기
를 아들에게 들려주었다. 이야기를 마치며 그녀는 길게 탄식했다.

“난 이미 나의 일족에게서 떠난 몸이란다. 내가 너의 아버지에게
배신 당해 죽어간다 해도 나의 부모 형제는 그 사실을 모를 터이니,
날 위해 복수를 해줄 수 있는 사람은 너밖에 없구나.”

어머니를 이렇게 만든 사람이 바로 아버지란 것을 안 사나의 놀라
움은 이루 말할 수 없었다. 소년은 울면서 소리쳤다.

“어머니, 거짓말이시죠? 아버지를 죽일 수는 없어요.”

그러나 야나가는 자신의 가슴에 박힌 화살을 아들에게 보여주었
다.

“보렴. 이것이 바로 네 아버지가 나에게 쏜 화살이란다. 이제부터
어머니가 하는 말을 잘 들어라. 내가 죽거든 나의 껍질을 벗기고 나
의 머리카락을 잘라라. 나의 껍질을 이어 맞추어 활대를 만들고 나
의 머리카락으로 시위를 걸어라. 그리고 나의 가슴에 박힌 이 화살
을 너의 아버지의 가슴에 돌려주려무나.”

사나로서는 감히 생각할 수 없을 정도로 불경한 일이었다. 그는
아버지를 죽이는 것도 어머니의 시체로 활을 만드는 것도 그 어느
것도 엄두가 나지 않았다. 그러나 이미 자신은 맹세를 했다.

야나가는 자신의 복수를 아들이 해줄 것으로 믿자 편안한 얼굴이
되었다.

"난 세상을 살았던 보람이 있었다. 너를 낳았으니."

그리고 아들의 무릎을 벤 채 야나가는 죽음을 맞이했다.

어린 아들은 그날 밤새도록 울었다. 이윽고 새벽이 되어 날이 밝기 시작할 때쯤엔 너무 울어 더이상 눈물이 나오지 않을 지경이었다. 생각하면 할수록 기가 막혔다.

'아버지가 어머니를 죽였다. 이제부터 난 어머니의 시체로 활을 만들어 아버지를 죽여서 어머니의 복수를 해야 하는구나.'

그러나 언제까지 이렇게 앉아 있을 수만은 없었다. 사나는 눈물을 씻고 허리에 찬 칼을 빼 들어 어머니의 껍질을 벗겨냈다. 활을 만들 수 있을 만한 분량을 벗겨내고 머리칼을 한 가닥 잘라낸 후, 어머니의 시신을 화장했다. 어머니의 모습이 불 안에서 재가 되어 사라지자 사나의 마음은 찢어질 듯 아팠다.

그 후 사나는 리무 강을 따라 오랜 세월 동안 여행을 떠났다. 그는 활을 잘 만들기로 소문난 장인들을 찾아다니며 뱀 껍질과 여자의 머리카락을 이용해 활을 만들어줄 것을 청했다. 그러나 당연히, 그 일을 하겠노라 나서는 장인은 하나도 없었다. 모두가 질겁을 하고 물러났다. 사나는 결국 활을 만드는 데 실패한 뒤, 다시 스얌바라 호수로 돌아오게 되었다.

스얌바라에 도착한 그는 어머니의 시신을 태운 재를 뿌려버린 호수의 물결을 바라보며 눈물을 흘리고 있었다. 그때 사나는 호수 맞은편에서 한 이상한 노인의 모습을 발견하게 되었다. 순백의 긴 수염은 땅에 닿을 정도였다. 그 노인은 무엇이 그리 슬픈지 연신 눈물을 흘리며 뭔가를 열심히 만들고 있었다. 사나는 가까이 다가서서 물었다.

"어르신, 무엇이 그리 슬프신지요?"

이에 노인은 슬픈 목소리로 대꾸했다.

"내게는 딸이 하나 있소. 소중하게 키웠건만 멋대로 자기가 원하는 사람과 결혼해버렸지. 그래도 해마다 이맘때쯤이면 집에 찾아오곤 했는데 올해는 소식이 없어 이렇게 기다리고 있는 것이오."

노인의 말에 사나는 자신조차 슬퍼졌다. 그는 눈물을 훔치며 노인에게 무엇을 하고 있냐고 물었다. 그 물음에 대한 노인의 대답은 놀라웠다.

"뱀 껍질로 활을 만들고 있었소."

사나가 보니 정말로 노인의 발밑에 뱀의 껍질이 흩어져 있었다. 노인은 뱀 조각을 하나하나 꿰어 맞추어 활대를 만들고 있었다. 사나는 즉시 애원했다.

"제발 제가 드리는 이것으로 활을 만들어 주세요."

사나는 소중히 간직해온 껍질과 머리카락을 꺼냈다. 노인은 사나가 꺼낸 껍질과 머리카락을 보더니 갑자기 눈물을 흘렸다. 그러나 노인은 이미 사나가 이런 부탁을 해올 줄 짐작했다는 양, 아무 말 없이 사나가 꺼내놓은 껍질을 꿰어 맞추기 시작했다. 금새 활대의 형상이 만들어졌다. 활대를 만든 후 노인은 이번에는 머리카락을 활대에 매어 활 시위를 만들었다. 그 사이 노인의 끊임없는 눈물이 활을 적셨다. 떨구어진 눈물이 방울방울 활대에 지워지지 않는 얼룩을 남겼다. 이윽고 노인은 눈물로 얼룩진 활을 사나에게 내밀었다.

"네 어머니의 복수가 뜻대로 되길!"

노인은 바위 위에 완성된 활을 놓고 갑자기 사라져버렸다. 호수 안으로 사라지는 커다란 뱀의 그림자를 보고 나서야 사나는 그 노인이 누구였는지를 깨달았다. 그는 햇빛에 달구어진 바위에 얼굴을 문지르며 오랫동안 울었다.

'아아, 어머니, 어머니.'

활은 생겼으나 사나의 마음은 막막할 뿐이었다. 그는 눈물이 마를 때까지 바위 위에 엎드려 오랫동안 생각했다.

'난 과연 어떻게 해야 하나.'

어머니의 복수를 해야 했다. 그러기 위해 이 활이 자기에게 주어진 것이 아닌가. 그러나 그 복수의 대상은 바로 자신의 아버지. 생각할수록 막막할 뿐이었다. 어머니를 위해 아버지를 죽여야 하나.

사나가 아버지를 사랑하는 마음은 어머니를 사랑하는 그것과 같았다. 아버지를 죽여야 한다는 것은 생각하면 할수록 무섭게 느껴졌다. 게다가 오랫동안 만나지 못한 아버지를 떠올리니 불현듯 그리움마저 떠오르는 것이었다. 마침내 사나는 굳게 결심했다.

'어머니가 날 낳아주셨지만 아버지 역시 날 낳아주신 분이야. 아버지도 분명 어머니를 죽인 사실을 후회하고 계실 거야.'

생각할수록 오히려 아버지를 용서해드리고 위로해드려야겠다는 생각이 강해졌다. 그는 자리에서 일어나 한달음에 왕궁으로 향했다.

왕궁의 모든 사람들은 어린 왕자를 기억하던 터라 왕자를 환영했다. 그러나 환영하지 않은 사람도 있었으니 바로 사나의 아버지 파우라바였다. 그의 옆에는 새 왕비가 서 있었고 그녀는 품에 갓난아기를 안고 있었다. 그들은 싸늘한 눈으로 돌아온 왕자를 맞았다. 왕은 냉정하게 아들에게 말했다.

"너는 분명 내 아들이긴 하나 동시에 괴물의 자식이다. 난 네 몸에 흐르는 반쪽의 피를 생각해서 널 이곳에서 내치지는 않겠다. 그러나 앞으로 난 너에게 시선을 던지거나 말을 걸지 않을 것이다. 알았으면 내 눈에 띄는 일이 없도록 해라."

너무나도 차가운 아버지의 말에 사나는 충격을 받았다. 몸이 부들

부들 떨렸고 저주의 말이 입 밖으로 기어나왔다. 그러나 가슴속에 남아 있는 부친에 대한 애정으로 사나는 이 모든 상황을 견디어냈다.

그 후 사나는 왕자이면서도 왕자 대우를 받지 못하고 마치 노예인 양 살았다. 그의 어머니가 나가였다는 소문이 퍼짐에 따라 궁전 안의 모든 사람들은 그에게 차가운 시선을 던졌다. 아무도 그에게 말을 걸거나 관심을 쏟지 않았다. 그토록 선량하고 착한 사나였건만 그는 자라면 자랄수록 변해갔다. 말이 사라졌고 눈물이 사라져갔다. 슬픔과 고통은 분노와 증오로 바뀌어갔다. 시간이 지나는 것만이 그에게 위로가 되어주었다. 그는 오직 때를 기다리며 오랜 세월을 견디어냈다.

세월이 흘렀다. 파우라바 왕은 리무 강을 완벽히 소유하고 싶다는 야망을 늘 가지고 있는 터라, 크고 작은 전쟁은 끊이지 않고 계속 벌였다. 십 년이 지난 어느 해, 마침내 파우라바 왕국은 리무 강의 하류를 지배하고 있는 드루바 왕국과 정면으로 충돌하게 되었다. 그 전쟁에서 사나는 처음으로 전투에 나가게 되었다. 리무 강변에서 파우라바 왕은 적국의 왕과 치열하게 싸웠다. 두 왕의 전차는 한 덩어리가 되어 뒤엉켰다.

그 순간을 맞추어 사나는 어머니의 이름을 붙인 활, 야나가를 들었다. 뱀 비늘로 이루어진 활대에, 여인의 머리카락으로 만들어진 시위, 그 활에 처음으로 화살이 메겨졌다. 바로 예전에 파우라바가 그의 아내 야나가의 가슴에 날렸던 화살이, 그것이 똑바로 날아가 적국의 왕의 머리를 맞추었다. 그리고 멈추지 않고 나아가 파우라바의 머리를 함께 날려버렸다. 그 활은 얼마나 오랫동안 시위가 당겨지기를 기다렸던 것일까.

파우라바는 비록 왕을 잃었지만 전쟁에서는 승리했다. 사나는 그의 아버지 이상으로 무서운 강함을 가지고 있었다. 이후 전쟁터에서 돌아온 그는 그의 새어머니와 새어머니에게서 태어난 자신의 동생들을 모두 죽여버렸다. 그리고 왕위에 올라 파우라바의 이대 왕이 되었다. 그의 계모는 옆 나라의 왕녀였기에 이웃 나라에서 그녀의 죽음을 따지며 파우라바에 쳐들어왔다. 그러나 사나는 그 전쟁에서도 크게 이겼다. 그의 활은 자신에게 반하는 모든 적들을 쓸어버릴 정도로 강한 무기였다.

이후로도 그는 모든 전쟁에서 이겨나가며 결국 리무 강의 모든 영토를 차지하게 되었다. 사나가 죽은 이후 그 활은 파우라바 왕조 대대로 물려내려 오다가 마지막 왕 쉬카르데의 죽음과 동시에 사라져버렸다가 오랜 시간 뒤에 다시 나타난다. 전설의 제왕과 함께 전설의 활이 되어……．

갠지즈*: 본래 천상을 흐르는 강이었으나 시바 신의 머리를 타고 땅에 내
려와 지상 위를 흐르게 되었다. 그러나 『리무』에서는 영원히 천상을
흐르는 강으로 설정되었다.

구르: 스승, 목성을 뜻함.

나가: 상반신은 인간, 하반신은 뱀인 힌두교의 뱀신.

다르마: 삶의 성스러운 질서, 혹은 그에 대한 최상의 법칙.

다르마파사: 법의 밧줄.

디까자: 땅 밑에서 세계를 지탱하는 네 마리의 코끼리. 혹은 아홉 마리이
기도 하다.

라자수야: 고대 인도에서 열린 최고의 희생제. 이 희생제를 개최한 왕은
왕 중의 왕이 되어 모든 왕들의 위에 서게 됨. 이 희생제를 치르기 위
해서는 세상의 모든 왕들에게 동의받은 강한 힘이 있어야 한다.

라마: 인도의 고대 서사시 『라마야나』의 주인공. 그가 부인 시타를 락샤샤
의 왕 라바나에게 빼앗겼다가 구출하는 것이 이 서사시의 주된 내용.

라후: 비슈누의 원반에 의해 목이 베인 악마. 그의 목이 태양을 먹어삼킬
때 일식이 일어난다.

리무*: 세상에 처음부터 존재했던 성스러운 강. 여섯 물줄기를 가진 그의
이름은 후에 절대적인 권위의 상징이 된다.

---

* 표를 한 것은 소설 『리무』에서만 등장하는 설정임.

리쉬: 앞날을 옳게 보는 자, 성자를 가리킨다.

마드후: 봄의 첫번째 달.

만다라: 신에게 기도하는 의식을 치를 때 밧줄, 색모래 등의 도구를 사용
하여 특정 장소를 다른 곳과 구별되는 신성한 곳으로 만드는 것.

메루: 세계의 중심에 솟은 산. 유지의 비슈누의 궁전이 있는 곳.

바이샤: 평민 계층으로 의식주를 비롯, 인간에게 필요한 것을 공급하는 의
무를 지닌다.

바즈라: 금강저, 인드라 신의 무기. 양 끝에 날카로운 날을 달고 있는 몽둥
이 형태를 하고 있다.

불가촉천민: 카스트에 속하지 않는 자. 인도의 최하위 계급.

베다: 가장 오래된 힌두교의 성전. 성스러운 계시로 인식되는 네 개의 찬
미서. 『리그 베다』, 『사마 베다』, 『야주르 베다』, 『아타르 베다』로 이
루어져 있다.

브라흐마나: 신을 섬기는 사제 계급. 경전 학습과 교육, 제사를 주관하는
의무를 가진다.

브리트라: 인드라 신이 바즈라를 이용해 쓰러뜨린 용의 형상을 한 괴물.

비자야: 태양이 하늘 꼭대기에 이르는 시각.

소마: 제사에 사용하는 술. 혹은 술의 신.

수드라: 인도의 노예계급, 상위 세 계급에 봉사하는 의무를 가진다.

수라바나: 우기의 첫달.

스바얌바라: 고귀한 가문의 딸이 혼기가 되었을 때 그녀의 남편을 정하기
위해 마련되는 시합.

아다르마: 깨어진 다르마. 그 반동은 행위자를 해침.

아쇼카: 탄생, 혹은 결혼과 관계되는 신성한 수목.

아스트라: 신들의 무기를 내쏘고 거두어들일 수 있는 주문. 신의 허락을
받은 자만이 쓸 수 있으며 그 주문의 대상이 되는 신은 행위자를 보호
한다.

아쉬바메다: 말을 제물로 하는 성대한 희생제.

아이라바타: 인드라 신이 타고 다니는 코끼리.

아프락*: 세상에서 가장 크고 높고 깊은 뿌리를 가진 나무.

암리타: 신들이 마시는 불로불사의 음료.

야나가*: 제왕 쉬카르데의 활.

요자다: 길이의 단위, 1요자다는 약 15킬로미터.

이나마*: 작품 속에 설정한 전설 속에 등장하는 큰뿔 사슴.

카구라*: 몸이 하얀 까마귀로, 후에 몸의 깃이 태양에 그을려 까맣게 됨.

카담*: 이노아에 존재하는 크샤트리아의 계급 중 최하위의 계급.

카르마: 일체의 행위는 그에 상당하는 결과를 낳는다는 인과율.

칼리: 힌두교에는 세계가 주기적으로 생성, 소멸을 반복한다는 사상이 있
　　다. 칼리는 그 중 마지막인 파멸의 시기.

크샤트리아: 인도의 무사계급. 육체적인 힘을 가지고 민중을 보호하는 의
　　무를 지닌다.

차크라: 원형의 무기. 비슈누의 원반.

타마사*: 리무 강이 개명된 이름.

하마바: 태어난 아이의 이름을 짓는 의식.

하라 하라: 우유의 바다에서 불로불사의 음료 암리타가 나올 때 함께 나온
　　독. 시바 신이 이것을 목 안에 간수하여 세상을 구한다.

히말라야: 인도의 산맥. 그 안에는 시바 신의 거처 카일라사 산이 있음.

가네샤: 시바와 사티의 아들. 학문과 번영의 신으로 코끼리의 머리를 하고
　　있다.

가루라: 비슈누 신을 태우는 금빛 날개를 가진 천상의 새.

나라싱하: 비슈누의 화신인 황금의 괴물.

나라야나: 비슈누의 다른 이름.

두르가: 사티의 화신으로 위대한 전사.

락슈미: 비슈누의 아내로 부와 미의 여신.

락샤샤: 나찰(羅刹), 인도의 악귀.

루드라*: 『리무』에서는 두 개의 얼굴을 지니고 강의 신으로서의 의무와 폭
　　풍의 신으로서의 역할을 함께 수행한다. 원래는 폭풍의 신. 그의 이름
　　에는 '외치다' 라는 의미가 있다.

마하데바: 위대한 신, 시바를 가리킨다.

바루나: 법의 신, 물과 바다의 신, 서쪽의 수호신.

바산타: 봄의 신.

바스카라: 태양의 신 수리아의 다른 이름. 바루나가 닦아놓은 하늘의 길을
　　따라 금빛 전차를 몬다.

바유: 바람의 신.

브라흐마: 삼신 중 하나로 창조의 신.

비슈누: 유지의 신.

사라스와티: 브라흐마의 아내로 지혜와 학문의 여신이자 사라스와티 강을

다스리는 강의 여신.

사르베사: 여덟 개의 팔과 날개를 가진 사자로 시바의 변신.

사티: 시바의 아내. 인도에는 남편이 죽으면 아내가 남편의 뒤를 쫓아 스스로를 화장하는 제도가 있는데 그 제도의 유래가 되는 여신.

슈칸데*: 소설에서 계율의 신. 다르마를 규범화시킨 특성을 가진다.

시바: 파괴의 신.

아그니: 불을 다스리며 신들에게 바치는 공물을 받아들이는 신.

아마르*: 작품 속에서 남자이기도 하고 여자이기도 하며, 하나이기도 하고 열이기도 한 존재. 과거에는 천상의 요정이었으나 죄를 지어 그 지위를 박탈당하고 바람의 신 바유의 뒤를 따라다니는 존재가 된다.

아수라: 한 인간이 만들어내는 일생 동안의 죄악과 고통, 슬픔이 형상화된 그림자.

야마: 죽음의 신. 남쪽의 수호신이기도 하다.

야차: 인도의 악신.

이크락: 침묵의 여신, 침묵이 다르마가 될 수 없는 상황에서야 입을 연다.

인드라: 신들의 왕. 천둥을 다스리며 코끼리 아이라바타를 타고 다님. 괴물 브리트라를 죽인 영웅이며 동쪽의 수호신.

카마: 사랑의 신.

카시슈나*: 호수의 신, 단 모든 호수의 신을 뜻하는 것은 아니다. 성스러운 강이나 산, 호수 등은 그 자체가 신이 된다. 마하사라마에 있는 카시슈나 호수의 신.

쿠베라: 부의 신, 북쪽의 수호신.

찬드라: 달의 신.

찬드라미라: 달의 여신.

하루다나*: 히말라야에서 시작되어 남으로 흐르는 강의 신.

| **참고문헌** |

『그리스 로마 신화』, 토마스 불핀치, 최혁순 옮김, 범우사

『라마야나』, 발미키, 주해신 옮김, 민족사

『마하바라타』, 비야사, 주해신 옮김, 민족사

『마하바라타』, 피터 브룩, 남은주 옮김, 예니

『바가바드 기타』,석진오 옮김, 고려원

『(그림으로 보는) 세계신화사전』, 아서 코트렐, 까치 편집부 옮김, 까치

『세계의 신화 전설』, 하선미, 혜원출판사

『세계의 영웅 신화』, 조셉 캠벨, 이윤기 옮김, 대원사

『세계의 영웅 신화』, 신화아카데미, 동방미디어

『신화의 힘』, 조셉 캠벨, 빌 모이어스 저, 이윤기 옮김, 고려원

『이야기 인도 신화』, 김형준, 청아출판사

『인도 고대사』, 람 샤란 샤르마, 이광수 옮김, 김영사

『인도 만다라 대륙』, 사이 다케오, 이만옥 옮김, 들녘

『인도 문화와 카스트 구조』, 김경학, 전남대학교출판부

『인도 미술』, 비드야 데헤자, 이숙희 옮김, 한길아트

『인도사』, 조길태, 민음사

『인도 신과의 만남』, 스티븐 아펜젤러 하일러, 김홍옥 옮김, 다빈치

『인도 신화』, 라다크리쉬나이야, 김석진 옮김, 북하우스

『인도인의 길』, 존 콜러 저, 허우성 옮김, 세계사

『인도의 신화와 예술』, 하인리히 침머, 이숙종 옮김, 대원사

『인도 앵무 70일 야화』, 홍경화 편역, 거리문학제

『페르시아 신화』, 글사랑 편집부 편역, 글사랑

『(그림으로 보는)황금가지』, 제임스 조지 프레이저, 이경덕 옮김, 까치

Bhagavad-gita as it is:with translations and elaborate purports, A. C. Bhaktivedanta Swami Prabhupada, Bhaktivedanta Book Trust

The Mahabharata, J.A.B. van Buitenen, Chicago University press

후기

이렇게 후기를 쓸 수 있게 되어 안도의 한숨이 나옵니다. 다른 사람들은 후기를 어떻게 쓰나 궁금해서 수십 권의 책을 뒤적였습니다. 무슨 말을 쓰는 게 좋을까요? 우선은 소설 『리무』를 쓴 과정에 대해 조금 이야기하겠습니다.

1권은 절반 이상이 고등학교 2학년 여름방학 때 쓴 내용입니다. 한참 힌두 신화에 빠져 있었던 시기였지요. 제가 썼던 여러 이야기 중 '다르마에 대한 세 가지 문답'을 가장 좋아합니다. 어쩌면 죽음과 모순에 대해 이야기하기 위해 리시프얀과 쉬카르데라는 인물을 창조해낸 것인지도 모르겠습니다.

태양이 왜 있는지, 병이 왜 생겨났는지, 죽음은 왜 이 세상에 존재하는 것인지, 저는 그 해답을 인도의 신화에서 찾아냈고 그것을 제 방식으로 풀어 제 글을 읽어주시는 모든 분들에게 전달하고 싶었습니다.

2, 3권은 주로 전쟁 이야기로 채워져 있습니다. 처음부터 저는 전쟁 이야기를 쓰려고 생각했고, 어느 정도 그 바람을 이룬 것 같습니

다. 그러나 지금 생각하면 너무나 생각만이 앞선 것은 아니었나 걱정이 되네요. 너무나 빈약한 설정 위에 전쟁 이야기를 쓴 것을 읽어보면 창피해서 어디다 묻어버리고 싶은 심정입니다.

저는 고등학교 시절, 공책에 끄적끄적 습작했던 버릇이 남아 항상 공책에 모든 글을 쓴 다음 컴퓨터로 옮깁니다. 1권을 쓸 때는 맘에 안 들면 공책을 가위질한 일도 있었지요.

그런데 2, 3권은 마감 때문에 그게 가능하지 않았습니다. 처음 생각했던 것과는 달리 많은 내용이 빠져 있는 것을 발견합니다. 조금 더 시간이 있었으면 좋았을 텐데, 결국 이 아쉬움은 마음에 묻을 수밖에 없는 것 같네요.

아마 『리무』라는 이야기 자체를 너무 빨리 내보낸 것 같습니다. 조금 더 오랜 습작 기간을 거쳤으면 좋았을 텐데, 후회한 적이 한두 번이 아닙니다. 언젠가 조금 더 나은 솜씨로 제왕 쉬카르데의 일대기를 담은 「리무의 제왕」 편을 다듬어볼까 합니다.

인도 대륙은 기원전 2세기경 북부의 호전적인 민족 아리아 인의 침입을 받았습니다. 이 아리아 인들의 종교였던 브라만교가 인도의 원주민이었던 드라비다 족의 민간 신앙과 결합되어 힌두교를 낳게 됩니다. 힌두교는 그 역사적 배경 때문인지 몰라도 정말로 넓은 수용력을 가지고 있습니다.

소설 『리무』의 바탕이 된 것이 바로 이 힌두교 신화입니다. 고등학교 시절, 힌두 신화에 대해 자세히 알아보겠노라 마음먹었지만 상당히 공부하기 까다로웠습니다. 그 복잡한 생성 과정이나 헤아릴 수 없도록 깊은 내용은 인도 철학과 연관되어서 심오하기까지 합니다.

신만 해도 헤아릴 수 없이 많은 신이 있고 이 신들 하나하나가 상황에 따라 여러 가지 이름을 가집니다. 게다가 힌두교는 정체되어 있지 않고 계속해서 시대의 흐름에 맞춰 변해나갑니다. 세월에 따라 신의 이름이나 역할이 바뀌어가지요.

마왕이라는 뜻의 부타파티, 백수의 왕이라는 파슈파티 등의 이름을 가진 루드라 신의 예를 들겠습니다. 그는 브라만교에서 폭풍의 신이었다가 힌두교로 발전해가며 파괴의 신 시바가 됩니다. 즉 최고의 신으로 발전해간 것이지요.

소설 『리무』를 다시 읽어보면 자신도 모르는 사이에 신들을 이분법한 것을 발견하게 됩니다. 즉 힌두교의 최고의 신인 브라흐마, 비슈누, 시바를 가장 위대한 절대신으로 묘사하고, 브라만교의 최고의 신이었던 인드라, 바르나, 아그니 등은 그저 그런 천신으로 표현해놓은 것이지요.

말씀드리고 싶은 것은 소설 『리무』가 힌두의 신화를 바탕으로 쓰기는 했으나 신들에 대한 설정을 비롯한 여러 배경은 작가가 설정한 허구라는 점입니다. 혹시 이 소설로 처음 인도 신화를 접하시는 분이 계시다면 저의 설정으로 인해 오해가 없으시길 바랍니다.

소설 『리무』에는 리무라는 허구의 강이 등장합니다. 이 허구의 강을 위하여 저는 기존의 신화의 설정을 바꾸고 재배치했습니다.

현재 유유히 인도 대륙을 흐르고 있는 갠지즈 강은 신화상에서 원래 천상을 흐르는 강이었습니다. 인도인들은 이 강을 여신 강가라 부르며 가장 성스러운 강으로 묘사하지요. 갠지즈는 천상을 흐르다 지상을 번영시키기 위해 시바 신의 머리카락을 타고 땅으로 내려왔다고 합니다.

그러나 이 소설에서는 리무 강이 있기에 갠지즈 강의 존재는 곤란합니다. 결국 다시 천상을 흐르도록 올려보내는 것으로 문제를 해결

하였습니다.

폭풍의 신 루드라 또한 이 소설에서 파괴의 시바와는 다른 인격의 신으로 등장합니다. 그는 야누스처럼 두 모습을 가지고 인계에서 유지와 파괴를 행하지요. 이 루드라와 슈칸데, 이크락 등이 제가 새롭게 만들고 설정한 대표적인 신들입니다.

슈칸데는 계율의 신입니다. 다르마가 삶의 질서라면 슈칸데는 그 다르마를 계율로 규정짓습니다. 그 행위에는 언제나 괴리가 발생하는데 슈칸데는 그것을 고치고 발전시켜 나갑니다. 위대한 신이나 유감스럽게도 본문에서는 파괴의 신 시바 앞에 떠는 모습만 나옵니다.

그것은 이 세상에서 시바만이 계율을 파괴할 수 있기 때문입니다. 브라흐마와 비슈누는 창조하고 유지하기에 결코 정해진 질서를 무너뜨리지 않습니다. 슈칸데로서는 브라흐마나 비슈누보다 시바를 어려워할 수밖에 없습니다.

이크락은 침묵이 다르마가 되지 않는 상황에서만 입을 여는 여신입니다.

힌두교의 원천인 브라만교는 『리그 베다』, 『사마 베다』, 『야주르 베다』, 『아타르바 베다』, 이 네 개의 베다에서 설명되어집니다. 이 베다에서는 전쟁의 신 인드라, 불의 신 아그니, 법의 신 바루나 등이 가장 위대한 신들로 등장합니다.

앞에서 언급했듯 인도의 신들은 시간의 흐름과 함께 변해갑니다. 베다 시대에는 비슈누, 루드라라 불리는 시바 등이 지금처럼 위대한 신이 아니었지요. 창조와 유지와 파멸이 가장 위대한 삼위일체의 신으로 나서게 된 힌두의 신화에 대해 이야기하자면 두 서사시, 『라마야나』와 『마하바라타』를 소개하지 않고는 지나갈 수가 없습니다.

『라마야나』는 라마의 이야기라는 뜻이고 『마하바라타』는 위대한 가족이라는 뜻을 가집니다. 특히 『마하바라타』는 위대한 인류라는 뜻으로 해석되어지지요. 이 두 시는 세계에서 가장 긴 서사시입니다.

『라마야나』는 고국에서 추방당한 라마 왕자가 부인 시타를 락샤샤의 왕 라바나에게 빼앗겼다가 구출한 후 성대한 환송을 받으며 고국으로 돌아가는 내용입니다. 여기서 라마는 비슈누 신의 화신이라 일컬어지고 시타는 락슈미 신의 화신이라 칭송됩니다.

『마하바라타』는 그 자체에 어마어마한 내용을 담고 있는 시입니다. 인도인들은 이 시를 두고 '마하바라타 안에 없는 것은 세상에 없는 것이다' 라고 했다고 합니다. 다섯 명의 판다바 형제들이 사촌 카우라바 형제들과 전쟁을 치르는 것이 이 서사시의 주된 줄거리입니다.

이 서사시는 장장 아홉 시간짜리 연극으로도 만들어졌지요. 분량에 비하면 그다지 긴 게 아닙니다.

이번에는 소설 『리무』에 등장하는 크고 작은 이야기들에 대해 이야기해보려 합니다. 저는 사실 리무의 본 줄거리보다 사이사이에 등장하는 짤막한 이야기들을 더 좋아합니다. 리무 강이 여섯 줄기로 이루어져 있듯 여러 이야기들이 모여 본 줄거리를 이루도록 노력했습니다.

개인적으로 가장 마음에 드는 이야기는 본문에서 카르타가 들려주는 '두 개의 머리를 가진 새의 이야기' 입니다. 이 이야기의 모티브가 된 것은 석가모니의 전생 이야기입니다. 유감스럽게도 이 이야기를 읽었던 것이 워낙 오래전이라 확인할 수가 없었습니다. 따라서 참고문헌에도 적지 못했습니다.

이 옛이야기는 다음과 같습니다.

옛날에 석가모니를 몹시 미워하는 한 사람이 있었습니다. 이에 석가모니께서는 제자들에게 그것이 전쟁에서부터 이어오는 관계라 설명를 해주십니다. 그리고 자신과 그 사람 사이에 있었던 과거의 이야기를 들려주시지요.

그 전생 이야기 속에서 석가모니와 그 사람은 한 몸을 공유하는 두 개의 머리를 가진 새로 나옵니다. 그 사람은 전생에서도 석가모니를 증오하여 나중에 독이 든 열매를 먹고 자살을 하지요. 그럴 경우 자신 또한 함께 죽는다는 걸 알면서도요. 석가모니께서는 이 이야기를 통해 현생의 모든 인연, 혹은 악연들이 전생에서 이어진 것이란 걸 제자들에게 일깨워주십니다.

제왕 쉬카르데의 활이었던 '야나가'에 관련된 이야기 또한 모티브가 있습니다. 이 이야기를 지을 때 세계 어디에나 흔히 있을 법한 이야기를 하나 지어보려고 생각했습니다. 굉장히 흔한, 어디선가 들어본 듯한 이야기를 쓰는 것이 목적이었지요.

그래서 하지 말라는 것을 하고 불행해지는 인간의 이야기를 썼습니다. 이런 인간의 이야기는 세상 어디에나 있지 않습니까? 그리스 로마 신화에 나오는 오르페우스의 전설이나 일본 신화에 나오는 이자나기, 이자나미의 전설 모두가 그러하지요. 무엇보다 가장 직접적인 모티브가 되었던 것은 구미호 이야기입니다.

그리고 주인공 리무의 부모님, 아두르타자스 왕과 수와얌프라바 왕비의 이야기의 첫머리는 엘리너 파전의 동화 「어린 재봉사」를 패러디한 것입니다. 이 동화의 이야기는 다음과 같습니다.

옛날 한 왕자가 있습니다. 이 왕자에게는 이웃 나라의 여왕인 숙모님이 계십니다. 이 여왕님은 언제나 왕자에게 결혼하라고 잔소리를 합니다. 결국 이 왕자는 결혼식을 올리긴 올리되 자기가 결혼하는 게 아니라 자신이 아끼는 시종과 어린 재봉사 소녀를 결혼시킵니다.

이외에도 여러 크고 작은 이야기가 있습니다. 어찌어찌한 이유 때문에 제대로 다루지 못한 이야기도 많아 아쉽네요. 특히, 무예시합에 등장했던 왕자들의 이야기가 많이 빠졌습니다.

하바라의 왕자 데바누의 경우, 그는 정의로운 왕자라는 호칭으로 불리는 올곧은 사람입니다. 세월이 그를 더럽히는 듯 보이나 결국에는 끝까지 타락하지 않는 순수한 인간이지요. 그는 훗날, 전쟁터에서 그의 친형과 마주치게 되고 탄타마사의 왕자 아디토야가 그의 형을 죽이게 됩니다.

데바누의 이야기를 다루지 못한 것도 아쉽지만 칼가 왕자의 이야기를 많이 다루지 못한 일이 그보다 열 배는 더 아쉽습니다. 리무에는 그다지 악하다 할 만한 인물이 나오지 않는데 그나마 이 칼가 왕자가 교활한 성품을 가진 사람으로 등장하여 주인공 리무를 괴롭힙니다.

어쨌든 칼가는 왕위에 오르기 위해 자신의 사촌도 죽이는 비정한 인물입니다. 그러나 아즈나는 왕위에 오르기 위해 약 백여 명에 이르는 형제들을 모두 죽였습니다. 분문 중에 아티마가 그의 행동을 변호하기는 하나 결과 자체를 따지고 볼 때 아즈나가 칼가보다 수십 배 더 비정하다 볼 수 있겠지요. 결국 칼가도 절대적인 악인은 아닙니다. 저는 소설을 쓰며 절대적인 선과 악의 함정에 빠지지 않도록 스스로를 계속 주의하려 했습니다.

『리무』를 쓰는 내내 낯설음에 대해 생각했습니다. 이 소설에는 도처에 낯설음이 깔려 있는데 그 낯설음을 당연한 것으로 쓰기 위해 노력했습니다. 그렇다 해도 과연 효과적으로 융합시켰는지는 자신이 없습니다.

가장 자신이 없는 부분이 인도의 정과 부정의 사상입니다. 모든 것이 긍정적인 것과 부정적인 것으로 나뉘는데, 이 사상에 따르면 오른쪽은 긍정적인 것이고 왼쪽은 부정적인 것이 됩니다. 그래서 인도에서는 항상 오른팔으로 물건을 받는다고 하지요.

불교에도 이 사상이 남아 있습니다. 그래서 불공을 드리며 탑을 돌 때는 항상 시계방향으로 돌게 되지요. 부정한 좌반신을 탑에 보이지 않게 하기 위해서라고 하는군요.

위 사상을 바탕으로 하여 『리무』에서는 다르마와 아다르마의 설정이 등장합니다. 다르마는 삶의 성스러운 질서를 뜻합니다. 아다르마는 그 다르마가 깨어진 상태를 뜻하지요. 쉽게 말해 다르마는 정이며, 아다르마는 반입니다. 다르마를 깨는 자는 어떤 식으로라도 그 대가를 돌려받게 되지요. 그것은 지금 당장일 수도 있고 십수 년 뒤, 혹은 다음 환생에서일 수도 있습니다만 반드시 대가를 받는다는 사실에는 변함이 없습니다.

소설을 쓰며 모든 내용을 다르마와 아다르마, 즉 옳은 것과 그른 것으로 나누어 이야기를 진행시켰는데 끝나고 보니 이 부분이 목에 걸린 가시 같네요. 너무 편의적인 발상은 아니었는지 끝난 후에야 반성하는 중입니다.

전쟁에서는 밤에 생명을 죽이지 않는다는 다르마의 원칙이 나옵니다만, 사실 이 사상은 인도의 것이 아니라 몽골족의 삶의 방식입니다.

그들은 설령 그것이 키우는 가축이라 할지라도 햇빛이 없는 밤이나 비오는 날에는 죽이지 않는다고 합니다. 영혼이 어둠 속을 헤매지 않고 환한 빛 속에서 저승에 갈 수 있도록 배려하는 것이지요.

어떤 방식으로든 죽음에 대한 배려를 한다는 것은 중요하다고 생각합니다. 우리 나라에서도 옛날 백정들이 가축을 죽일 때 일격에 급소를 쳐서 죽이는 것을 원칙으로 삼았다고 합니다.

서사시 『마하바라타』에서도 밤에 전투를 하지 않는 원칙이 나옵니다. 그러나 전투가 14일째로 접어들게 되자 장수들이 피에 미쳐 날뛰며 그 원칙을 깨버립니다.

『리무』에 뭔가 아쉽다 싶은 분들은 홈페이지(http://rimu.wo.to)를 방문해주시기 바랍니다. 메일을 보내실 분들은 rimulove@empal.com으로 보내시면 됩니다.

홈페이지가 아직 채 만들어지지 않았습니다만 리무 3권이 나올 때까지는 완성할 생각입니다. 여기서는 소설 『리무』의 배경 지도를 비롯하여 열두 명의 왕자들이 펼치는 왕자들의 무예시합과, 세 주인공 리무, 아비뉴아, 아즈나에 얽힌 짤막한 이야기들을 보실 수 있습니다. 또한 앞으로 제왕 쉬카르데의 이야기인 「리무의 제왕」편도 다듬어 올릴 예정입니다. 얼마나 시간이 걸릴지는 모르겠네요.

주저리주저리 많이 떠들었습니다만 결론은 하나네요. 상투적인 말로나마 인사드리겠습니다. 이 소설을 읽어주셔서 고맙습니다. 부디 즐겁게 읽으셨기를 바랍니다. 소설이 나올 때까지 도움 주신 모든 분들께 감사드립니다.

정해리

리무 3 — 아비뉴아, 선택받은 자

ⓒ 정해리 2002

초판인쇄 | 2002년 11월 4일
초판발행 | 2002년 11월 11일

지 은 이 | 정해리
펴 낸 이 | 김정순
펴 낸 곳 | (주)북하우스
출판등록 | 1997년 9월 23일 제1-2228호

주   소 | 110-795 서울시 종로구 운니동 98-78 가든타워빌딩 802호
전자메일 | editor@bookhouse.co.kr
홈페이지 | www.bookhouse.co.kr
전화번호 | 741-4145~7
팩   스 | 741-4149

ISBN 89-5605-026-0 04810
      89-5605-021-X (세트)
* 잘못된 책은 바꿔드립니다.